I0642340

VIE

DE

M. DE LANTAGES,

PRÊTRE DE SAINT-SULPICE.

On trouve à la même Librairie :

Le Guide de ceux qui annoncent la parole de Dieu, contenant la Doctrine de St-François de Sales, celle de la Société de Jésus, et celle de Benoît XIV, sur la manière d'annoncer la parole de Dieu, et sur l'importance des Instructions familières et des Catéchismes ; 1 vol. in-12.

Ouvrage approuvé par Monseigneur de BONALD, évêque du Puy.

Dequevauviller.

CHARLES LOUIS DE LANTAGES.

Prêtre de Saint Sulpice, né à Troyes en 1616. mort au Puy le 1.er Avril 1694.

VIE

DE

M. DE LANTAGES,

PRÊTRE DE SAINT-SULPICE,

PREMIER SUPÉRIEUR DU SÉMINAIRE

DE

NOTRE-DAME DU PUY.

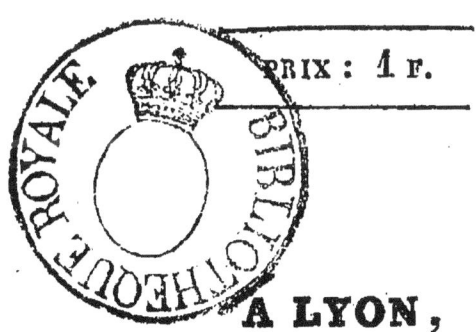

PRIX : 1 F.

A LYON,

A LA LIBRAIRIE ECCLÉSIASTIQUE, CLASSIQUE ET LITTÉRAIRE

DE SAUVIGNET ET Cie,

GRANDE RUE MERCIÈRE, N. 55.

1830.

MARIÆ

IN TEMPLO PRÆSENTATÆ

MUNUS OFFERT PIETAS

OPUS CONSECRAT RELIGIO

DEBITUM JUSTITIA REDDIT.

AVERTISSEMENT.

« L<small>E</small> public, et surtout les prêtres, »
écrivoit au milieu du siècle dernier
un ecclésiastique du Puy (1), « ne
» pourroient qu'applaudir au zèle de
» celui qui nous donneroit les Vies
» de plusieurs de nos pères dans le
» sacerdoce, dont la mémoire a été
» en bénédiction ; mais que je vois,
» à mon grand regret, s'éteindre à
» mesure que nous nous éloignons
» des temps où ils vécurent. Tels
» sont entre autres les de Lantages,
» premier supérieur du séminaire
» du Puy ; les Bardon, les Rouït... »
Jusqu'ici personne n'ayant rempli
des vues si religieuses, le souvenir

---

(1) M. Pouderoux, chanoine de Notre-Dame
du Puy.

de ces hommes recommandables s'est
affoibli de plus en plus; et M. de
Lantages, malgré les titres les plus
légitimes à la vénération publique,
est entièrement oublié de nos jours.
Il prit lui-même tant de soin de ca-
cher partout son nom, qu'on ne le
trouve dans aucun recueil histori-
que; et comme ses ouvrages furent
tous publiés sous le voile de l'ano-
nyme, presque personne ne connoît
plus le modeste écrivain qui les a
composés. En 1808, pour la première fois, la *Vie de la mère Agnès*
fut réimprimée sous le nom de M. de
Lantages; et dernièrement on lui a
attribué (1) aussi la *Vie de la mère
des Séraphins ;* mais on ignore à peu
près aujourd'hui, qu'il est encore
auteur des *Instructions ecclésiastiques,*
du *Catéchisme de la foi et des mœurs*

(1) Barbier, *Dictionnaire des Anonymes.*

chrétiennes, et des *Conférences du Puy* (1).

Cependant, si M. de Lantages fut peu à peu oublié, ce n'est pas que l'on manquât de documens propres à le faire connoître. Des mémoires fidèles avoient été recueillis aussitôt après sa mort. On en composa même durant sa vie : car l'éminente sainteté de ce grand serviteur de Dieu, et les miracles qui le rendirent célèbre, portèrent quelques personnes à mettre par écrit les actions de sa vie, et ses paroles les plus remarquables.

(1) Outre ces ouvrages imprimés, M. de Lantages a laissé plusieurs manuscrits, qui ne sont pas tous parvenus jusqu'à nous. On regrette la perte 1° d'un volume de lettres, dont on demandoit l'impression après la mort de ce saint prêtre; 2° d'un recueil de sujets d'oraison; 3° du commencement du traité des vertus des prêtres, qui devoit servir de 5e volume aux *Instructions ecclésiastiques*. On conserve encore au Puy plusieurs traités de théologie dogmatique, et une Vie de Mlle Martel, institutrice de l'*Instruction*, qui sont l'ouvrage de M. de Lantages.

Ses lettres furent aussi recueillies avec soin; et on constata, dans les temps et sur les lieux où ils étoient arrivés, plusieurs de ses miracles. Ces écrits, où nous avons puisé la plupart des choses que nous rapportons dans cette *Vie*, ont été conservés au séminaire de Saint-Sulpice à Paris, avec plusieurs autres relatifs aux premiers compagnons de M. Olier. M. Émery, dans la petite Notice de M. de Lantages, qui est à la tête de la *Vie de la mère Agnès*, a indiqué les mémoires dont nous parlons : « La Vie de ce saint prêtre a été écrite, » dit-il; on voit qu'après sa mort on » lui adressoit des prières comme à » un saint, et qu'il opéra des mira- » cles. »

Après une révolution qui a altéré déjà tant de souvenirs, et détruit tant de monumens, on a cru qu'il étoit à propos de donner cette Vie au pu-

blic, afin de ne pas laisser tomber
tout-à-fait dans l'oubli la mémoire
d'un homme que Dieu se plut à rendre autrefois si célèbre. Ces mêmes
considérations portèrent à publier,
il y a quelques années, une *Vie*
étendue du fondateur de Saint-Sulpice, qui, jusqu'à cette époque,
n'avoit été connu que par quelques
notices fort courtes. La *Vie de M. de
Lantages*, disciple de M. Olier, doit
être considérée comme la suite de
celle de son maître, dont il fit revivre l'esprit; et si elle est moins extraordinaire, elle ne paroîtra pas
moins édifiante; peut-être même
sera-t-elle plus utile à la plupart des
lecteurs, en leur offrant un modèle
plus facile à imiter.

On joint à la *Vie de M. de Lantages* des Notices historiques sur quelques supérieurs et directeurs du sé-

minaire du Puy, qui continuent jusqu'à nos jours l'histoire de cette maison.

Si nous donnons quelquefois le titre de *saint* à celui dont nous écrivons la Vie, nous déclarons qu'à l'exemple de MM. Tronson, Leschassier et Émery, nous avons cru pouvoir le qualifier de la sorte, sans prétendre prévenir en aucune manière le jugement du souverain Pontife, à qui nous soumettrons toujours, avec notre personne, nos sentimens et nos écrits.

ERRATA.

Page 16, plaisir; *lisez :* désir.
Page 20, ait; *lisez :* eut.
Page 37, rappellera; *lisez :* rappela.
Page 49, à Dieu; *lisez :* en Dieu.
Page 61, Maupal; *lisez:* Maupas.
Page 67, attiraient; *lisez :* attireraient.
Page 74, des langues; *lisez :* les langues.
Page 199, attirer; *lisez :* s'attirer.

TABLE.

TABLE. xv

TABLE. xvii

TABLE. XIX

TABLE. XXIII

FIN DE LA TABLE.

VIE

DE

M. DE LANTAGES.

LIVRE PREMIER.

Depuis la naissance de M. de Lantages jusqu'à sa mission au Puy pour y établir le séminaire.

CHARLES-LOUIS de Lantages naquit à Troyes, de parens distingués par leur noblesse, l'an 1616. Sa famille, quoique originaire de Bourgogne, tiroit son nom de la terre et de l'ancien château de Lantages, près de Bar-sur-Aube en Champagne. Ayant perdu son père lorsqu'il commençoit à peine à le connoître, le jeune Charles fit ses premières études à

Troyes, auprès de M. de Nicey, son aïeul
maternel, qui voulut se charger de son
éducation. L'assiduité de l'enfant et son
application au travail firent bientôt juger
qu'il étoit capable de faire des progrès et
de réussir dans les sciences; et, pour
mieux seconder ses heureuses dispositions,
on l'envoya à Nevers au collége des Jésuites. Charles s'y fit remarquer autant
par sa fidélité aux moindres règles, que
par sa tendre et solide piété. Ses condisciples ne tardèrent point à concevoir pour
lui des sentimens particuliers d'estime et
d'attachement; et ses maîtres, si attentifs
à discerner et à récompenser le mérite de
leurs élèves, lui donnèrent une preuve de
leur satisfaction et de leur confiance, en
le nommant deux fois préfet des écoliers.

II.
Ses pre-
miers succès
dans la con-
duite des
ames.

Il sembloit dès-lors qu'il fût destiné à
devenir un habile directeur des ames; car,
tout écolier qu'il étoit, il ne laissoit pas
de diriger ses compagnons d'étude, et de
leur donner pour leur conduite des avis
pleins de modération et de sagesse, qu'ils
recevoient toujours volontiers de sa part.
Il en réunit un grand nombre de sa condition et de son âge, et fit avec eux une
société, dont l'idée, quoiqu'elle paroisse

singulière, n'en est que plus admirable dans un enfant. Le but de cette réunion étoit de s'exciter mutuellement à ne se fâcher jamais contre personne, ni pour quelque évènement que ce fût. Afin d'insinuer ces sentimens à ses condisciples, il leur faisoit entendre, autant que pouvoit le faire un jeune écolier, qu'en surmontant leurs passions, surtout celle de la colère, ils feroient beaucoup plus que s'ils gagnoient des batailles, et prenoient des villes d'assaut. « Rien n'est plus propre à donner » de nous une haute idée, leur disoit-il, et » à nous concilier l'estime, que d'être » ainsi calmes et tranquilles, nous possé-» dant toujours dans toutes sortes d'évè-» nemens. » Mais, quelque beau que fût ce projet, l'exécution en devoit être extrêmement difficile, et elle sembloit presque impossible à des enfans, qui pour la plupart n'ont d'autre règle de conduite que l'impétuosité de leur caractère et la recherche de leur plaisir. Cependant Charles de Lantages réussit tellement à faire entrer ses condisciples dans ses propres sentimens, que chacun d'eux veilloit sur soi-même avec grand soin pour ne point se laisser surprendre, et sur les autres

pour les éprouver; car ils étoient convenus
entre eux de s'avertir des fautes qu'ils re-
marqueroient les uns dans les autres contre
le calme inaltérable dont ils vouloient faire
profession. Leur jeune directeur étoit très-
attentif à leur ménager ces sortes d'é-
preuves, en leur rapportant sans autre
début tout ce qui pouvoit les émouvoir et
altérer leur patience, comme la diminution de leur réputation dans l'esprit des
autres, quelquefois même les accidens
funestes arrivés dans leur famille, la mort
de leurs parens, et autres choses de même
nature, qui, leur étant annoncées subite-
ment, étoient propres à faire beaucoup
d'impression sur leurs cœurs. Ces continuelles violences qu'ils étoient obligés de
se faire à eux-mêmes ne servoient pas peu
à les rendre forts contre l'attrait du plaisir,
et à les déterminer généreusement à tous
les sacrifices que commandent la religion
et la vertu. Il lui en revint pour lui-même
un très-grand avantage; car, quoiqu'il
eût un caractère extrêmement sensible,
cette paix inaltérable dont il s'efforçoit de
donner l'exemple à ses condisciples, lui
devint comme habituelle tout le reste de
sa vie.

Il étoit difficile que les maîtres d'un disciple déjà si accompli ne lui accordassent
à l'envi leur estime et leur affection. Les
heureuses dispositions pour la vertu qu'ils
remarquoient en lui, son adresse pour
gagner les cœurs à Dieu, et les brillans
succès qu'il obtenoit dans ses études, leur
rendirent extrêmement cher le jeune de
Lantages, et leur donnèrent même la
pensée de l'attacher à leur compagnie. De
son côté, l'affection qu'il avoit pour ses
maîtres faisoit éprouver au saint jeune
homme un grand désir d'embrasser leur
institut. Ce désir, qu'il manifesta bientôt,
fut encore augmenté par ses entretiens
avec son régent, pour qui il avoit une
affection et une confiance particulières,
et dont il étoit aussi beaucoup aimé. Mais
Dieu avoit d'autres vues sur le jeune de
Lantages; au lieu de le destiner à élever
des citoyens pour l'État, il le réservoit
pour lui former des prêtres selon son
cœur, et être lui-même un jour l'un des
plus beaux ornemens de l'Église de
France. Il étoit déjà membre du clergé,
ayant reçu la tonsure, et possédoit le
prieuré de Saint-Symphorien de Romilly,
que M. de Nicey, son aïeul, seigneur de

III.
Il est ap-
pelé à l'état
ecclésiasti-
que.

Romilly, avoit sollicité et obtenu pour un sujet si digne de le remplir. S'étant donc désisté de ses premières démarches pour la compagnie de Jésus, et croyant que Dieu vouloit qu'il demeurât dans le clergé séculier, il s'appliqua sérieusement à se rendre digne de sa vocation; et Dieu sembla le confirmer dans cette détermination par les faveurs signalées dont il le combla à cette époque.

IV.
Faveurs surnaturelles dont Dieu le comble pour le détacher du monde.

En effet, à l'âge d'environ dix-neuf ans, il se sentit extraordinairement touché de la grâce : son entendement fut éclairé d'une lumière vive et pénétrante, qui lui découvrit tout à la fois la grandeur de l'être de Dieu, et le désordre abominable que renferme le péché. Il n'est pas possible au langage humain d'exprimer ce qu'opère dans une ame l'Esprit saint qui vient ainsi la visiter. Notre pieux jeune homme se sentit si fortement pressé de se donner à Dieu sans partage, qu'il forma dès-lors l'invariable résolution de ne l'offenser jamais de propos délibéré; et Dieu, qui ne se laisse pas vaincre en libéralité, prit tant de plaisir à cette généreuse détermination, que dès ce moment il versa dans l'ame de son serviteur des torrens de

délices ineffables. Voici comment M. de
Lantages s'en expliquoit lui-même dans la
suite, en rappelant cette époque de sa
vie : « Lorsque je résolus fortement de ne
» plus offenser Dieu, je reçus de sa bonté
» une si grande abondance de consolations
» intérieures, surtout à l'oraison, où je
» ne pouvois retenir mes larmes, que j'en
» étois moi-même surpris et confus. Ces
» faveurs augmentoient tellement après la
» sainte communion, qu'il me sembloit
» qu'on ne jouissoit pas plus de Dieu dans
» le ciel, que je faisois pour lors; et, dans
» ma simplicité, je disois à notre Seigneur,
» l'ayant dans ma poitrine : *Mon Dieu,*
» *quand le paradis ne seroit autre chose que*
» *d'être comme je suis, c'en seroit bien*
» *assez.* »

Par une faveur réservée à un petit nombre de saints, les consolations dont il était
tout inondé se répandirent aussi sur la partie inférieure de son ame; et, pendant trois
ans, il ne ressentit plus de ses passions aucun mouvement même involontaire. Dans
cet état il étoit tout brûlant d'amour pour
Notre-Seigneur caché au Saint-Sacrement,
et n'avoit pas de plus grande consolation
que de rester à genoux en sa présence le

plus qu'il pouvoit, et toujours dans une modestie et une dévotion angéliques. Il lui sembloit que, du fond de son tabernacle, c'étoit à lui-même que Notre-Seigneur adressoit ces paroles : *Venez à moi, vous tous qui êtes accablés sous le poids de vos peines, et je vous soulagerai ;* ce qui faisoit goûter à son ame d'incomparables douceurs. La sainte communion qu'il recevoit deux fois par semaine, avoit pour lui des charmes divins, et que les paroles ne peuvent rendre. Quand le moment étoit venu d'aller à la sainte table, il n'y alloit pas seulement, il y voloit avec une ardeur et un empressement que l'abondance de ses consolations et la vivacité de sa foi ne faisoient qu'augmenter de jour en jour.

Sa tendre dévotion pour Notre-Seigneur le portoit comme naturellement à honorer aussi la très-sainte Vierge ; et, à l'exemple de saint Charles Borromée, son patron, Charles de Lantages se mit, dès sa jeunesse, sous la protection de cette aimable souveraine , et prit l'habitude de recourir à elle dans tous ses besoins. Persuadé que ses prières ne seroient jamais mieux exaucées que lorsqu'elles seroient offertes à Jésus par les mains de Marie, il ne manquoit pas en commençant chaque action, après avoir invoqué le fils, de s'adresser à la mère, pour obtenir par sa protection la grâce de la faire saintement. Cependant toutes ces faveurs sensibles, loin d'être pour lui une occasion de relâchement, d'immortification et d'amour-propre, comme il n'arrive que trop souvent, le remplirent au contraire d'un plus grand esprit de pénitence et d'un profond mépris pour lui-même. On est fondé à croire qu'il jeûnoit alors trois ou quatre fois la semaine, et qu'il continua cette mortification jusqu'à son entrée au séminaire de Saint-Sulpice, c'est-à-dire, l'espace de sept ans. Il usoit aussi de divers instrumens de pénitence, dont il conserva l'usage presque tout le reste de sa vie. Il n'étoit pas moins attentif à mortifier sa volonté que son corps; car jamais on ne vit un élève plus soumis et plus docile à tout ce que lui commandoient ses maîtres.

A Nevers, où sa naissance le mettoit en commerce avec beaucoup de personnes de qualité, son esprit vif et pénétrant, son humeur gaie, ses manières douces et engageantes, sa parfaite égalité d'ame, et

V.

Comment M. de Lantages rend la piété aimable en sa personne.

1*

surtout sa modestie, qui donnoit un nouvel éclat à toutes ses autres vertus, le firent bientôt rechercher de tout ce qu'il y
avoit de plus considérable dans la ville.
Il étoit difficile en effet qu'il en fût autrement d'un jeune homme qui joignoit à la
considération que donne la naissance, les
plus belles qualités du corps, de l'esprit
et du cœur. Car, au lieu que la piété,
quand elle est extraordinaire, fait fuir
quelquefois le commerce du monde, M. de
Lantages, en s'adonnant tout entier à la
vie intérieure, n'en étoit devenu que plus
affable; et tous ceux qui avoient occasion
de le voir ne pouvoient s'empêcher de
l'aimer. Parmi les personnes les plus affec-
tionnées à ce vertueux étudiant, on distingua un ecclésiastique de très-grand nom,
qui le vénéroit comme un saint d'autant
plus aimable, que dans lui la vertu se pei-
gnoit avec des traits plus doux et plus en-
gageans. Cet ecclésiastique avoit pour
l'abbé de Lantages une amitié et des attentions si grandes, qu'il usoit auprès de
ses maîtres de toutes sortes de moyens afin
de l'attirer chez soi, et jouir du charme
qu'il trouvoit à le voir et à l'entendre.
Ainsi notre saint jeune homme, prévenu

dès l'enfance des plus douces et des plus
abondantes bénédictions, ne montroit pas
seulement à l'égard de ses égaux la matu-
rité de la vieillesse, mais, comme celui
dont le Saint-Esprit a tracé le caractère, *Sap. x. 11.*
les vieillards eux-mêmes prenoient plaisir
à l'écouter.

Pendant qu'il se rendoit ainsi agréable VI.
à Dieu et aux hommes, par la pratique
des plus aimables vertus, il acheva sa phi- Il va étu-
dieràReims.
losophie; et, ne pouvant prendre ses grades
au collége de Nevers, il résolut d'aller
faire son cours de théologie dans quelque
Université du royaume. Dès que ce projet,
fut venu à la connoissance de l'ecclésiastique dont nous parlions, il en fut vivement affligé; et, voyant qu'il ne pouvoit
retenir le saint jeune homme à Nevers, il
voulut qu'au moins un de ses neveux jouît
de l'avantage dont il seroit privé lui-même.
Dans cette vue, il sollicita M. de Lantages
d'aller à Reims, où il falloit que ce neveu
fît ses études, espérant que celui-ci reti-
reroit un profit inappréciable de l'exemple
et des entretiens d'un tel ami. M. de Lantages, qui avoit pour maxime de ne rien
refuser au prochain de ce qu'il pouvoit lui
accorder sans blesser sa conscience, ac-

ccpta cette proposition, et se rendit à Reims, où il demeura un an. Mais la délicatesse de sa complexion ne lui permettant pas de faire un plus long séjour dans cette ville, il fut forcé par ses continuelles indispositions de changer de climat, et vint étudier à Paris. La Providence l'y conduisoit; et les moyens dont elle se servit pour exécuter ses desseins sur lui, furent d'autant plus son ouvrage, que les hommes y eurent moins de part.

VII.
Il vient à Paris. Premiers compagnons de M. Olier.

M. de Lantages avoit environ vingt-cinq ans lorsqu'il vint à Paris; c'étoit pendant l'été de 1642, dans le temps même que M. Olier y jetoit les premiers fondemens de sa compagnie et de son séminaire : car au mois d'août de cette année, M. Olier ayant été installé dans la cure de Saint-Sulpice, avoit transféré dans son presbytère la petite compagnie qu'il avoit formée peu auparavant à Vaugirard, et qui porta depuis le nom de Saint-Sulpice. Pour composer cette compagnie, il s'étoit associé un petit nombre d'ecclésiastiques, tous pleins du désir d'honorer et de faire honorer le sacerdoce de Jésus-Christ, en pratiquant les vertus les plus parfaites dont ce divin modèle des prêtres avoit donné

l'exemple aux hommes. Celui qui l'avoit
suscité pour établir une congrégation dont
la fin étoit si sublime, avoit choisi lui-
même, pour en être les premiers membres, des hommes d'une vertu capable
d'en remplir l'objet; et, sans le savoir,
M. de Lantages venoit à Paris pour grossir
leur société naissante. Dès les premiers
commencemens, on y vit entrer en effet
des ecclésiastiques d'un mérite éminent,
et dont la retraite fit d'autant plus de sensation dans le monde, que leurs talens et
leur naissance les mettoient plus en état
d'y figurer avec honneur. Les principaux
étoient M. de Caulet, connu alors sous le
nom de l'abbé de Foix, qui devint évêque
de Pamiers; MM. Duferrier, de Bassan-
court; de Gondrin, dans la suite archevê-
que de Sens; de Hurtevent, qui établit le
séminaire de Lyon; de Cambiac, le Ragois
de Bretonvilliers; Claude Joly, depuis
évêque d'Agen; Gabriel de Caylus, abbé
du Loc-Dieu. Parmi ces vertueux ecclésiastiques se trouvoit aussi M. Raguyer de
Poussé, proche parent de M. de Lantages,
et l'instrument dont Dieu se servit pour
l'attirer à St-Sulpice.

Cependant Dieu, qui veilloit sur toutes

VIII.
Sainte ami-

tiéque M. de
Lantages
contracte
avec un ver-
tueux jeune
homme.

les démarches de notre saint jeune homme,
voulut qu'il se logeât à Paris chez une
pieuse veuve, dont le fils, aussi étudiant
en théologie, avoit les mêmes inclinations
que lui. M. de Lantages considéra comme
un avantage infiniment plus précieux que
la science qu'il venoit chercher dans la
capitale, l'heureuse rencontre qui mettoit
ainsi à couvert son innocence et sa vertu.
La sympathie d'humeur et de caractère de
ces deux étudians fut le commencement
d'une sainte et étroite amitié, qui devint
toujours plus forte et plus pure à mesure
qu'ils connurent plus parfaitement la vertu
l'un de l'autre : amitié tout-à-fait semblable à celle que la grâce forma autrefois
entre deux vertueux étudians, saint Basile
et saint Grégoire de Nazianze. Comme ces
deux saints, ils avoient chacun le même
but, ils cherchoient le même trésor, la
vertu; ils se servoient à eux-mêmes de
maîtres et de surveillans, en s'exhortant
mutuellement à la piété; et ne connoissoient que deux chemins, celui de l'église
et celui des écoles. Mais, quelque étroite
que fût l'union de ces deux amis, elle ne
put retenir M. de Lantages auprès de ce
cher condisciple, lorsque Dieu eut fait

connoître à celui dont nous écrivons la
vie, les desseins qu'il avoit eus sur lui en
l'attirant dans la capitale. Voici comment
la divine Providence daigna se manifester
à son égard.

Peu de temps après son arrivée à Paris, IX.
M. de Lantages se crut obligé d'aller ren- Il fré-
dre visite à M. de Poussé, qu'il sut être quente le sé-
auprès du nouveau curé de Saint-Sulpice. minaire de
M. de Poussé, charmé de revoir un ami Saint-Sul-
dont il estimoit et honoroit la vertu, l'ac- pice.
cueillit avec les sentimens de cette vive
cordialité que les liens du sang et l'unité
des vues rendoient plus forte et plus étroite.
Mais, quoique M. de Lantages eût mani-
festé à M. de Poussé les motifs qui l'avoient
conduit à Paris, ce dernier ne lui dit rien
pour l'attirer au séminaire de Saint-Sulpice, craignant de prévenir les momens
de Dieu. Un autre ecclésiastique, présent
à cette entrevue, surpris que M. de Poussé
n'eût point engagé un sujet de ce mérite à
venir au séminaire, se former de plus en
plus à l'esprit de son état, ne put s'empêcher d'en témoigner son étonnement à
M. de Poussé lui-même, et le pressa si
fortement, que ce dernier, croyant reconnoître la volonté de Dieu dans ses vives

instances, manda M. de Lantages, et lui
fit cette proposition. Il étoit difficile de lui
en faire une plus conforme à ses goûts:
aussi l'accepta-t-il avec une joie et un contentement, qu'on ne saurait exprimer.
M. de Poussé le pria cependant de revenir
pour être présenté à M. Olier, et être examiné par lui sur sa vocation à l'état ecclésiastique; car M. Olier ne recevoit personne dans son séminaire, qu'il ne l'eût
fait passer auparavant par de longues
épreuves. Celles de M. de Lantages ne durèrent guère moins de six mois, et pendant
tout ce temps, il rendoit de fréquentes visites à M. Olier, afin de ne lui rien laisser
ignorer de ses dispositions intérieures.
Dieu se servit de ces entretiens pour inspirer à M. de Lantages de s'attacher à la
compagnie naissante des prêtres de Saint-
Sulpice. Chaque fois qu'il se trouvoit avec
eux, le saint jeune homme rapportoit de
leurs entretiens quelques fruits d'édification, et sentoit un plaisir toujours plus
ardent de leur devenir semblable.

X.
Ferveur
du séminaire
à cette épo-
que.

Rien ne lui sembloit plus édifiant que
les récréations qu'ils prenoient ensemble.
Leurs manières pleines de charité et de
déférence, étoient gaies et ouvertes. La

parfaite union des cœurs faisoit le caractère particulier de la maison : personne
n'y avoit rien qui ne fût aussi à ses confrères. On tâchoit d'inspirer à tous un amour
très-sincère pour un état de vie pauvre ,
humble et cachée. On parloit souvent
des avantages de cette manière de vivre ,
et c'étoit le sujet ordinaire des conversations, aussi bien que la pratique la plus familière ; car chacun se faisoit gloire en
tout de n'avoir à son usage que ce qui étoit
le plus pauvre, quoique la plupart eussent
été élevés et nourris dans l'opulence et les
délices du grand monde. M. de Bretonvilliers, surtout, étoit pour eux un sujet
continuel d'édification. Cet ecclésiastique,
qu'on regardoit comme le plus riche du
royaume, n'avoit rien que de simple et de
pauvre dans toute sa personne, et montroit un saint empressement pour les emplois humbles et humilians. Cette communauté se composoit d'ecclésiastiques venus
de divers lieux ; mais, en y entrant, ils re-
nonçoient à toutes les attaches du pays,
de la parenté et du monde, et ils alloient
à Dieu de tout leur cœur, abandonnés entre les bras de sa providence, et à la volonté du digne supérieur qu'ils révéroient

comme Dieu même. Ils avoient une telle
déférence pour les moindres avis de
M. Olier, que, sur son simple conseil,
ils seroient allés au bout du monde.

On pensera aisément qu'un cœur déjà
aussi bien préparé par la grâce, que l'étoit
celui de M. de Lantages, devoit trouver
ses plus vraies jouissances dans une telle
maison. La tendre dévotion envers la
très-sainte Vierge que l'on y faisoit paroître en tout et partout, au point qu'on
n'entreprenoit rien sans lui en avoir demandé la permission, comme à la première supérieure, touchoit aussi beaucoup
M. de Lantages. Ce saint jeune homme
étoit si émerveillé de tout ce qu'il voyoit
et entendoit au séminaire, qu'il n'avoit pas
de joie comparable à celle de se trouver
au milieu des séminaristes de cette communauté; et il se rendoit auprès d'eux avec
un empressement si grand, qu'il pouvoit
passer pour une marque de la vocation de
Dieu à leur genre de vie. « Quoiqu'il y eût
» fort loin du logis où j'étois jusqu'au sé-
» minaire (1), disoit-il lui-même parlant

(1) Il logeoit près l'église Saint-Jacques de la
Boucherie.

» sur ce sujet, et que j'y allasse toujours
» à pied, la peine ne m'étoit rien; et il me
» sembloit plutôt que je volois que de mar-
» cher, tant j'avois de joie d'aller dans
» cette sainte maison. J'y découvrois une
» perfection si élevée au-dessus de ce que
» nous avions pratiqué jusqu'alors, qu'é-
» tant de retour je disois à mon ami :
» Vraiment nous ne sommes dévots qu'en
» peinture; c'est au séminaire que se pra-
» tique la solide dévotion. » Puis il ajoutoit, dans le désir ardent qu'il avoit d'y
être reçu : « Quelque attachement que
» j'aie pour vous, je vous quitterois de
» bon cœur pour entrer dans ce saint
» lieu. »

Ses poursuites eurent enfin le succès qu'il demandoit sans cesse à Dieu. M. Olier voyant que M. de Lantages étoit pourvu d'un bénéfice considérable, n'avoit pas voulu d'abord se presser de l'admettre, dans la crainte qu'il ne fût porté à l'état ecclésiastique par quelque vue d'intérêt. Mais il ne balança plus à son égard, lors-que, dans la lumière de Dieu, il eut re-connu son parfait détachement de toutes choses, et la pureté de ses intentions. La suite ne tarda point à justifier son juge-

XI.

M. de Lan-tages y est reçu par M. Olier, et il prend M. de Poussé pour son moni-teur.

ment sur le désintéressement de ce cher disciple; car, cette année-là même, les parens de M. de Fiesque ayant excité les troubles scandaleux que l'on voit décrits dans l'histoire de M. Olier, afin d'obliger ce dernier à abandonner sa cure ou à augmenter le revenu de l'ancien curé de Saint-Sulpice, M. de Lantages se dépouilla lui-même de son prieuré en faveur des mécontens, quoique ce bénéfice fût le seul bien qu'il possédât à cette époque.

M. de Lantages regarda la grâce d'être admis au séminaire comme l'une des plus considérables qu'il ait jamais reçues. Afin de lui en mieux faire sentir le prix, M. Olier voulut qu'il s'y préparât par une retraite, et lui assigna pour le jour de son entrée la fête de saint Sulpice, 17 janvier de l'année 1643. Le séminaire se composoit alors de vingt-cinq ecclésiastiques, tous choisis et éprouvés par M. Olier, et d'une ferveur admirable. Pour recevoir tous ceux qui se présentoient, on avoit été contraint de pratiquer dans les greniers, des cellules fort étroites, où ils souffroient beaucoup de la chaleur en été, et de la rigueur du froid en hiver. Néanmoins, dans leur société, M. de Lantages crut

être avec des anges plutôt qu'avec des
hommes; et sa vénération pour eux augmenta davantage à mesure qu'il les vit de
plus près dans le commerce habituel de la
vie. Il s'affectionna surtout à M. de Poussé,
son parent, dont on fera l'éloge en disant
que saint Vincent-de-Paul le regardoit
comme le plus parfait ecclésiastique de
son siècle. M. de Lantages le pria de l'a-
vertir des défauts qu'il remarqueroit dans
sa conduite, ce que M. de Poussé continua
de faire jusqu'à sa mort. Dans un petit
écrit que M. de Lantages a composé des
vertus de M. de Poussé, son humilité le
fait parler de la sorte, en rappelant cette
époque : « Ce fut lui qui me fit venir à
» Saint-Sulpice, et ç'a été sans doute à
» sa considération qu'on a eu la charité de
» m'y souffrir. Durant mon séjour dans
» cette maison, il me donnoit des avis sur
» mes imprudences, il me corrigeoit de
» mes fautes, il m'encourageoit dans mes
» pusillanimités avec un support admira-
» ble. Pendant huit ans que j'ai eu l'hon-
» neur de demeurer avec lui au séminaire,
» et de lui donner un exercice incroyable
» de charité, j'ai vu dans sa personne un
» exemple rare de toutes les vertus. Son

» attention à la présence de Dieu dans les
» actions les plus indifférentes étoit telle,
» que je prie Notre-Seigneur de me rendre
» aussi dévot en récitant le saint office,
» que ce saint homme l'étoit en marchant
» dans les rues ou en prenant ses repas. »

Ce n'étoit point la chair et le sang qui avoient uni ces deux saints ecclésiastiques, mais la grâce seule de Jésus-Christ. Le grand esprit d'anéantissement et de mortification que M. de Poussé portoit dans toutes ses actions, et qu'il étoit facile de remarquer dans sa personne, avoit surtout charmé M. de Lantages. Quoique très-distingué selon le monde, M. de Poussé menoit en effet au séminaire une vie humble, pauvre et pénitente. Il jeûnoit souvent, et faisoit beaucoup d'austérités. Une des industries de sa mortification étoit de porter sur sa chair un cilice de fer blanc en forme de râpe. Il se donna un jour la discipline d'une manière si sanglante, que la gangrène se mit à ses plaies, et qu'il lui fallut souffrir de très-douloureuses incisions pour les guérir.

XII.
Comment
M. Olier

Dans la société de pareils hommes, M. de Lantages croyoit n'avoir point encore commencé lui-même à servir Dieu,

et le premier fruit qu'il retira de son entrée au séminaire fut un redoublement
sensible de ferveur. Il paroît cependant
que M. Olier, au lieu d'ajouter à ses pénitences corporelles, lui retrancha, au
contraire, la plupart de celles qu'il faisoit
déjà, sa maxime étant, que *les premiers
efforts de la jeunesse, lorsqu'ils ne sont
point réglés, abattent et accablent le corps
pour tout le reste de la vie.*

La dévotion extraordinaire que M. Olier
avait à saint Ambroise de Milan, si zélé
pour la sanctification de son clergé, le
portoit à demander souvent à Dieu de
ressusciter dans l'Église l'esprit de ce saint
pontife ; et il paroît que Dieu ne lui avoit
inspiré ce désir, qu'afin de lui donner à
lui-même l'esprit de saint Ambroise ;
comme ce grand évêque, il corrigeoit
dans ses clercs, qu'il disoit destinés *à
être des miroirs et des flambeaux de toutes
les vertus chrétiennes,* tout ce qui lui paroissoit peu digne de la gravité des cérémonies, et il désiroit qu'en les voyant,
on crût voir des anges. M. de Lantages,
sans avoir contracté l'esprit du monde, en
avoit pris quelques manières, que la po-
litesse et ce qu'on appelle le bon ton

forma M. de Lantages.

sembloient justifier dans un homme de
condition comme lui. Il y avoit surtout
dans sa démarche quelque chose qui blessoit un peu M. Olier : c'étoit un léger
mouvement cadencé qu'il donnoit à son
corps. Ce mouvement, quoiqu'il pût n'être
pas répréhensible dans un homme du
monde, auroit été regardé comme une
marque de mondanité et un signe de
suffisance dans un ministre des autels.

« M. Olier m'avertit de ce défaut avec
» beaucoup d'affection, dit ingénûment
» M. de Lantages; mais, quelque volonté
» que j'eusse de lui obéir, la longue habi-
» tude que j'y avois, m'y faisoit retomber
» souvent: ce qui lui déplaisoit si fort,
» que m'ayant une fois vu passer devant
» lui, comme il étoit au confessionnal, il
» le quitta pour me venir prendre par les
» épaules, et me dire: *Hé ! mon Dieu ,*
» *vous marchez encore de cette sorte !* ce
» qui m'obligea bien à veiller sur moi. »
M. de Lantages se montra en effet si docile à cet avertissement, que depuis ce
moment il fut un modèle accompli de la
sainte et douce gravité que l'Église demande dans ses ministres. Si on ne savoit
jusqu'où les anciens portoient la vigilance

dans la formation de leurs clercs, on pourroit être tenté de regarder cette correction
comme minutieuse ; mais on en jugera
bien différemment, si on se rappelle que
saint Ambroise, malgré sa modération et
sa prudence, ferma l'entrée du sanctuaire
à un jeune homme, d'ailleurs irréprochable, dont le geste lui déplaisoit, et
qu'il en rejeta un autre dont la démarche
lui parut trop fière.

M. Olier admira bientôt dans M. de
Lantages les opérations de la grâce, et les
progrès étonnans qu'il fit dans la science
des saints. Il étoit difficile qu'il en fût autrement à l'école de M. Olier ; car les
exemples d'humilité que ce grand serviteur de Dieu donnoit à ses disciples étoient
si persuasifs et si touchans, qu'on ne pouvoit en être témoin sans être attiré à la vie
parfaite. « Arrivant un jour de Vaugirard,
» tout crotté, dit M. de Lantages parlant
» de lui-même, et entrant en cet état dans
» la chambre de M. Olier, notre très-ho-
» noré père, il prit un torchon, et m'es-
» suya les pieds et les baisa ; ayant fait
» cette action à genoux et tête nue. » En
mettant de tels exemples sous les yeux de
M. de Lantages, Dieu sembloit lui aplanir

toutes les difficultés. Aussi le rendit-il en
peu de temps un parfait ecclésiastique, et
un homme véritablement intérieur. Ce fut
par la pratique journalière des plus sublimes vertus, que M. de Lantages se prépara à recevoir les saints ordres ; et quoiqu'il pût être déjà proposé comme un
modèle de la perfection cléricale, il n'y
eut personne, après sa promotion, qui ne
reconnût en lui les effets surprenans de
l'imposition des mains. Avec le caractère
sacerdotal, il reçut des lumières très-vives
sur l'excellence et l'incomparable sainteté
des prêtres. C'est pourquoi il ne voulut
monter à l'autel pour la première fois,
qu'après de très-longues préparations,
selon la pratique commune des plus saints
prêtres de ce temps. Depuis ce jour, il
disoit, avec le sentiment d'une foi vive et
ardente, qu'un prêtre qui célèbre la sainte
messe dignement, et qu'un chrétien qui
l'entend de même, doivent être disposés,
au sortir de l'église, à se voir chargés de
confusion, de mépris, et à être foulés
aux pieds de tout le monde, accablés de
souffrances, et tout prêts à verser leur
sang pour Dieu : qu'autrement, on ne peut
pas dire qu'ils aient célébré ou entendu la

sainte messe dans les véritables dispositions qu'il faut y apporter.

M. Olier, qui, en portant à la perfection sacerdotale tous les clercs de son séminaire, s'appliquoit particulièrement à
communiquer son esprit à ceux que Dieu
destinoit à le servir dans la petite compagnie de Saint-Sulpice, crut voir en
M. de Lantages un nouveau coopérateur
de son zèle. Il reconnut en lui une ame
heureusement prévenue de la grâce, ornée
de toutes les vertus propres du sacerdoce,
un prêtre capable de former d'autres prêtres, et de ressusciter en eux la grâce de
l'imposition des mains. Croyant donc que
Dieu ne lui avoit envoyé un sujet d'une si
grande espérance, que pour le façonner
au grand art d'élever les ministres du
sanctuaire, il travailla avec une nouvelle
application à le rendre un parfait modèle
de la vie cléricale. Comme il remarqua en
lui beaucoup de goût et de facilité pour
les sciences ecclésiastiques, il lui procura
tous les moyens de s'y avancer, et voulut
même qu'il soutînt ses actes en Sorbonne,
et qu'il prît le bonnet de docteur. Le saint
jeune homme entra dans ces vues ; mais
il ne perdit rien de son union avec Dieu,

XIII. ier
M. Ol
veut l'att a-
cher à Sain t-
Sulpice.

et ne retrancha aucun de ses exercices ;
aimant beaucoup mieux conserver la charité qui édifie, que d'acquérir à ce prix
la science qui enfle. Dans son cours d'é-
tudes, la grande facilité qu'il avoit lui fit
joindre la lecture des Pères de l'Église à
celle des théologiens. Saint Jean-Chrysostôme étoit celui de tous les Pères dont
la lecture le charmoit davantage ; il auroit
voulu s'y attacher sans relâche, tant il
trouvoit de jouissances dans les écrits de
cet incomparable docteur.

XIV.
Il l'emploie
au service de
la paroisse,
et à faire le
catéchisme.

Pour rendre M. de Lantages plus propre à former un jour les ecclésiastiques,
M. Olier voulut l'employer aux diverses
fonctions du ministère. C'étoit l'occupation ordinaire de tous ceux qui entroient
dans sa société, depuis la retraite de l'ancien clergé de la paroisse. D'ailleurs cette
paroisse étoit un champ assez vaste pour
exercer le zèle de cette fervente jeunesse.
La profonde ignorance où M. Olier trouva
son peuple lui fit croire que, pour réussir
à le réformer, il falloit établir des catéchismes en différens quartiers ; et il chargea M. de Lantages de faire le grand catéchisme dans la chaire de Saint-Sulpice,
les dimanches et les fêtes. On prit bientôt

tant de plaisir et de goût aux catéchismes
de M. de Lantages, qu'on y accouroit en
foule beaucoup plus qu'aux sermons,
chacun avouant qu'il y avoit plus à profiter à ces instructions familières. M. de
Lantages avoit en effet, dans son aimable
simplicité, le talent de donner un intérêt
tout nouveau aux choses les plus com-
munes. Il exhortoit surtout d'un ton très-
persuasif et très-pathétique, et il portoit
dans les cœurs les plus insensibles le désir
de se donner à Dieu.

Les enfans ne montroient pas moins
d'empressement à venir l'entendre, et
M. de Lantages avoit une grâce particulière pour les attirer. Non-seulement ils
l'abordoient sans peine, et marchoient à
côté de lui quand ils le rencontroient dans
les rues; mais, par la vénération qu'ils
lui portoient, ils se seroient volontiers
jetés à ses pieds; et la joie de l'avoir vu
les tenoit contens tout le jour. C'étoit par
sa patience inaltérable et sa tendre charité, qu'il se les attachoit de la sorte; persuadé, avec le pieux Gerson, qu'il n'y a
point de plus important ministère dans la
sainte église, que de planter la foi et la
vertu dans le cœur des enfans. Aussi

éprouvoit-il un plaisir singulier à se faire
petit avec eux, et à prendre à leur égard
des entrailles de mère et de nourrice,
imitant même leur manière de parler,
pour se faire tout à tous. La vue habituelle
de Jésus-Christ catéchisant les pauvres
étoit pour lui le motif le plus propre à
le déterminer aux sacrifices que coûte à
la nature et à l'impatience humaine la
pénible fonction d'instruire les enfans.
Afin de leur épargner les ennuis que la
longueur de l'office du soir auroit pu leur
causer, il les réunissoit dans un lieu séparé, et là il leur faisoit répéter, avec une
douceur charmante, la leçon qu'il devoit
expliquer à l'église après les vêpres. On
remarquoit en lui tant de complaisance
durant ce temps, qu'il sembloit trouver
ses délices à répéter presque à chacun
d'eux jusqu'à trois et quatre fois la même
chose. Il falloit bien que l'amour le soutînt
dans ce pénible exercice, pour montrer
un visage aussi affable, et écouter avec un
intérêt toujours nouveau les redites des
enfans. Il n'y a que l'amour, disoit saint
Augustin, qui puisse engager une mère à
balbutier des moitiés de paroles. C'étoit
principalement sa profonde religion pour

la très-sainte Eucharistie, et le désir qu'il avoit de disposer les enfans à faire sainte-ment leur première communion, qui ins-piroient ces sentimens à M. de Lantages. Il étoit persuadé qu'étant bien préparés à cette grande action, ils conserveroient le goût de la piété tout le reste de leur vie, et que, dans la suite des temps, l'esprit de la paroisse se trouveroit entièrement renouvelé. Ses travaux ne furent point inutiles, et il eut la consolation d'en re-cueillir lui-même les premiers fruits, car un grand nombre d'enfans de son caté-chisme furent si dociles à ses exhortations, et si fidèles à la grâce, que, dégoûtés du monde, ils eurent le bonheur de se consa-crer à Dieu dans la religion; d'autres vé-curent saintement dans le siècle, et la bonne odeur de leurs exemples contribua singulièrement à la réforme des mœurs et à l'édification de la paroisse.

Les succès de M. de Lantages dans ses catéchismes, sa patience et sa charité pour l'instruction des enfans le mirent bientôt en réputation dans la paroisse de Saint-Sul-pice; et ce fut lui que Mlle de Montpensier, fille de Gaston, duc d'Orléans, chargea d'instruire une petite naine, qui jusqu'alors

XV.
M. de Lan-tages ins-truit la naine de Mlle de Montpen-sier.

n'avoit reçu aucune teinture de la religion, quoique élevée au milieu d'une cour
chrétienne. L'histoire de cette personne
est si singulière, que nous croyons ne
déplaire point à nos lecteurs en la racon-
tant ici en abrégé.

Une dame de très-grande qualité revenant de Fontainebleau, où la cour se
trouvoit alors, et passant par un bois,
aperçut dans un tronc d'arbre quelque
chose qui sembloit remuer. Curieuse de
savoir ce que ce pouvoit être, elle envoya,
pour s'en assurer, une des femmes de sa
suite. Sa surprise fut étrange, quand elle
se vit apporter une fille, mais d'un si petit
corps, que jamais elle n'avoit rien vu de
semblable. A l'instant, un bûcheron, qui
étoit là auprès, s'approcha du carrosse :
c'étoit le père de l'enfant. « Je suis con-
» traint, dit cet homme, de la garder tout
» le jour avec moi, pour l'ôter des mains
» de ma femme, qui, ne pouvant la souf-
» frir à cause de cette petite taille, l'a
» prise en aversion et la bat sans cesse. »
La dame, touchée de compassion pour
l'enfant, la demanda au père, qui consentit facilement à s'en défaire, tant pour
la paix du ménage, que pour l'avantage

de sa fille. Après l'avoir gardée quelque temps chez elle, la dame l'offrit à Mlle de Montpensier, croyant que cette princesse, qui aimoit beaucoup les enfans, agréeroit le présent qu'elle lui faisoit. Cette fille étoit en effet d'une extrême petitesse ; et dans la suite, parvenue à l'âge de vingt-deux ans, elle n'avoit qu'environ vingt-deux pouces. Tous les membres de son petit corps étoient parfaitement bien proportionnés, à la réserve du nez, qui n'étoit pas en rapport avec le reste. A cette exception près, et aux traits de la figure, un peu trop formés pour cet âge, on auroit pris cette fille pour un enfant de trois mois. La princesse la reçut avec plaisir, et ce fut pour la cour un objet continuel de divertissement; de sorte que, jusqu'à l'âge de dix-huit ans, on ne songea guère à l'instruire. On avoit prié quelquefois des ecclésiastiques de juger si la naine étoit capable des sacremens; mais chacun s'excusoit de répondre là dessus, jusqu'à ce qu'enfin on la porta à M. de Lantages, qu'on savoit être si doux et si patient pour apprendre aux enfans à connoître la religion et ses mystères. M. de Lantages l'ayant fait raisonner sur plusieurs choses indiffé-

2*

rentes, jugea que l'étendue de son esprit
ne devoit pas se mesurer sur la petitesse
de son corps. Il se chargea donc de l'instruire, et la disposa lui-même à la réception des sacremens. Il n'épargna rien
pour y réussir; et, par sa douceur, son
assiduité et sa patience, il vint-à bout de
mettre cette petite créature en état d'être
admise à la première communion, la
confessa lui-même la première fois, et
lui apprit à vivre chrétiennement à la
cour.

XVI.
Il est é-
prouvé par
des peines
intérieures.

Dieu, destinant M. de Lantages à procurer la sanctification d'un grand nombre
d'ames, voulut, afin de le rendre plus
compatissant aux misères des autres, le
faire passer lui-même par la voie des tribulations. Les lumières et les consolations
dont l'ame du saint prêtre étoit inondée lui
furent retirés tout à coup, et il fut livré à
d'épaisses ténèbres et à des peines intérieures très-vives et très affligeantes. Dans
cet état, ses plus petites imperfections lui
paroissoient des monstres, et lui faisoient
souffrir un martyr d'autant plus cruel, que
jamais, durant sa vie, il n'avoit aimé
Dieu d'un amour plus pur ni plus ardent.
Le saint sacrifice, auparavant sa plus

grande jouissance, ne fut plus alors pour
lui qu'un sujet de trouble, de crainte et de
désespoir. Il auroit voulu s'en abstenir
tout-à-fait ; et il supplioit M. Olier de lui
permettre au moins de l'offrir plus rarement, ou de se confesser avant de monter
à l'autel. Mais un guide si versé dans les
secrets de la vie spirituelle, et instruit lui-
même des remèdes de cet état, par l'expérience de peines intérieures plus accablantes encore, n'eut garde de donner les
mains à cette nouvelle tentation. Il obligea, au contraire, M. de Lantages à célébrer tous les jours, sans vouloir qu'il s'en
dispensât sous aucun prétexte, et lui dé-
fendit de se confesser plus souvent que
deux fois chaque mois. Le disciple plus
docile encore aux ordres de son maître,
qu'affligé des peines qui sembloient con-
sumer son ame délaissée, se soumit en esprit d'humilité à tout ce qu'il exigea de lui,
quoiqu'il ne crût jamais monter à l'autel
que dans les dispositions du perfide Judas.
Cette dernière peine étoit pour M. de Lantages la plus douloureuse, et celle qui demandoit de sa part une obéissance héroïque ; puisque, pour suivre aveuglément la
volonté de son directeur, il étoit obligé de

fermer les yeux à ses propres lumières, et de se roidir contre les alarmes de sa conscience. Aussi son entière délivrance parut être la récompense de cette humble et généreuse soumission; car il plut enfin à Dieu de lui ôter cette rude épreuve, pour l'appliquer lui-même au soulagement des ames souffrantes.

XVII.
Fruits que fait le saint prêtre dans la direction des ames. Exemples d'un seigneur et d'un homme de guerre.

M. Olier, ne doutant point alors des desseins de Dieu sur M. de Lantages, confia à ce cher disciple l'éducation des clercs du séminaire, comme nous dirons bientôt, et exigea aussi de lui qu'il ne se refusât pas tout-à-fait aux personnes du dehors qui voudroient se mettre sous sa direction. Dès qu'on sut que M. de Lantages étoit appliqué à la conduite des ames, sa prudence et sa douceur le firent rechercher de toute part. Chacun venoit à lui comme à un saint, et Dieu montra combien cet empressement lui étoit agréable, en élevant bientôt ces personnes à une éminente perfection; car, entre les mains de ce saint prêtre, elles faisoient plus de progrès en huit jours, disent les mémoires du temps, que dans une année sous la conduite d'un autre. Le grand secret de sa direction étoit de recourir à la prière pour connoître les

desseins de Dieu sur chacune des ames
confiées à ses soins; et cette conduite avoit
toujours des succès étonnans, quand ces
ames se montroient dociles à la grâce. Si
l'on juge de la bonté d'un arbre par les
fruits qu'il produit, et de celle d'un directeur par les effets qu'il opère dans les ames,
il faut reconnoître que déjà M. de Lantages
étoit un très-habile guide dans les voies
du salut. Nous croyons édifier nos lecteurs
en rapportant ici les premiers fruits de son
ministère. Entre autres exemples qu'on
pourroit citer, on se rappellera long-
temps à la cour celui d'un seigneur, qui,
de mondain qu'il étoit, devint sous sa
conduite un modèle achevé de la perfection la plus sublime. M. de Lantages lui
persuada si efficacement de se donner a
Notre-Seigneur par la pratique généreuse
des conseils évangéliques, que ce gentilhomme vécut depuis dans une mortification
continuelle de ses sens et de ses passions,
se faisant à lui-même une guerre sans relâche. Il étoit très-affectionné à la pratique
de l'oraison mentale, y employant chaque
jour quatre ou cinq heures à genoux dans
l'église de Saint-Sulpice, où il avoit le
bonheur de communier. Jamais il ne re-

fusoit l'aumône aux pauvres, quoiqu'il ne
fût pas riche; et, pour réduire plus sûrement son corps en servitude, il portoit
sous ses habits une haire et une ceinture
de fer. Enfin il répandit une grande odeur
de vertu à la cour; et, étant mort aussi
saintement qu'il avoit vécu, on parla sérieusement d'écrire sa vie.

Un exemple non moins remarquable fut
celui d'un homme de guerre converti par
M. de Lantages, et qui persévéra jusqu'à
la mort dans tous les exercices de la piété
chrétienne. On dit que la conversion d'un
homme de cette profession est ordinairement plus sincère et plus entière que celle
d'un autre, parce qu'elle est plus héroïque; on eut lieu de s'en convaincre dans le
changement de vie de celui dont nous parlons. Cet officier, non moins admirable
que celui à la foi duquel le Sauveur rendit
témoignage, se servit de l'ascendant qu'il
avoit sur ses soldats pour leur inspirer à
eux-mêmes ses propres sentimens. Il le
fit avec tant de bénédiction, que, dans
l'intervalle des exercices militaires, on
voyoit sans cesse entre les mains de ces
soldats les OEuvres de Grenade, ou celles
du père Saint-Jure; et qu'enfin pour ho-

norer Notre Seigneur présent sur les autels, un d'eux étoit toujours en adoration devant le très-Saint Sacrement, chacun s'y rendant à son tour. Cette ferveur fut aussi durable qu'elle étoit éclatante; car, plus de quinze ans après, M. de Lantages ayant été obligé de passer par une ville de guerre, eut la consolation d'y voir observer ponctuellement ces saintes pratiques par les soldats que ce même capitaine y commandoit.

Mme Leschassier, issue de l'illustre famille de Miron, offrit aux dames de la paroisse de Saint-Sulpice un exemple frappant, et qui en détermina un grand nombre à se donner à Dieu. On ne put voir, sans une grande édification, cette dame, qui auparavant ne paroissoit jamais qu'avec des habits somptueux, et les plus riches atours, et dont le train se composoit de quatre carrosses, aller à pied, vêtue de la manière la plus simple, comme une femme du commun. Au lieu des visites frivoles qu'elle faisoit autrefois, des salons du monde et de leurs passe-temps, elle ne recherchoit que les greniers, les caves et les masures, pour soulager les pauvres honteux, les malades et les infortunés de

XVIII.
Exemples
de M. et de
Mme Leschassier.

toute espèce, uniquement désireuse de se
faire un trésor dans le ciel. Elle ne se contentoit pas de verser dans leur sein d'abondantes aumônes, et d'envoyer ses domestiques et ses enfans pour les visiter; mais par
obéissance à M. de Lantages, qui l'engageoit à se faire plus pauvre que les pauvres
mêmes, elle vouloit remplir à leur égard
l'office d'une humble servante, faisant
leurs lits, préparant leur nourriture, et
emportant leurs vieux haillons, qu'elle
avoit la force de nettoyer dans quelque
état qu'ils se trouvassent, et de raccom-
moder de ses mains. Le mari de cette vertueuse dame n'avoit pas moins de charité
pour les malheureux, ni moins de constance à les servir. Mlle Leschassier, qui,
avec tout le reste de sa famille, étoit sous
la direction de M. de Lantages, accompagnoit Mme Leschassier, sa mère, dans les
visites dont nous parlons, et montroit autant d'héroïsme dans sa charité. Un jour
qu'elle vit sa mère se disposer à peigner
une petite fille, dont la tête étoit extraordinairement couverte de gale, Mlle Leschassier, surmontant la répugnance
que lui faisoit éprouver sa délicatesse
naturelle, voulut tirer l'enfant à elle

pour lui rendre ce service; mais la mère,
non moins admirable, s'efforça de
la retenir, et lui dit en même temps :
« N'est-il pas convenable, ma fille, que
» vous me cédiez le meilleur ! » Si le récit
de cette action est capable de rebuter le
lecteur, qu'on juge de la vertu qui la fit
exécuter. Mme Leschassier usoit fréquemment de divers instrumens de pénitence
pour s'animer à avancer sans relâche, et
ne se servoit pas avec moins de fruit des
maximes que M. de Lantages lui inculquoit. Une de ces maximes, qui la tenoit
continuellement dans la ferveur, étoit de
ne faire aucune action dont elle ne pût
rendre une raison tirée de la foi; et une
autre, qu'il est toujours permis de se mortifier, et jamais de mortifier ses frères.
Cette vertueuse dame mourut en odeur de
sainteté, à l'âge de quarante-neuf ans (1).

(1) La conduite de M. de Lantages envers les
personnes qu'il dirigeoit est bien digne de remarque. Il usoit, à leur égard, d'une retenue et d'une
modestie parfaites; et il ne parla jamais à
Mme Leschassier, sinon en des lieux où ils pouvoient être vus. Ils se tenoient alors dans une telle
élévation à Dieu, qu'en les voyant on se sentoit
porté à la piété. Un jour, une femme de chambre
étant sortie pour quelques momens du lieu où ils

M. de Lantages eut le bonheur de trouver tous les membres de cette famille également dociles à la grâce. M. Leschassier,
dont la mort fut précieuse aux yeux du
Seigneur, laissa des enfans qui furent les
héritiers de sa religion bien plus encore
que de ses riches domaines. L'un de ses
fils, qui resta dans le monde, allia constamment, avec les fonctions d'un magis-
trat, les devoirs d'un chrétien exemplaire;
l'autre, renonçant au siècle, embrassa
l'état ecclésiastique, et s'attacha à la compagnie de Saint-Sulpice, dont il devint
dans la suite supérieur général. Mais la
digne sœur de ces vertueux frères parut ne
leur céder en rien, autant pour les vertus
que pour les talens : car, ce qui est rare

conféroient, ils coururent à l'instant après elle,
avec autant d'empressement que si le feu eût pris
à la maison, et la firent rentrer sur-le-champ, en
la priant de demeurer auprès d'eux. Cette conduite pourra paroître trop scrupuleuse; mais on ne
sauroit la condamner sans condamner aussi de
grands docteurs et de grands saints; qui, outre
qu'ils la gardoient exactement, la conseilloient
aux autres; et même sans condamner la sainte
Église, dont le vœu à cet égard ne peut être in-
connu qu'à ceux qui ignorent l'esprit de ses canons.

aujourd'hui parmi les femmes, elle avoit
fait de très-bonnes études, et expliquoit
les auteurs latins avec une facilité éton-
nante. M. de Lantages ayant remarqué
dans cette jeune personne un esprit vif et
pénétrant, une mémoire prodigieuse, et
un jugement extrêmement solide, prit un
soin particulier de sa sanctification. Il
l'appliqua à l'oraison mentale, et fit abou-
tir si adroitement les résolutions de sa
pénitente au mépris du monde et de ses
vanités, que peu à peu il la porta à se
détacher en faveur des pauvres de tous ses
atours superflus. Afin de donner plus d'es-
sor à son zèle pour les malheureux, elle
obtint de M. Leschassier son père, que la
somme qu'on auroit employée chaque an
née pour elle en habits et en ornemens fût
consacrée à nourrir et à entretenir quinze
petites orphelines. Elle mit ces enfans en
pension chez une vertueuse fille, qu'elle
obligeoit de les lui amener deux fois par
semaine, afin que dans les visites que ces
orphelines venoient lui rendre elle eût la
consolation de les faire lire, de les peigner
elle-même, et de s'assurer du zèle qu'on
avoit pour leur avancement. Elle fonda

deux communautés, l'une pour ces orphelines, et qu'elle accrut considérablement
dans la suite; l'autre, des *Filles de l'instruction*, dont elle éleva les bâtimens, et
qu'elle gouverna elle-même. Sa charité,
trop ardente pour être concentrée dans
l'enceinte de ces maisons, lui faisoit prendre part à tout ce qu'on entreprenoit à
Paris en faveur des malheureux, et lui
fournissoit des adresses infinies pour s'as-
socier les dames les plus qualifiées, et
jusqu'à des princesses, qu'elle faisoit contribuer à ses pieux desseins. Elle étoit l'a-
vocate de tous les pauvres, elle écoutoit
leurs plaintes, lisoit leurs papiers, et dé-
cidoit leurs différends avec un talent, une
justesse d'esprit, et une sagesse admirable. On la voyoit dans les rues toujours
à pied, quelquefois toute en sueur et sans
aucun ménagement pour sa santé, uniquement attentive aux besoins et aux
souffrances des autres. Au milieu de tant
de sollicitudes diverses, elle ne perdoit cependant rien de son attention à la sainte
présence de Dieu, ni de sa fidélité à ses
moindres exercices : ce qui faisoit dire à
M. de Lantages, qui la dirigea par lettres

jusqu'à sa mort, que *si elle n'étoit pas religieuse, elle en valoit bien six des meilleures et des plus ferventes* (1).

Ces traits, quelque propres qu'ils soient à montrer combien M. de Lantages étoit déjà versé dans le grand art de conduire et de perfectionner les ames, n'étoient cependant encore que comme ses premiers coups d'essai. On en concluoit, avec raison, que ce directeur feroit un jour des fruits merveilleux dans l'Église. En attendant ce moment, M. Olier l'appliqua à former les clercs de séminaire de Saint-Sulpice. Il crut qu'un homme aussi appliqué à Dieu, et aussi séparé du monde et de ses maximes, ne pouvoit demeurer avec les séminaristes sans les porter puissamment à la perfection de leur état; et la

XX.

M. de Lantages forme les clercs du séminaire de St-Sulpice.

(1) Cette mère des pauvres succomba enfin, victime de son zèle, aux atteintes d'une fièvre maligne, qui l'enleva en peu de jours, le 29 juillet 1694. Rien ne fut plus édifiant que son convoi: avec une foule prodigieuse de peuple, il s'y trouva plus de cinq cents orphelines qu'elle avoit élevées; les pleurs qu'elles versoient en abondance en firent répandre à beaucoup de personnes, émues d'un spectacle si touchant. En voyant ces enfans fondre en larmes, on ne pouvoit s'empêcher de leur dire: *Pauvres enfans, c'est bien aujourd'hui que vous êtes orphelines : pleurez sur*

suite fit voir qu'il étoit en effet bien fondé dans son attente : car l'exemple de M. de Lantages n'étant pas moins persuasif que ses paroles étoient insinuantes, sous ce nouveau directeur, ils firent de nouveaux progrès. Il s'attachoit, avant toutes choses, à les porter au recueillement et à l'esprit de foi dans leurs actions, persuadé que la dissipation est la ruine de la vie parfaite. Pendant que, sous les yeux de M. Olier, il faisoit ses premiers essais dans la formation des clercs, celui-ci ne négligeoit rien pour le rendre de plus en plus capable d'un ministère aussi sublime. Ce saint homme songeoit alors à se démettre de sa cure, afin de s'occuper uniquement à communiquer à ses disciples son esprit de zèle pour la sanctification du clergé, et de se livrer entièrement à l'œuvre des séminaires. « Un jour » dit M. de Lantages, qui nous a conservé ce trait précieux des conversations de M. Olier, « un jour, me

---

votre sort, ayant perdu votre véritable mère. Les gémissemens de cette grande multitude, leurs larmes et leurs sanglots étoient le plus bel éloge de la vertu de l'illustre défunte, et ils furent si universels, que leur bruit confus empêchoit d'entendre la voix des prêtres qui chantoient au convoi.

» parlant avec beaucoup d'affection de la
» manière d'instruire les jeunes ecclésias-
» tiques, il me dit qu'il falloit surtout leur
» inspirer la religion, ou le zèle d'honorer
» Dieu, qu'il estimoit être la propre vertu
» du clergé; et qu'afin qu'ils la pratiquas-
» sent bien, il ne falloit pas seulement
» qu'ils s'adonnassent affectueusement à
» tous les actes qui lui sont propres, soit
» intérieurs dans l'oraison, soit extérieurs
» dans le culte public de la majesté divine;
» mais qu'il falloit aussi qu'ils se portas-
» sent à tous les autres exercices de piété
» par le motif de la religion, qui leur fît
» chercher sincèrement et ardemment à
» honorer Dieu en cela. » Les prêtres les
plus recommandables à cette époque aimoient à venir s'édifier auprès des disciples de M. Olier. M. de Lantages, l'un
des directeurs du séminaire, devoit naturellement être en rapport avec tous les
amis de la bonne discipline et de l'honneur
du clergé; et nous voyons, en effet, que
plusieurs de ceux qui avoient fréquenté
les célèbres conférences de Saint-Lazare,
se faisoient un plaisir d'entretenir avec
lui quelque commerce d'amitié. Le plus
ardent de tous ces réformateurs du clergé

suscités de Dieu dans ce siècle, M. Bourdoise, le voyoit et lui écrivoit souvent.
Tout consumé du désir de procurer la réforme des ministres du sanctuaire, celui-
ci étoit ravi de voir de saints prêtres entreprendre enfin cette grande œuvre. « Je
» voudrois, disoit-il, que ceux à qui Dieu
» a donné quelques talens, quittassent
» tout autre emploi pour s'appliquer en-
» tièrement au soin des séminaires. Quand
» on ne contribueroit qu'à la perfection
» d'un seul prêtre, on rendroit plus de
» services à l'Église, que si l'on conver-
» tissoit des milliers de laïques; car un
» prêtre qui vit en vrai prêtre, peut aider au
» salut de mille milliers de laïques. » Aussi,
par un effet de l'affection qu'il portoit aux
prêtres de la petite compagnie de Saint-
Sulpice, M. Bourdoise, durant les troubles de la Fronde, en retira plusieurs à
Liancourt, et leur rendit toute sorte de
bons offices.

C'étoit au mois de janvier 1649, après
la fuite du Roi à Saint-Germain-en-Laye.
Les évènemens qui avoient précédé, et
qui furent si funestes au royaume, portèrent la reine régente à prendre un parti
contraire à sa douceur naturelle. Elle ré-

solut d'affamer Paris pour punir cette ville, et l'obliger, par ce moyen, de faire des soumissions à son roi.

Durant ces hostilités, divers corps de troupes faisoient le dégât dans la campagne, et y commettoient tous les désordres qu'entraîne avec elle la guerre civile. Il y eut plusieurs combats aux portes de Paris, et le duc de Châtillon y perdit la vie. Le danger inévitable de tomber entre les mains des soldats, qui se permettoient toute sorte de mauvais traitemens contre ceux qu'ils pouvoient arrêter, faisoit qu'il n'y avoit plus de sûreté à sortir de la ville. Saint Vincent-de-Paul, voulant aller à Saint-Germain pour solliciter la paix, pensa être tué par les habitans de Clichy, que des cavaliers allemands avoient pillés la veille, et qui s'étoient mis en armes pour les repousser en cas d'une nouvelle incursion.

Dans ces circonstances, où il étoit si naturel et si permis de craindre, M. Olier, se confiant à Dieu seul, fit partir deux de ses prêtres pour Liancourt. Il leur ordonna de s'y rendre à pied, et de passer par conséquent eu milieu des troupes qui occupoient la campagne, car ils avoient

XXI.
En allant à Liancourt, il tombe entre les mains des soldats. Sa confiance en Dieu.

3

douze lieues à faire pour arriver à Liancourt. Son choix tomba sur M. Souart et
M. de Lantages : il voulut les faire marcher ensemble, pour imiter Notre-Seigneur qui envoyoit ses disciples deux à
deux. Cet ordre, qui exposoit ces ecclésiastiques à une mort presque assurée,
étonna beaucoup de personnes ; mais ceux
à qui il fut donné n'en ressentirent aucune
peine, considérant d'un œil égal la mort
et la vie, pourvu qu'ils accomplissent en
toutes choses la très-sainte volonté de Dieu.
Ayant donc pris chacun leur Bréviaire,
sans dire un seul mot sur le péril qu'ils
alloient courir, M. de Lantages et son
compagnon se mirent en chemin, pleins
de cette vive confiance que la vue du danger ne fait qu'accroître dans les saints.
Lorsqu'ils furent à quelques lieues de dis-
tance de Paris, ils aperçurent de loin des
corps de troupes qui gardoient la campagne, et virent que plusieurs soldats, se
détachant des autres, accouroient à eux
en grande hâte. Il leur vint alors en pensée que ces soldats alloient peut-être leur
ôter la vie. Mais, au lieu de s'en affliger,
ils se sentirent remplis d'une si parfaite
confiance au Seigneur, qu'ils n'avoient

jamais rien éprouvé de semblable durant leur vie. « Nous étions bien assurés, disoit » dans la suite M. de Lantages, que ces » hommes ne nous feroient que le mal que » Dieu voudroit; et si la providence eût » destiné qu'ils nous fissent mourir, nous » aurions été bien aises de perdre la vie à » cette heure-là, sachant que ce que Dieu » veut pour nous, est toujours la chose qui » nous est incontestablement la plus utile » et la plus avantageuse. » Un plus grand sujet d'inquiétude pour eux, étoit la crainte que ces soldats n'offensassent Dieu en les dépouillant selon leur coutume; crainte d'autant plus fondée, que M. Souart avoit sur lui une montre d'or estimée sept ou huit cents livres. Ils crurent cependant avoir trouvé un expédient pour leur ôter cette occasion de péché, ou au moins pour diminuer le péché qu'ils étoient résolus de commettre: ce fut de leur offrir la montre comme un présent qu'on leur faisoit. Ils leur donnèrent effectivement cet objet, qu'ils n'eurent pas de peine à leur faire accepter.

Cet abandon entier à la sainte provi- **XXII.** dence étoit le plus grand sujet de satisfac- Il prêche tion qu'ils pussent donner à M. Olier. As- à l'église du

Pré-aux-Clercs.

suré que ses disciples seroient capables d'opérer toute sorte de biens, s'ils étoient morts à eux-mêmes, il vouloit qu'ils préludassent, par la pratique du renoncement, au ministère qu'ils devoient un jour remplir dans l'Église. Une nouvelle circonstance, qui survint bientôt, donna encore lieu à M. de Lantages de faire paroître sa parfaite obéissance, en même temps qu'elle fut une preuve éclatante de son mérite et de ses talens. Le renouvellement opéré dans la paroisse de Saint-Sulpice, depuis que M. Olier en avoit pris la conduite, attirant aux offices un grand nombre de personnes, le vaisseau de l'église devenoit insuffisant, surtout aux grandes solennités : d'ailleurs l'éloignement où plusieurs paroissiens étoient de cette église, pouvoit leur fournir un prétexte pour se dispenser de s'y rendre. Afin de parer à cet inconvénient, on fit exercer les fonctions curiales dans une petite église (1) voisine du *Pré aux-Clercs* (2).

(1) Elle étoit sous l'invocation de sainte Anne.
(2) Le *Pré-aux-Clercs*, situé près des murs de l'abbaye St-Germain, s'étendoit environ depuis la rue des Saints-Pères jusqu'au-delà du pont Louis XVI.

Comme M. Olier désiroit qu'on pût employer au service de la paroisse les prêtres du séminaire, pour manifester au dehors l'esprit intérieur de cette maison, il résolut d'envoyer M. de Lantages à la *petite paroisse* (c'étoit le nom de cette église), pour y prêcher aux solennités. Dès que la nouvelle s'en fut répandue, on y accourut en foule pour l'entendre, et avec tant d'empressement, que, l'église se trouvant trop petite, les confessionnaux et les embrasures des fenêtres étoient chargés d'auditeurs. L'ardeur qu'on avoit de l'écouter s'accrut toujours davantage; et la réputation du jeune prédicateur fit même tant d'éclat, que M. Olier, aussi amateur de la vie cachée pour ses disciples que pour lui-même, pria M. de Lantages de cesser entièrement ses prédications. Celui-ci se soumit aussitôt, avec la même obéissance qu'il avoit montrée pour les entreprendre.

Cependant l'édification que répandoit la petite société de M. Olier attiroit de nouveaux postulans à Saint-Sulpice. Ils venoient dans ce nouveau cénacle se remplir de l'esprit sacerdotal pour être capables ensuite de le communiquer aux autres: c'étoit comme autant de plants de réserve,

XXIII.
Plusieurs évêques de France demandent à M. Olier de ses prêtres pour établir

des sémi-
naires.

que le père de famille élevoit avec soin
pour les transplanter et les enter sur des
espèces altérées. Plusieurs évêques, char-
més des heureux commencemens de cette
nouvelle compagnie, crurent qu'il étoit
de l'ordre de la providence que les ecclésiastiques de saint Sulpice étendissent aux
provinces le bien qu'ils faisoient à Paris,
et prièrent M. Olier de léur donner quelques-uns de ses prêtres, afin de former des
séminaires dans leurs diocèses. M. Olier,
pour obéir aux désirs de l'un de ces prélats, M. de Beauvau, évêque de Nantes,
en avoit déjà envoyé plusieurs dans cette
ville pour y fonder un séminaire, et avoit
mis à leur tête M. de Hurtevent, qui établit encore dans la suite le séminaire de
Lyon. L'évêque de Viviers faisant les
mêmes instances pour son diocèse,
M. Olier commença, en 1651, l'œuvre
du séminaire de cette ville, et en établit
premier supérieur M. Gabriel de Caylus,
abbé du Loc-Dieu, qu'il avoit envoyé à
Viviers l'année précédente avec d'autres
ecclésiastiques de sa compagnie, afin d'y
faire des missions. Les sollicitudes qu'il
devoit à sa vaste paroisse n'avoient pas
permis à M. Olier d'aller en personne

présider à la fondation de ce séminaire;
mais, en 1652, s'étant démis de sa cure,
il fit un voyage dans le Vivarais, pour
consolider le séminaire de Viviers, et
prendre un repos que l'épuisement de sa
santé rendoit nécessaire. De Viviers, il se
proposoit d'aller à Avignon, où on le
sollicitoit beaucoup d'établir un séminaire.
Il voulut faire auparavant le pélerinage
de Notre-Dame du Puy, sans avoir encore
l'intention de former aucun établissement
dans cette dernière ville. Mais l'établissement projeté du séminaire d'Avignon
n'eut point de suite pour M. Olier; et
celui du Puy, auquel l'homme de Dieu
ne songeoit point alors, fut le fruit de son
voyage; car, durant son séjour au Puy, il
commença cette grande œuvre que M. de
Lantages devoit consommer, comme nous
allons voir dans la suite de cette histoire.

LIVRE SECOND.

Fondation du séminaire de Notre-Dame du Puy. M. de Lantages est institué grand-vicaire; ce qu'il fait en cette qualité pour la réforme du diocèse du Puy.

I.
Tableau
religieux du
Velay au
XVIIᵉ siècle.

On déroberoit à M. de Lantages une partie de la gloire qu'il s'est acquise, si, en écrivant l'histoire de cet homme de Dieu, on n'écrivoit aussi celle des salutaires réformes qu'il établit dans le Velay, et qui renouvelèrent la face de cette province. Mais, pour montrer l'excellence de ces réformes, il est nécessaire de reprendre les choses de plus haut, et de tracer le tableau religieux du diocèse du Puy pendant la première moitié du dix-septième siècle.

L'ignorance et la corruption, fruits des malheureux temps qui précédèrent de

près cette époque, avoient fait à l'Église
des plaies plus profondes que tous les
glaives des persécuteurs. Pour surcroît de
maux, l'hérésie, à la faveur de l'ignorance et de la corruption générales, at-
taqua la foi des peuples, et entraîna bientôt dans l'abîme des villes et des royaumes
entiers. De Genève, qui étoit devenue
comme l'une de ses places de guerre,
l'hérésie de Calvin pénétra sourdement
dans le Vivarais, les Cevennes, et de là
dans plusieurs endroits de l'Auvergne et
du Velay. L'état de cette dernière province, la seule qui doit nous occuper,
étoit tel, au commencement du dix-septième siècle, qu'on la comptoit avec raison
parmi les plus déréglées de la France.
Pour s'en convaincre, il suffit de se rappeler que, saint François Régis n'ayant
pu obtenir de ses supérieurs d'être envoyé
aux missions du Canada, on l'appliqua,
pour le consoler de ce refus, à faire des
missions dans le Velay, « où les peuples,
» en plusieurs endroits, n'étoient pas moins
» sauvages, ni peut-être moins difficiles à
» convertir que ceux du Nouveau-Monde.
» L'hérésie s'étoit glissée en plusieurs
» lieux du Velay; et, jointe à la fureur des

*Vie de
saint Jean-
François Ré-
gis par le P.*

3*

Daubenton;
liv. IV.

« guerres civiles, elle avoit tellement per-
» verti les mœurs des habitans, qu'on ne
» voyoit partout que libertinage. Ceux qui
» vivoient dans les montagnes, comme sé-
» parés du reste des hommes, étoient la
» plupart catholiques; mais les vices les
» plus grossiers étoient passés chez eux en
» coutume. L'ignorance des mystères de
» la religion y étoit universelle; la parti-
» cipation des sacremens et les autres
» pratiques chrétiennes presque entière-
» ment abolies. »

La ville du Puy, capitale de cette province, illustre dans nos histoires par un
genre de célébrité qu'elle ne partage qu'a-
vec un très-petit nombre de villes, dut à
la Mère de Dieu, sa patrone, la conservation de l'ancienne foi. Malgré les efforts
que fit l'hérésie pour s'y insinuer, elle n'y
put réussir; et à l'arrivée de M. de Lantages, on n'avoit vu encore au Puy qu'une
seule famille huguenotte. Néanmoins les
habitans de cette ville, grande, fort peu-
plée, et où les manufactures et le commerce attiroient beaucoup d'étrangers,

Vie de saint
Jean-Fran-
çois Régis;
liv. III.

« étoient tellement corrompus dans leurs
» mœurs, que, bien loin de faire honneur,
» par une conduite édifiante, à la foi qu'ils

» professoient, ils la déshonoroient par leur
» vie licencieuse; » et les plus respectables d'entre eux ne craignirent pas de déclarer, sous la religion du serment, que
c'étoit alors *une ville dissolue, et plongée
dans toute sorte de vices.*

Il n'y avoit qu'un seul remède à tant de
maux réunis; c'étoit de prêcher à ces peuples la pénitence, et de faire retentir à
leurs oreilles, comme autrefois à celles de
Ninive, les menaces d'un Dieu justement
irrité. Mais les prophètes n'avoient plus
de visions, et les sentinelles de la maison
du Seigneur étoient eux-mêmes endormis.
Le mal, en effet, avoit gagné jusqu'à ceux
qui auroient dû en arrêter le cours; et par
une calamité la plus terrible de toutes, au
lieu de diminuer la contagion, ceux-ci
ne servoient qu'à la répandre davantage.

Cependant Dieu alloit exercer sur le
Velay les desseins de sa grande miséricorde. Il venoit d'y préluder en montrant
à cette province un saint prêtre, digne
enfant du bienheureux Ignace, et qui,
par ses vertus, ses prédications et ses miracles, y renouvela les prodiges des temps
apostoliques, et mérita le titre glorieux
d'Apôtre du Velay. Régis parut au Puy;

II.

Disette des
bonsprêtres.
Nécessité
des séminai-
res pour les
former.

l'évêque, Juste de Serres, le reçut à bras
ouverts, comme un ouvrier envoyé par le
Prince des pasteurs, pour l'aider à défricher le champ confié à sa sollicitude. Le
saint missionnaire consacra, en effet, à la
sanctification des peuples du Velay les
dernières années de sa vie, parcourant
pendant l'hiver les bourgs et les villages,
et donnant le reste du temps aux habitans
du Puy. Mais toutes les victoires qu'il remporta sur le démon, durant son court ministère, semblèrent n'avoir servi qu'à
mieux faire connoître la grandeur du mal,
sans y apporter le remède capable d'en
tarir la source. Il falloit une génération
d'hommes apostoliques, pour rendre constamment aux peuples les secours dont ils
ont toujours besoin. Aussi saint François
Régis avoit-il formé le dessein d'établir
au Puy ou à Tournon un séminaire pour
les missions des campagnes : « Je vous

Vie de
saint Fran-
çois Régis;
liv. IV.

» prie d'exhorter de ma part le Père Fran-
» çois Régis, écrivoit à ce sujet le général
» des Jésuites, à mettre la dernière main
» à une œuvre si utile au public. La seule
» idée de son projet, et l'espérance que
» j'ai qu'il en résultera de grands biens,
» me remplissent de joie. » Ce projet étoit

en effet l'un des plus salutaires qu'on pût
imaginer pour les peuples de la province;
mais saint François Régis, que Dieu appela à lui sur ces entrefaites, eut seulement
le mérite de l'avoir formé. Ce fut un autre
saint que Dieu suscita pour l'exécuter,
M. Olier, fondateur du séminaire de Saint-
Sulpice. Ce dernier parvint en effet à
former au Puy, non-seulement un novi-
ciat pour les missionnaires des campagnes,
mais encore une maison de probation
pour les pasteurs, les chanoines, les vi-
caires, et tous les ordres du clergé, en y
établissant un séminaire, à la prière de
Henry de Maupal, successeur de Juste de
Serres, et des chanoines de la cathédrale.
M. Olier y consentit d'autant plus volontiers, qu'outre le motif qui l'avoit déjà
engagé à entreprendre plusieurs fonda-
tions de cette nature, il fut porté à celle-
ci par une considération particulière; ce
fut l'avantage qu'il s'en promit pour lui et
pour sa compagnie, dévouée spécialement
au culte de la très-sainte Vierge. « Ne
» pouvant, disoit-il un jour, demeurer
» continuellement à ses pieds devant cette
» sainte image, dans l'église consacrée
» sous son invocation, ne convenoit-il pas

» d'avoir auprès d'elle quelques-uns des
» membres de notre compagnie, qui tins-
» sent notre place, pour lui rendre leurs
» devoirs en notre nom; qui travaillassent,
» sous ses auspices, à la sanctification des
» ministres de Jésus-Christ son fils, des-
» tinés à conduire les peuples d'un diocèse
» qu'elle honore d'une particulière pro-
» tection ? »

III.
M. Olier
envoie M. de
Lantages au
Puy.

Mais, comme M. Olier ne songeoit nullement à établir un séminaire quand il se
rendit au Puy, et qu'il n'avoit pas sous la
main les directeurs qui devoient en prendre la conduite; il partit en promettant à
l'évêque d'envoyer, du séminaire de Saint-
Sulpice, quelques-uns de ses prêtres capables de seconder ses pieux desseins. Il
consentit même à lui céder M. de Lantages, que le prélat aimoit et considéroit
singulièrement. M. de Lantages étant
alors malade, (et il le fut durant quinze
mois) le départ des directeurs fut différé
jusqu'à l'année suivante 1653. Pendant
ce temps, M. Olier ne fit rien connoître
à M. de Lantages de ses vues sur lui, et
n'en donna non plus connoissance à personne. Il étoit persuadé que les paroissiens
de Saint-Sulpice les plus qualifiés, fe-

roient tous leurs efforts pour retenir M. de
Lantages à Paris, s'ils avoient connoissance de sa mission au Puy avant qu'il se
fût mis en chemin. Lors donc que les accès de la fièvre eurent quitté M. de Lantages, et lui laissèrent la liberté d'entreprendre ce voyage, M. Olier l'envoya à
Dammartin avec M. Souart, sous prétexte
d'y prendre l'air et d'y rétablir sa santé;
et environ un mois après, M. de Lantages
reçut une lettre de M. Olier, qui lui or-
donnoit de partir incessamment pour
Moulins, et d'aller l'attendre dans cette
ville.

La lettre, en lui commandant de se
mettre en chemin, ne lui disoit rien du
sujet de ce voyage. Il n'en falloit pas davantage à un enfant aussi docile; il partit
incontinent, comme si Dieu même le lui
eût ordonné : mais, étant arrivé à Moulins, il y trouva, à son grand étonnement, une seconde lettre de M. Olier,
qui lui mandoit de se transporter au Puy
pour y achever l'établissement du séminaire, et en être le supérieur. Une mission si inattendue surprit autant M. de
Lantages qu'elle l'affligea. Dans les bas
sentimens qu'il avoit de lui-même, il ne

comprenoit pas comment M. Olier avoit
eu la pensée de lui donner la conduite
d'une maison d'où devoit sortir le salut
d'un diocèse entier. « Je n'ai rien, disoit-
» il avec une simplicité d'enfant, de ce
» qu'il faut pour remplir cette charge ; je
» ne vois en moi aucune des qualités
» qu'elle demande, sinon d'avoir l'air
» d'être un bon garçon, et de rire de tout
» mon cœur, si cela pouvoit en être une. »
Mais, comme son obéissance n'étoit pas
moins grande que son humilité, il se soumit aveuglément aux ordres de M. Olier,
et prit aussitôt la route du Puy. Il arriva
dans cette ville avec deux autres prêtres
de Saint-Sulpice, que M. Olier lui avoit
associés, M. Le Breton, et M. Tronson,
connu sous le nom de l'*abbé de Saint-Antoine*, frère de M. Louis Tronson qui fut
dans la suite supérieur-général de Saint-
Sulpice. A ces deux coopérateurs, M. Olier
en joignit bientôt un troisième, M. Méthé.

En arrivant, ils allèrent droit à la cathédrale s'offrir à la très-sainte Vierge, et
mirent, dès ce moment, sous la protection
de cette auguste Reine du clergé, le séminaire qu'ils venoient fonder dans ce diocèse. La sainteté du lieu les pénétra de la

dévotion la plus tendre; et , aux pieds de
la statue miraculeuse de Marie, ils répandirent leurs cœurs avec une dilatation de
sentimens qu'il seroit difficile d'exprimer
M. de Lantages, surtout, y reçut de si
grandes consolations, qu'il ne manqua
presque jamais, tant qu'il demeura au
Puy, de visiter tous les jours, même dans
les infirmités de sa vieillesse, cette aimable patrone dans la basilique qui lui est
consacrée, et de venir lui faire hommage
des succès que Dieu daignoit accorder à
ses travaux. Après avoir donné un libre
cours à tous les sentimens de leur cœur,
les prêtres de M. Olier se rendirent chez
l'évêque, qui les attendoit avec une sainte
impatience. Le prélat s'empressa de leur
faire à chacun toute sorte d'accueils, mais
principalement à M. de Lantages, qui lui
étoit devenu plus cher par le sacrifice que
M. Olier avoit fait de cet enfant de sa
tendresse; car il avoit dit à l'évêque du
Puy, qu'en lui cédant M. de Lantages, il
lui donnoit son cœur.

Dès que les directeurs du séminaire furent arrivés au Puy, ils s'établirent provisoirement dans une maison située près
des degrés de Notre-Dame, au haut de la

IV.
Le blé du
séminaire se
multiplie

rue des Tables et qui appartenoit à M. Hu-
gues de Pradier d'Agrain. Quelque soin
qu'on eût pris de meubler cette maison,
les directeurs ne laissoient pas d'y manquer d'une infinité de choses nécessaires,
dont ils déroboient la connoissance à l'é-
vêque, par amour pour la mortification.
Durant ce temps, le couvent de la Visitation, où ils alloient dire la sainte messe,
leur rendoit de petits services domestiques, que le dénuement où ils étoient ne
permettoit pas à ces prêtres de refuser.
Ravies de contribuer en quelque chose au
soutien d'une maison qui devoit procurer
tant de gloire à Dieu, les religieuses de
cette communauté voulurent se charger,
pendant un temps considérable, de pétrir
et de cuire le pain du séminaire; et ce
service, quelque léger qu'il leur parût, fut
si agréable à Dieu, dont la bonté récompense jusqu'à un verre d'eau froide, qu'il
devint l'occasion d'un miracle longtemps
persévérant, opéré à la vue de tout leur
monastère. Car, durant plusieurs mois,
le blé qu'elles avoient reçu pour le pain se
multiplia miraculeusement entre leurs
mains; comme autrefois la farine entre
celles de la veuve de Sarepta, en récom-

pense des services à peu près semblables
que cette pieuse femme rendit au prophète. Au moins, dans leur esprit, l'é-
vénement passa-t-il pour miraculeux ; et
en toute rencontre elles se plaisoient à le
rappeler comme une marque de la protection de Dieu sur les prêtres de M. Olier, et
un gage assuré des bénédictions qu'ils attiroient sur le diocèse. On concevra aisément qu'elles avoient quelque raison d'en
juger de la sorte, si on se rappelle que
peu d'années auparavant Dieu avoit opéré
un miracle tout-à fait semblable aux yeux
des habitans du Puy, pour manifester la
sainteté de saint François Régis, en mul-
tipliant plusieurs fois le blé que ce saint
avoit amassé durant un temps de disette.
D'ailleurs, après la révélation dont nous
allons parler, ces religieuses ne pouvoient
douter que Dieu n'eût des desseins particuliers sur ces ecclésiastiques.

Long-temps avant que les prêtres de
Saint-Sulpice arrivassent au Puy pour
établir le séminaire, une religieuse de la
Visitation, nommée Marie-Laurence Pe-
ronnet, se sentit inspirée, dans ses oraisons, de demander instamment à Dieu,
par l'entremise de la très-sainte Vierge,

V.

Persécu-
tions prédi-
tes aux prê-
tres de
Saint-Sul-
pice.

qu'il lui plût envoyer de saints prêtres
pour régénérer le clergé de ce diocèse.
Cette fille, en grande réputation de sainteté, étoit d'une humilité profonde, et si
parfaitement morte aux choses du monde,
qu'on ne la vit presque jamais au parloir.
Des personnes dignes de foi rapportoient
des choses surprenantes qu'elles avoient
contemplées de leurs yeux lorsqu'elle s'u-
nissoit à son divin époux dans le banquet
eucharistique. Enfin, un témoignage dé-
cisif en sa faveur, est qu'elle avoit aussi,
au dedans du monastère, dans l'esprit de
ses sœurs, la réputation de sainteté dont
elle jouissoit au dehors, ces religieuses
étant toujours de plus en plus étonnées de
sentir leurs cœurs s'embraser du feu de
l'amour divin, quand elles avoient le bonheur de se trouver dans sa compagnie. Un
jour que cette sainte fille étoit devant le
très-saint sacrement, faisant plus d'instances qu'à l'ordinaire pour obtenir, par
l'entremise de la sainte Vierge, la faveur
qu'elle sollicitoit sans cesse; tout à coup,
dans l'ardeur de son oraison, elle vit cette
mère de bonté lui apparoître sous une
forme sensible, et elle l'entendit lui donner l'assurance, que dans peu son adora-

ble Fils enverroit enfin des ecclésiastiques
pour accomplir l'objet de ses ardens dé
sirs. Voici les circonstances de cette ap-
parition et d'une autre qui suivit bientôt
la première, rapportées par la religieuse
elle-même, dans une déclaration qu'elle se
crut obligée de faire, étant au lit de mort,
à M. l'abbé Genestet, depuis prévôt de
l'église cathédrale, et alors confesseur de
la Visitation:

« Mon père, lui dit cette sainte fille ,
» parfaitement présente à elle-même, je
» vous prie d'avertir messieurs du sémi-
» naire de ne point se rebuter pour les
» difficultés qu'ils auront à s'établir en
» cette ville; car, après avoir été appli-
» quée long-temps à demander à Dieu des
» ecclésiastiques zélés, pour l'utilité de
» ce diocèse, la sainte Vierge m'ayant as-
» surée de l'effet de ma demande; comme
» messieurs du séminaire arrivèrent quel-
» ques jours après, je ne pouvois me per-
» suader qu'ils fussent ces hommes, à
» cause qu'ils se tenoient retirés, et fai-
» soient si peu d'éclat dans la ville: mais
» je crus que c'étoient plutôt les mission-
» naires de Lyon, qui vinrent quelque
» temps après faire une mission dans

» cette ville, et dont j'appris les grands
» fruits. Croyant donc que les mission-
» naires étoient ceux dont la sainte Vierge
» m'avoit parlé, et lui en voulant rendre
» grâces, elle m'apparut derechef et me
» dit : *Ce ne sont pas ceux-là, mais les*
» *messieurs du séminaire : ils auront beau-*
» *coup plus de contradictions à essuyer (que*
» *ces missionnaires), et bien des difficultés*
» *à se pouvoir établir; mais enfin ils le fe-*
» *ront très-avantageusement, et avec de très-*
» *grands fruits dans ce diocèse, par la bé-*
» *nédiction que Dieu versera sur leurs tra-*
» *vaux. Je vous prie,* ajouta-t-elle, *de les*
» *en avertir, et de leur dire de ne point*
» *perdre courage, quelques oppositions qu'ils*
» *rencontrent dans l'exécution de ce dessein,*
» *qui procurera beaucoup de gloire à Dieu,*
» *et fera de très-merveilleux effets pour le*
» *salut des ames.* »

Après la mort de cette religieuse, M. Genestet se rendit au séminaire, et fit son rapport à M. de Lantages et aux autres prêtres de Saint-Sulpice, qui en reçurent une grande consolation, tant à cause du mérite éminent de la sainte fille, que de la prudence de son sage directeur.

VI.
Efforts que

Comme nous écrivons pour ceux qui ne

contestent point à Dieu le pouvoir d'opérer, quand il veut, des prodiges, nous
nous contenterons d'exposer simplement
toutes les choses merveilleuses dont on
verra plus d'un exemple dans cette histoire, et surtout dans la personne de M. de
Lantages, que Dieu destinant à renouveler la face du diocèse du Puy, favorisa du
don des miracles pendant sa vie et après sa
mort. Nous ferons pourtant observer, au
sujet de cette révélation, que si, dans
l'ordre naturel, Dieu s'occupe des moindres choses, jusqu'à diriger le vol d'un
passereau, dont la vie comme la mort n'in-
téressent personne, on ne doit pas être
surpris que ce même Dieu, si attentif dans
tout le reste, n'ait point abandonné au
hasard l'établissement des séminaires, qui,
dans les desseins de sa miséricordieuse
providence, devoient procurer la gloire de
l'Église, la réformation des prêtres et le
salut du peuple chrétien. Il faudroit au
contraire s'étonner que Dieu n'eût point
pris de part à la formation de ces maisons, et qu'il eût refusé d'assister de son
secours des hommes qui, pour les établir,
sacrifioient leur repos, leurs biens et leur
vie. D'ailleurs, en considérant les obsta-

fait le dé-
mon pour
ruiner les
séminaires,
et pour em-
pêcher d'en
établir.

cles sans nombre que le démon suscitoit pour retarder ou faire entièrement échouer ces institutions, il n'est pas surprenant qu'après avoir promis d'assister tous les jours son Église, Dieu ait pris pour la défendre un soin proportionné aux efforts que le démon faisoit pour la ruiner. « La » chose du monde la plus nécessaire, di- » soit M. Bourdoise, est de faire un bon » séminaire; et c'est ce que le démon tâ- » che d'empêcher de toutes ses forces. » En effet, les oppositions étoient quelquefois si grandes, qu'il falloit beaucoup de temps et les travaux réunis de plusieurs évêques pour en triompher. La suite de cette histoire en fournira une nouvelle preuve, et mettra dans la dernière évidence la vérité de la prédiction que nous avons rapportée.

VI.
Au Puy, on accuse d'ambition les directeurs du séminaire.

Le séminaire étant donc établi provisoirement à la rue des Tables, on y appela, principalement de la campagne, un certain nombre de jeunes clercs pour les y former. Les premiers résultats furent tels qu'on pouvoit les attendre, dans un temps où l'on avoit partout tant de préjugés contre les séminaires, et si peu de ressources encore pour les soutenir. La vie extrême-

ment réglée des directeurs les fit d'abord
regarder comme des hommes qui n'a-
voient rien que de dur dans leur gouvernement ; et bientôt l'ennemi de tout bien
en vint jusqu'à traverser ouvertement la
bonne œuvre. Il mit dans l'esprit de plusieurs personnes, que les prêtres du séminaire n'étoient pas venus de Paris dans la
pure intention de servir Notre-Seigneur
et son Église, mais dans le dessein de travailler pour eux-mêmes. On les accusa de
vouloir profiter de l'estime que leur témoignoit M. de Maupas, et d'avoir su déjà
s'insinuer si adroitement dans ses bonnes
grâces par leurs flatteries, qu'ils espéroient
bien n'avoir pas la dernière part dans la
distribution des bénéfices dont il avoit la
collation : c'étoit le bruit qu'avoient répandu les ecclésiastiques du pays. Il ne
pouvoit être plus mal fondé ; car, au lieu
de chercher à s'enrichir au Puy, M. de
Lantages, à qui sa profonde humilité faisoit croire qu'il étoit à charge au séminaire, payoit sa propre pension, celle de
son domestique et de plusieurs jeunes gens;
et continua de le faire tant qu'il en eut
les moyens. Cependant, comme le mal
s'accrédite facilement parmi ceux qui

4

n'ont ni le cœur assez pur et assez droit
pour présumer favorablement du prochain quand il leur fait ombrage, ni l'œil
assez simple et assez net pour ne voir en
lui que du bien, le préjugé ne laissoit pas
de se fortifier de jour en jour; et, si l'on
en eût cru des langues malignes, le nom
seul des directeurs du séminaire seroit
devenu bientôt une qualité odieuse, comme
leur présence étoit déjà un sujet d'inquiétude et d'alarmes.

VII.
Ils mon-
trent leur
désintéres-
sement,

Ceux que l'on calomnioit avec tant
d'injustice ne se défendirent que par le
témoignage de leur conscience et la droiture de leur cœur. Le silence et une parfaite égalité d'ame, accompagnée de la
plus grande affabilité envers tout le
monde, furent leur unique apologie; mais
Dieu, à qui ils avoient abandonné leur
cause, ne tarda point à en prendre lui-
même la défense. Pour écarter tous les
nuages et faire triompher la vertu, il permit que le doyenné de la cathédrale vînt à
vaquer par la mort du titulaire; ce qui
donna lieu au supérieur et aux directeurs
du séminaire de faire connoître leurs intentions, et de mettre leurs desseins à découvert. Car l'évêque du Puy, soit pour

leur donner un témoignage public de son
affection, soit pour honorer la place qu'il
s'agissoit de remplir, en y appelant un
ecclésiastique de grande vertu, y nomma
M. de Lantages. Les talens se trouvoient
réunis à la vertu dans la personne de ce
supérieur, de manière à ne laisser à M. de
Maupas nulle inquiétude sur le choix qu'il
avoit fait. D'ailleurs le doyenné, dont le
revenu étoit considérable, avoit une maison très-belle et très-spacieuse, parfaitement convenable aux besoins d'une communauté, et où l'évêque avoit intention
de placer le séminaire. Mais M. de Lantages, jugeant que les obligations de ce
bénéfice étoient incompatibles avec les
fonctions de sa charge, et résolu qu'il
étoit de servir gratuitement Jésus-Christ,
refusa constamment la dignité que M. de
Maupas lui offroit, quelques instances
qu'il pût lui faire. En remerciant son
bienfaiteur, il l'assura qu'outre plusieurs
autres considérations, son dessein, lorsqu'il étoit venu travailler sous ses ordres,
avoit été uniquement de gagner des ames
à Dieu, et non des biens ecclésiastiques;
et il ajouta que, loin d'être tenté par la
douceur du repos que pouvoit lui procurer

ce bénéfice après quelques années de travail au séminaire, il ne soupiroit qu'après
les peines et les fatigues, qu'il espéroit de
soutenir tant qu'il lui resteroit des forces.
M. de Maupas, ne pouvant faire accepter
le doyenné à M. de Lantages, s'adressa à
M. Tronson, l'un des directeurs, en lui
témoignant que son refus le mortifieroit;
mais il le trouva aussi désintéressé et aussi
ferme que le premier. Cependant, comme
l'évêque étoit jaloux de mettre un des ecclésiastiques du séminaire en possession de
la première dignité de sa cathédrale, il
eut recours successivement aux deux autres qui dirigeoient la maison; et ceux-ci,
animés du même esprit, lui firent à leur
tour la même réponse; de sorte que toutes ses poursuites réitérées n'en purent
gagner un seul.

Le prélat voyant le présent qu'il leur
avoit destiné revenu dans ses mains, après
avoir passé dans celles de tous les directeurs de son séminaire, sans avoir pu demeurer dans aucunes, voulut au moins
qu'ils lui nommassent eux-mêmes le sujet
qu'ils croyoient le plus digne d'en être
pourvu, et le plus capable d'en remplir
les obligations. Comme en choisissant ce-

lui qui auroit le plus de mérite, ils étoient
assurés de faire une œuvre très-agréable à
Dieu, et de n'exciter aucune plainte en le
cherchant non parmi les prêtres de la
compagnie de M. Olier, mais dans le
clergé même du diocèse, ils désignèrent
un ecclésiastique du pays, qui possédoit
toutes les qualités convenables à la dignité
de doyen. Ce fut Marcellin de Béget, d'une
ancienne famille du Velay, où la vertu
n'étoit pas moins héréditaire que la noblesse, et que son mérite éminent a fait
appeler, dans le *Gallia Christiana*, un
homme accompli et très-intègre. Lorsque
les habitans du Puy apprirent le refus que
les directeurs du séminaire avoient fait du
doyenné ; et que, bien loin d'aspirer aux
bénéfices de leur diocèse, ils n'étoient venus que pour instruire leurs enfans, et les
rendre capables des emplois ecclésiastiques ; une conduite si désintéressée fit concevoir une haute estime pour ces prêtres,
et l'on n'entendit plus parler d'eux qu'a-
vec éloge.

Comme on n'avoit point dans la maison
de chapelle convenable pour y faire les
offices, M. de Lantages conduisoit sa petite communauté dans les églises voisines;

VIII.
Le sémi-
naire du Puy
est transféré
à la collé-

giale de St-
Georges.

et par ces sorties journalières, il manifes-
toit, selon le désir de M. Olier, l'esprit
intérieur du séminaire, et répandoit ainsi
dans la ville la bonne odeur de Jésus-
Christ. Mais le nombre des séminaristes
croissant de jour en jour, la difficulté de
faire les offices devenoit aussi plus grande.
Pour la lever, M. de Lantages pria les
chanoines de Saint-Georges de l'autoriser
à se rendre habituellement dans leur
église avec sa communauté. Ces chanoines, ne faisant plus l'office que rarement,
y consentirent d'autant plus volontiers,
qu'ils avoient offert plusieurs fois leur
église dans ce dessein à d'autres communautés de la ville, et même à M. de Lantages pour la sienne. L'église de Saint-
Georges, entièrement déserte depuis près
d'un siècle, fut, dès ce moment, très-
fréquentée par les fidèles; et on s'y rendit
bientôt en foule quand M. de Lantages y
commença ses prédications, comme il sera
dit dans la suite. Mais l'inconvénient de
faire chaque jour, et plusieurs fois le jour,
le trajet de la rue des Tables, où étoit le
séminaire, à cette église; et d'ailleurs
l'incommodité des lieux qu'on occupoit,
toujours plus grande à mesure que la

communauté devenoit plus nombreuse,
firent naître à ceux qui la composoient le
désir de se rapprocher de Saint-Georges,
en venant habiter de vieux bâtimens abandonnés, et contigus à cette collégiale, de
laquelle ils dépendoient. M. de Lantages
les ayant donc demandés aux chanoines
pour y transférer sa communauté, cinq
d'entre eux lui cédèrent, pour l'espace de
six ans, tous les appartemens auxquels ils
avoient droit de prétendre, à condition
pour lui de les mettre en état d'être habi-
tés, et après ce terme, de les abandonner
aux chanoines sans dédommagement de
leur part. Ces conditions étoient assez
onéreuses; mais l'espérance de fixer un
jour le séminaire dans cette église, selon
ses anciennes vues, porta M. de Maupas
à les accepter, et à faire lui-même la dé-
pense nécessaire.

Cependant les fruits que produisoit l'é-
tablissement du séminaire devenoient plus
sensibles de jour en jour; et on distinguoit
facilement les prêtres formés à cette école,
des autres qui avoient été élevés par les
soins de leurs curés. M. de Maupas, ravi
de ces heureux résultats, concevoit toujours pour M. de Lantages une nouvelle

IX.
M. de Lan-
tages est
nommé
grand-vi-
caire.

estime, et rendoit à Dieu de continuelles
actions de grâces de lui avoir envoyé cet
homme si rempli de prudence, de lumières
et de sainteté. Il le soutenoit de tout son
pouvoir; et, pour lui donner le moyen
d'étendre à l'ancien clergé le bien qu'il
faisoit au nouveau, il voulut le nommer
son grand-vicaire. Il crut avec raison que,
pour opérer plus sûrement la réforme des
prêtres de son diocèse, il falloit mettre
à leur tête un homme du mérite de M. de
Lantages, et rendre à celui-ci autant
d'honneur qu'il pourroit, afin de lui concilier dans l'esprit de ses diocésains plus
d'autorité et de respect. Mais l'éloignement
de M. de Lantages pour les emplois éclatans, et la crainte qu'il avoit de ceux qui
sont plus difficiles à remplir, lui firent
prendre le parti du refus. L'évêque insis-
tant pour fléchir son opposition, il représenta avec modestie à ce prélat, que la
conduite d'un séminaire étoit déjà une
trop pesante charge pour des épaules aussi
foibles que les siennes, et qu'il lui feroit
un extrême plaisir d'imposer cet autre far-
deau à un ecclésiastique plus capable que
lui de le porter. Le prélat insista de nouveau, sans avancer davantage. Voyant

alors qu'il ne pourroit le vaincre, s'il n'usoit de son autorité sur lui, M. de Maupas lui ordonna, en vertu de l'obéissance que l'évêque a droit d'exiger de ses prêtres, d'accepter la charge qu'il lui destinoit; et cette fois M. de Lantages se soumit, en se réservant néanmoins d'en écrire à M. Olier, son supérieur, pour lui exposer ses oppositions et ses répugnances. M. Olier, qui connoissoit depuis long-temps la vertu et les talens de ce cher disciple, n'eut garde de s'opposer aux volontés de l'évêque; il crut, au contraire, qu'étant placé à la tête du diocèse, M. de Lantages n'en seroit que plus en état d'opérer la réforme du clergé; et, en conséquence, il lui écrivit de se soumettre. La suite fit voir que ni M. Olier, ni le prélat, ne s'étoient laissé conduire par une tendresse aveugle : et que l'élévation de M. de Lantages fut un de ces coups de providence dont Dieu use quelquefois, lorsque, comme dit saint Grégoire-le-Grand, pour guérir les maux des peuples, il suscite dans sa miséricorde un homme selon son cœur, qu'il met à leur tête pour les gouverner.

Dans cette nouvelle dignité, se croyant

X.
Il procure

4*

une mission générale à la ville et au diocèse du Puy.

redevable aux simples fidèles aussi bien qu'aux prêtres et aux clercs, M. de Lantages conçut le dessein d'une mission générale pour le diocèse. Il le proposa à M. de Maupas, et fit agréer à ce prélat d'appeler, pour l'exécuter, des ecclésiastiques de la compagnie de M. Cretenet, qui se formoit alors à Lyon. Ils vinrent, en effet, au nombre de six; et, après avoir évangélisé avec un fruit admirable les principales villes du diocèse, ils se rendirent au Puy pour y couronner leurs travaux par des succès encore plus éclatans. Au Puy, M. de Maupas, l'un des plus habiles prédicateurs de son siècle, se mit à leur tête, ainsi que M. de Lantages, l'ame de cette sainte entreprise. Les autres directeurs du séminaire s'étant aussi associés aux missionnaires, ils commencèrent, tous de concert, à défricher cette portion du champ du Seigneur, que les ronces et les épines couvroient de toute part. Les résultats surpassèrent toutes les espérances, et le changement qui se fit alors remarquer fut si sensible, que les missionnaires en étoient eux-mêmes étonnés. L'histoire de cette mission a été écrite; et voici à peu près en quels termes

en a parlé l'écrivain qui nous en a conservé le souvenir.

« Ce fut cette mission qui fit le plus de
» bruit, parce que ce fut celle où il y eut
» plus de concours. Les missionnaires
» prêchoient les jours de fête, à la même
» heure, en quatre églises différentes,
» sans pouvoir cependant suffire à la foule
» de peuple qui venoit de la ville et de la
» campagne pour les entendre. Dans le des-
» sein de participer à la grâce de la mis-
» sion, plusieurs gentilshommes des lieux
» circonvoisins se retiroient au Puy avec
» leurs familles, et la plupart étoient si
» empressés de se rendre aux exercices,
» qu'ils en oublioient le boire et le manger,
» ne pensant plus qu'à se nourrir du pain
» de la divine parole. Les marques exté-
» rieures de conversion, quelquefois si-
» gnes assez équivoques, sembloient, dans
» cette circonstance, être des preuves ir-
» récusables du fruit que la mission faisoit
» dans les cœurs; car, durant les sermons,
» et surtout au tribunal de la pénitence,
» où l'on se rendoit en foule pour faire des
» confessions générales, ce n'étoit que
» pleurs et que sanglots. Au sortir du tri-
» bunal, il n'y avoit point de procès qu'on

Vie de M.
Cretenet; p.
165.

» ne terminât, point d'ennemis qui ne se
» réconciliassent, ni d'abus, quelque in-
» vétéré qu'il fût, qu'on ne retranchât.
» Ceux qui s'étoient montrés jusque là
» constamment obstinés se convertirent ;
» même des voleurs de grand chemin et
» des femmes perdues, dont le change-
» ment de vie sembla tenir du prodige.
» Enfin le fruit de cette mission fut si
» surprenant et si universel, que chacun
» ne pouvoit s'empêcher de dire qu'il ne
» s'étoit jamais rien vu de semblable. »

XI.
Travaux
de M. de
Lantages
dans cette
mission.

Si M. de Lantages demeura caché sous le boisseau jusqu'à cette époque, la mission dont nous parlons fut l'occasion qui le fit connoître, et qui attira sur lui l'estime et la vénération publiques. Il prêchoit dans l'église de Saint-Georges, y faisoit le matin l'oraison à haute voix: et par là il mit peu à peu en usage parmi les fidèles ce saint exercice. L'éloquence douce et persuasive de l'homme de Dieu lui gagna bientôt tous les cœurs. On n'aura pas de peine à le croire, si on se rappelle quelle grande sensation ses prédications avoient faite autrefois à Paris dans l'esprit des paroissiens de Saint-Sulpice. Il avoit en effet toutes les qualités natu-

relles qui rendent un prédicateur de l'É-
vangile capable de convaincre et de toucher les ames. « Son grand talent étoit
» celui de la parole, dit M. Guyton , son
» successeur ; il avoit une onction qui en-
» chantoit ; son ton de voix, ses mouve-
» mens affectueux , tout portoit à Dieu ; son
» discours étoit d'ailleurs judicieux , suivi
» et pathétique. » Aussi disoit-on de lui ,
qu'il suffisoit de l'entendre pour s'affec-
tionner à sa personne, et vouloir tout de
bon se convertir. Il accueilloit avec un
visage si affable et des paroles si tendres
ceux qui venoient lui montrer les plaies
de leurs ames, qu'il les gagnoit tous à
Dieu. Non-seulement les laïques de toute
condition, après l'avoir entendu prêcher,
vouloient s'adresser à lui de préférence,
mais encore les prêtres accouroient en
foule se mettre sous sa direction.

Mais le démon, jaloux de ces heureux
succès, qui tendoient à ruiner son empire,
mit tout en œuvre pour en arrêter le cours.
Ne pouvant attaquer les missionnaires sur
leur vie entièrement irréprochable, il
s'en prit, pour les décréditer, à la manière simple et apostolique dont ils faisoient leurs prédications. Il suscita pour

XII.
On fait des
vers contre
les mission-
naires. M. de
Lantages y
répond.
Il compose
des canti-
ques.

cela quelques jeunes libertins, qui, pi-
qués d'entendre des discours qu'ils regar-
doient comme la censure publique de leurs
désordres, se mirent à composer des vers
contre les prédicateurs, afin de les dé-
crier dans le public. Comme cette pièce,
où il n'y avoit pas moins d'esprit que d'im-
piété, auroit pu, en excitant la curiosité
du public, devenir une occasion de scandale pour les foibles, M. de Lantages crut
qu'il étoit de la gloire de Dieu d'y répondre. Il mit donc lui-même la main à la
plume; et comme il avoit une grande facilité pour la poésie, il répondit en vers à
ces jeunes éventés, et du même ton qu'ils
avoient osé proposer l'attaque; mais il le
fit avec tant d'esprit et de finesse, que les
agresseurs, confus eux-mêmes d'avoir été
si imprudens, et se sentant beaucoup inférieurs dans cette sorte de combat, quittèrent aussitôt les armes, et renoncèrent
à la résolution qu'ils avoient prise de faire
circuler d'autres pièces de même goût. Le
démon ayant été ainsi déjoué, la mission
se finit très-heureusement. Il résulta même
de ces vers un grand avantage; car ceux
de M. de Lantages plurent tellement aux
habitans du Puy, qu'ils le prièrent dès-

lors de faire pour leur usage des cantiques de piété. Il ne crut pas devoir s'y refuser, espérant que ces petites pièces seroient un bon moyen pour conserver les fruits de la mission, et il ne fut pas trompé dans son attente. On chanta d'abord ces canti ques à la cathédrale, et ensuite dans presque toutes les églises de la ville. Depuis cette époque, M. de Lantages continua toujours de faire exactement chaque année, tant qu'il demeura au Puy, quelques nouvelles compositions de ce genre, surtout aux fêtes de Noël. Ces cantiques de Noël étoient accueillis avec autant d'admiration que d'empressement. Chaque année, il sembloit, en les voyant, qu'il n'y avoit plus rien à dire sur le mystère; et cependant, l'année d'après, on étoit toujours plus agréablement surpris de voir paroître de nouveaux cantiques, plus beaux et plus intéressans que les anciens.

Cependant, en s'appliquant à procurer le renouvellement des fidèles par les missions dont nous venons de parler, M. de Lantages ne négligeoit point sa communauté naissante. A cette époque le séminaire de Notre-Dame du Puy étoit pour

XIII.
Ferveur du séminaire du Puy. Exemple remarquable de religion que

M. de Lan-
tages y
donne.

toute la ville comme une source publique d'édification et d'esprit de ferveur. Le changement qui se faisoit remarquer dans les jeunes gens, après quelque temps de séjour dans cette maison, étoit aussi étonnant aux yeux du peuple, que consolant pour la religion. On les voyoit bientôt se détacher d'eux-mêmes, se remplir de mépris pour le monde, et répandre partout une telle odeur de sainteté, par leur recueillement et leur douce modestie, qu'en les voyant on ne pouvoit s'empêcher de leur porter envie, et de rendre des actions de grâces au Père céleste. M. de Lantages, pour les former plus efficacement aux vertus de leur saint état, leur en donnoit l'exemple le premier. S'étant un jour aperçu qu'un de ses clercs, encore rempli des fausses maximes du siècle, témoignoit quelque répugnance à porter la croix à une procession où le séminaire devoit se trouver, M. de Lantages, alors grand-vicaire, au lieu de reprendre ce jeune homme de paroles, pour le corriger, y réussit beaucoup mieux par l'exemple édifiant qu'il donna en cette occasion; car, ayant pris lui-même la croix, il la porta tout autour de la ville, et fit paroître, durant cette cérémonie, tant de modestie, de recueillement et de ferveur, que chacun ne pouvoit ensuite se lasser de parler de lui. Ce fut une leçon efficace pour le séminaire. M. de Lantages avoit du reste tant de douceur, de charité et de bonnes manières, que ses élèves, tous très-attachés à sa personne, se portoient de grand cœur à l'imiter. Aussi, quand il sortoit avec eux pour aller officier dans une église, on disoit à l'envi, en les voyant, qu'ils paroissoient plutôt un chœur d'anges, que des hommes vivans sur la terre.

L'édification que répandoit ainsi le séminaire étoit un puissant moyen pour conserver et entretenir dans la ville du Puy les fruits de la mission dont nous avons parlé. Mais M. de Lantages, croyant n'avoir rien fait tant qu'il restoit encore quelque bien à faire, voulut, par une visite pastorale, procurer aux autres villes du diocèse, et à toutes les paroisses de la campagne, une nouvelle occasion de grâces et de renouvellement. La présence du premier pasteur apporte en effet avec elle des biens de toute sorte, puisque l'évêque, image vivante de Jésus-Christ,

XIV.
M. de Lantages détermine l'évêque du Puy à faire une visite générale du diocèse, et y accompagne le prélat.

répand, comme ce divin Sauveur, mille bénédictions sur son passage. Une visite générale fut donc résolue, à la prière du serviteur de Dieu; mais l'humilité de M. de Maupas, autant que son affection pour son grand-vicaire, mirent une condition à l'exécution de ce dessein : ce fut que ce dernier l'accompagneroit, pour régler toutes choses de concert avec lui. Car ce prélat, qui aimoit beaucoup M. de Lantages, ne pouvoit guère s'en passer, étant toujours aussi charmé de son aimable conversation, qu'édifié de la sainteté de ses exemples. D'ailleurs, par estime pour ses lumières et sa grande prudence, il ne faisoit rien dans le gouvernement de son diocèse sans prendre auparavant son avis. Il déféroit en tout à ses sentimens, principalement dans la collation des bénéfices, choisissant toujours pour les remplir ceux que son grand-vicaire en jugeoit plus capables et plus dignes. Ce n'étoit pas seulement pour la conduite de son diocèse que le prélat prenoit ses conseils, il en usoit pareillement pour la sienne propre. Chacun voyoit, en effet, que la fréquentation de M. de Lantages lui servoit beaucoup pour son avancement spirituel : il s'éloignoit des compagnies, n'alloit pas si souvent à la cour, s'adonnoit avec plus d'application à l'oraison et aux fonctions de son ministère; et comme il savoit lui-même qu'il gagnoit infiniment à fréquenter le serviteur de Dieu, il voulut l'avoir auprès de sa personne dans une circonstance aussi importante au bien des ames qu'est celle d'une visite pastorale.

M. de Lantages se mit donc en marche, à la suite du pasteur qui alloit visiter ses ouailles. Rien n'étoit plus édifiant, et ne retraçoit mieux ce que l'histoire rapporte des voyages des plus saints évêques, que ces courses apostoliques. Les heures non consacrées aux fonctions de la visite, étoient sanctifiées par la prière ou par d'autres pieux exercices, qui se faisoient chacun en son temps et avec une ponctualité parfaite. En arrivant dans une paroisse, on en rassembloit le peuple au son des cloches, et là visite devenoit, pour ces bons habitans, une sorte de petite mission. Lorsque ceux-ci étoient accourus à l'église pour y voir leur pasteur, l'évêque ou le grand-vicaire leur faisoit une exhortation simple et familière, dont l'effet le plus ordinaire étoit d'attirer en foule, au

XV.
Ordre observé durant la visite.

tribunal de la pénitence, les pécheurs et
les justes ; tous ayant un égal empressement de montrer leurs infirmités à ces
charitables médecins des ames ; afin de
recevoir de leurs mains le remède capable
de les guérir. Les pauvres et les malheureux, la portion la plus précieuse du troupeau, étoient aussi les plus favorisés ; car
l'évêque et le serviteur de Dieu leur témoignoient tant d'affection, qu'ils les alloient chercher dans les hôpitaux, dans
les cabanes et dans les champs, pour les
consoler et les instruire. Ils éprouvoient
une joie incomparable de converser familièrement avec eux, de leur apprendre à
faire le signe de la croix, à réciter leurs
prières, à connoître Dieu et Jésus-Christ.

XVI.
M. de Lan-
tages pro-
cure l'ins-
truction des
enfans.

Ils ne s'affectionnoient pas moins à
l'instruction des enfans qu'à celle des
adultes, leur faisant eux-mêmes le catéchisme, et leur témoignant une bonté ma-
ternelle pour les attirer tous au Sauveur.
Ils avoient même pour eux des soins plus
tendres et plus empressés que pour le
reste du troupeau, les considérant comme
de petits agneaux, qui, par leur simplicité, étoient plus exposés que les autres à
la dent meurtrière des loups. Aussi, étoit-

ce ordinairement par l'instruction des enfans, qu'ils jugeoient du zèle du pasteur :
mais, par le malheur des temps, il n'y
avoit, dans la plupart des paroisses de la
campagne du diocèse du Puy, aucune
personne qui prît soin de les élever et de
les instruire. M. de Lantages, connoissant,
par l'expérience qu'on en avoit faite à
Saint-Sulpice, les grands résultats des
écoles où l'on formoit les enfans à la piété,
mit tout en œuvre pour en établir dans le
diocèse du Puy. Il sut inspirer les mêmes
vues et les mêmes désirs à M. de Maupas;
et, de concert, ils en établirent une multitude.

Pour répandre partout sur leur passage
la bonne odeur de Jésus-Christ, l'évêque
et son grand-vicaire, arrivés dans les hô-
telleries, où ils étoient obligés de descendre, se faisoient amener les enfans et les
pauvres, pour les catéchiser. Ils s'infor-
moient de tout ce qui pouvoit concerner
le salut des personnes de la maison, et
n'en sortoient pas sans avoir laissé, avec
la bénédiction de Dieu, la paix et la joie
dans tous les cœurs. Si, dans la marche,
on entendoit quelqu'un blasphémer le
saint nom de Dieu, M. de Maupas ne

XVII.
Il s'efforce
de rétablir
l'innocence
des mœurs
dans les
campagnes.

manquoit pas d'attaquer le blasphéma-
teur, et le reprenoit avec tant de force,
et à la fois tant de bonté, que, couvert
de confusion, le coupable se jetoit à ses
pieds, et le conjuroit humblement de lui
obtenir le pardon de sa faute.

Il fut aisé à M. de Lantages de remarquer beaucoup de désordres introduits par
la coutume où l'on étoit de réunir dans les
granges, à certaines époques de l'année,
un nombre considérable de toute sorte de
personnes, surtout pendant le temps des
moissons. A sa prière, M. de Maupas fit
un règlement sur une matière d'une telle
conséquence; et en même temps, il re-
commanda à ses curés d'empêcher, de
tout leur pouvoir, que les garçons ne
s'introduisissent dans les veillées, où les
personnes de l'autre sexe se rassemblent.
Il ordonna à celles-ci d'éviter entre elles
tout mauvais discours, et de s'entretenir,
au contraire, de choses innocentes, propres à maintenir la charité, la modestie
chrétienne, de s'édifier les unes les autres,
et de s'encourager mutuellement au service du Seigneur. Une coutume sainte et
édifiante remplaça bientôt les désordres
qui avoient précédé, et on vit les per-

sonnes de la campagne, occupées la plupart à faire de la dentelle ou d'autres ouvrages manuels, sanctifier leur réunion par la récitation du chapelet ou de quelque autre prière, que l'une d'elles faisoit à haute voix, et à laquelle toute la compagnie s'unissoit en travaillant; pratique qui s'observe encore aujourd'hui : car il est rare de traverser une bourgade de ce diocèse, sans rencontrer, sur son passage, quelques-unes de ces assemblées, doublement utiles, et aux personnes qui les composent, et à celles qui les considèrent en passant. Il se répand de ces pieuses réunions comme une vertu secrète, qui, se communiquant aux étrangers peu accoutumés à une manière si sainte de s'occuper, les porte à Dieu, ou au moins leur inspire du respect pour la religion et pour les personnes qui la professent, et les remplit d'une haute estime pour un diocèse où la connoissance de Notre-Seigneur est si répandue, que chacun apprend à son voisin à le louer et à le servir.

Comme les villes sont rarement exemptes de la corruption des mœurs, et qu'elle étoit fort grande au Puy et dans les autres villes du diocèse, M. de Maupas avoit éta-

XVII.
Il rétablit aussi les bonnes mœurs dans

les villes.
Protection
de Dieu sur
lui.

bli, pour les femmes pénitentes, une maison de refuge. M. de Lantages ayant vu que rien n'avoit plus contribué à la réforme du faubourg Saint-Germain à Paris, que l'éloignement des malheureuses créatures vouées à l'incontinence, mettoit tout en œuvre pour gagner à Dieu celles qui entretenoient, dans le diocèse du Puy, le désordre et le libertinage; et lorsqu'il ne pouvoit y réussir, il les faisoit enlever de force, ayant pour cela l'autorisation de l'évêque, seigneur temporel de plusieurs endroits du Velay. Ces coups de vigueur, quelque contraires qu'ils fussent à la douceur de sa conduite ordinaire, lui paroissoient cependant nécessaires à la conservation du reste du troupeau confié à sa garde, et il n'y eut jamais de considération humaine qui pût mettre en cela des bornes à son zèle, pas même la crainte de la mort. Au reste, Dieu fit voir, à n'en pouvoir douter, combien ce zèle, quelque ardent qu'il paroisse, lui étoit agréable, puisqu'il fit des miracles éclatans pour protéger son serviteur en des occasions où celui-ci, dans la vue de procurer aux autres la vie de l'ame, ne craignoit pas de s'exposer lui-

même à perdre la vie du corps. Le trait
suivant mérite bien de trouver place dans
cette histoire. M. de Lantages ayant fait
enfermer, dans la maison du *Refuge*,
deux jeunes personnes qu'un homme de
qualité entretenoit dans le désordre, ce
gentilhomme entra dans une si violente
colère contre lui, lorsqu'il se vit enlever
les malheureuses victimes de sa passion,
qu'il résolut de l'éteindre dans le sang
même de l'homme de Dieu, et que, par
un dessein non moins cruel qu'injuste, il
chercha, dès ce moment, l'occasion de le
tuer. Ayant un jour appris que M. de
Lantages étoit allé à Yssingeaux, il se rendit sur le chemin de cette ville pour exécuter cet horrible attentat, et vint tout
armé à sa rencontre. De loin il distingua
bientôt le serviteur de Dieu ; et ne le
voyant suivi que de son domestique, il
alla incontinent sur lui. Il portoit déjà les
mains à ses armes ; mais, soudain, lorsqu'il veut ajuster sur le saint prêtre l'instrument de son crime, au même instant
il est repoussé par une main invisible ;
comme s'il eût senti les efforts de quelqu'un qui l'obligeoit à reculer. Effrayé
alors par ce prodige, et saisi de crainte

5

pour lui-même, il met bas les armes; et honteux de l'attentat qu'il méditoit, il se retire avec précipitation, craignant de provoquer sur sa tête le feu du ciel, s'il attentoit à la vie d'un homme dont Dieu prenoit ainsi la défense.

XIX.
Il exhorte les pasteurs à une vie de règle.

Durant le cours de cette visite pastorale, M. de Lantages avoit l'œil ouvert sur tout, mais principalement sur la conduite des curés et des autres ecclésiastiques des paroisses; persuadé que personne n'est plus nuisible aux brebis du Seigneur, qu'un pasteur capable de les égarer par sa conduite. Pour procurer plus efficacement la réforme de ces paroisses, il engageoit M. de Maupas à en éloigner les pasteurs dont la vie n'étoit pas exemplaire, ou dont le zèle à s'acquitter de leur charge étoit entièrement éteint. Comme le prêtre doit mener une vie essentiellement de règle, et selon que l'enseigne saint Grégoire, se prescrire à lui-même des heures pour l'oraison et des heures pour le travail, M. de Lantages composa un règlement qui fixoit l'emploi et la distribution des diverses heures de la journée, et M. de Maupas l'inséra dans ses ordonnances.

Pendant que M. de Lantages s'occupoit ainsi à procurer l'honneur de la maison de Dieu et de ses ministres, une pauvre femme d'un village par où il passoit vint lui présenter son neveu, jeune aspirant à l'état ecclésiastique. Elle lui dit que, s'étant épuisée pour faire étudier cet enfant, elle étoit dans l'impossibilité de l'envoyer au séminaire, faute de moyens, et qu'elle seroit contrainte de lui donner une autre profession, si personne ne venoit à son secours. M. de Lantages, considérant ce jeune homme, crut aussitôt que Dieu l'appeloit à la cléricature, et sentit une espèce d'inspiration secrète, tout-à-fait semblable à celles que le Saint-Esprit donnoit en pareils cas dans les premiers temps de l'Église. L'histoire rapporte en effet que les apôtres et les premiers prédicateurs de la foi, annonçant l'Évangile dans les pays où ils passoient, connoissoient par révélation les hommes choisis de Dieu pour être élevés au sacerdoce; et nous lisons en particulier de saint Jean, qu'il voyoit briller sur leur front un signe par lequel il les discernoit. Dans la circonstance dont nous parlons, Dieu opéra quelque chose de semblable

XX.
Vocation de M. Gabriel Bardon.

sur l'esprit de son serviteur en faveur de
cet enfant : car, en le voyant, M. de Lantages crut discerner qu'il étoit destiné à
de grands desseins, et lui dit sans hésiter
de se présenter au séminaire, où il feroit
lui-même les frais de son éducation; ce
qu'il exécuta en effet. La suite montra
que la persuasion de l'homme de Dieu
venoit de quelque inspiration divine; car
ce jeune homme fut M. Gabriel Bardon (1),
l'un des prêtres de ce temps les plus
versés dans la théologie morale. Après
qu'il eut fait son séminaire sous M. de
Lantages, l'amour d'une vie paisible et
cachée, plus encore que son goût prononcé pour l'étude des sciences ecclésiastiques, le porta à entrer dans la congrégation de Saint-Sulpice. Il devint directeur du séminaire de Paris, et s'y acquit
une grande réputation, même sous
M. Tronson, l'homme le plus consulté de
son siècle : il étoit souvent consulté lui-
même par beaucoup d'habiles casuistes,
et M. Tronson se plaisoit à lui renvoyer
ceux qui s'adressoient à lui, en leur disant
avec humilité : « Allez consulter M. Bar-

(1) Il étoit né à Espaly, près du Puy.

» don, qui entend bien ces matières. »
M. Bardon étoit lui-même un modèle de la
plus touchante humilité. C'étoit principalement à la pratique de cette vertu que
M. de Lantages l'avoit appliqué sans relâche durant le temps de son séminaire; et
le disciple, secondant les efforts du maître,
n'oublia jamais l'obscurité de sa première
condition, dans quelque élévation qu'il ait
été par la suite. A l'exemple de saint Vincent de Paul, il parloit de sa famille avec
une sorte de complaisance aux prélats et
aux grands seigneurs avec lesquels il avoit
à traiter, et ne les édifioit pas moins par
son humilité, qu'il les satisfaisoit par la
sagesse de ses réponses.

Dans le cours de cette visite, M. de Lan- XXI.
tages reconnut que la source principale Vices du
du relâchement du clergé venoit de l'a- clergé,
bus où l'on étoit depuis long-temps de tout le mal.
conférer souvent les saints ordres à des M. de Lan-
sujets qui y prétendoient seulement pour tages solli-
se procurer par là une existence dans le cite des ordonnances
monde. Étant entrés dans cet état sans synodales
vocation, ils y vivoient sans vertus et sans pour les
aucune édification pour les peuples. De là retrancher.
toutes ces libertés scandaleuses que les
canons ont réprouvées tant de fois : l'exer-

cice de la chasse, la mondanité dans les
cheveux et dans les habits, une malpro-
preté indécente, étoient comme passés en
coutume. Plusieurs respectoient si peu la
dignité des saints offices, qu'ils les célé-
broient sans être même revêtus de l'habit
de chœur, et osoient monter à l'autel avec
des sabots aux pieds. D'autres, dans l'espoir d'un gain sordide, se rendoient assidus auprès des grands, et acceptoient de
leur part des emplois qui les mettoient
dans une honteuse servitude, en les con-
fondant avec leurs valets. Il est aisé de se
représenter l'état déplorable des paroisses
gouvernées par de tels pasteurs. Les fidèles ne recevoient presque aucune instruction; le catéchisme, si nécessaire à l'instruction des paroisses, y étoit tombé en
désuétude. Les enfans, admis sans préparation à la première communion, étoient
condamnés toute leur vie à une ignorance
profonde de leurs devoirs et de nos mystères, presque personne ne se chargeant
du soin de les instruire. Les églises se res-
sentoient de l'indolence honteuse des pasteurs; les vases, les linges, et tout ce qui
sert au saint sacrifice y étoient livrés aux
tristes effets d'une coupable négligence; la

très-sainte eucharistie n'étoit pas traitée avec plus de décence.

Rentré au séminaire, où le souvenir de ces désordres affligeoit vivement son cœur, M. de Lantages pria instamment M. de Maupas de faire usage de tout son pouvoir pour commencer à les retrancher; et le prélat dressa, dans cette vue et de concert avec lui, des ordonnances, qui, à la fin, arrêtèrent le cours du mal. M. de Maupas les publia au mois d'avril 1654; et, ce qui étoit plus difficile, il les fit observer partout avec une activité dont il ne pouvoit trouver le motif et l'aliment que dans son amour pour les obligations de sa charge. Ce corps de statuts et de règlemens a été pour le diocèse du Puy l'heureuse cause de la régularité qui le distingue encore aujourd'hui si éminemment parmi les diocèses de France.

XXII.
Règlement pour la réception des saints ordres.

La première de ces ordonnances tendoit à remédier à l'indigne réception des saints ordres, mal le plus contagieux, et la source de tous les autres. Afin donc d'éprouver à l'avenir la vocation des ordinands, on obligea ceux qui prétendoient aux ordres sacrés à demeurer un temps considérable au séminaire; et ceux qui

demandoient la tonsure, à ne point se
présenter avant l'âge de quatorze ans, et
sans s'être fait connoître au moins trois
mois avant l'ordination, pour qu'on pût
pareillement juger de leur vocation à ce
saint état. Mais comme ces règlemens ne
pouvoient procurer l'amendement des ecclésiastiques déjà employés dans les paroisses, le prélat exhorta ces derniers à
venir faire des retraites au séminaire, pour
se renouveler dans l'esprit de leur profession.

XXIII.
Établis-
sement des
conférences
ecclésiasti-
ques.

Un moyen très-efficace de rappeler aux
pasteurs les devoirs de leur ministère, et
de les porter en même temps à l'amour de
l'étude, fut l'établissement des conférences diocésaines : elles ne devoient pas être
particulières à une compagnie d'ecclésiastiques, comme l'assemblée que M. Olier
avoit autrefois formée au Puy, mais com-
munes à tous les prêtres du diocèse. Il y
eut même ordre à chacun de se rendre à
ces conférences, et au président nommé
par l'évêque de veiller à ce que tous y
assistassent fidèlement. On désignoit plusieurs des membres pour discourir sur les
points de dogme ou de morale que l'on
avoit eu soin d'indiquer dans des cahiers

imprimés, et l'on faisoit ensuite un entretien spirituel touchant quelque point
des devoirs ecclésiastiques. Ces conférences avoient lieu une fois chaque mois,
depuis le mois d'avril jusqu'au mois d'octobre inclusivement. Comme M. de Lantages étoit le mobile de ces assemblées,
l'évêque lui déféra l'honneur de choisir et
de rédiger la matière des conférences. Le
serviteur de Dieu s'acquitta de ce travail
avec un succès égal à son zèle pour la
sanctification des ecclésiastiques de ce
diocèse : il le continua tant qu'il demeura
au Puy, sous M. de Maupas; et le reprit
encore durant quelque temps, lorsque la
Providence le rendit à cette ville sous
M. de Béthune. On a formé des recueils
considérables des conférences du Puy,
que l'on conserve dans plusieurs biblio-
thèques.

Tous ces moyens réunis, soutenus
constamment de l'autorité du premier
pasteur, et animés par le zèle infatigable
de M. de Lantages, furent pour le clergé
du diocèse l'occasion d'une prompte et
heureuse réforme. La douceur et l'onction qui accompagnoient partout l'homme
de Dieu lui eurent bientôt gagné la con-

XXIV.
Le clergé
du diocèse
renouvelé.
Les mêmes
moyens pro-
duisent ail-
leurs les
mêmes suc-
cès.

5*

fiance universelle des ecclésiastiques. Rien
u'égaloit l'empressement qu'il témoignoit
à servir les moindres prêtres de la campagne : il quittoit tout pour eux ; et dans
la vue de les attirer plus facilement à
Dieu, il glissoit adroitement dans la conversation quelque chose d'agréable et
d'enjoué. Aussi tous recouroient à lui
comme à un père ; et l'estime de sa sainteté croissant tous les jours, la confiance
qu'on avait en lui devenoit aussi toujours
plus grande. Mais de tous les moyens
propres à opérer la réforme, le plus efficace étoit, sans contredit, le séminaire,
où s'élevoit une génération d'hommes
apostoliques ; car le jeune clergé, passant successivement dans cette maison,
reçut des mains de M. de Lantages cette
forme propre du sacerdoce, c'est-à-dire
ces habitudes de régularité, de modestie
et de travail si indispensables, que rien
au monde ne peut jamais les suppléer dans
un prêtre. Nous ferons connoître plus au
long, dans la suite, les fruits que produisit le séminaire sous la conduite de
l'homme de Dieu. Nous nous contenterons
de rapporter ici quelques témoignages.
« Depuis l'arrivée de M. de Lantages au

» Puy, disent les mémoires du temps,
» tout le clergé a été renouvelé par les
» soins de cet homme de Dieu, en sorte
» que l'on peut dire qu'il n'y a point de
» diocèse en France où les ecclésiastiques
» vivent mieux, et soient plus épurés de
» toutes les erreurs nouvelles, dont on ne
» voit pas même un seul prêtre soupçonné
» depuis ce temps-là. » L'auteur de la
dernière *Vie de M. Olier* parle ainsi des
heureux changemens que produisit le séminaire : « Nulle part, la bénédiction du
» Seigneur ne parut se répandre avec
» plus d'abondance, ni d'une manière
» plus sensible, que dans cette commu-
» nauté. Elle fut, à proprement parler, la
» semence féconde d'une génération de
» savans et fervens ecclésiastiques, qui,
» en peu d'années, changèrent la face du
» diocèse. » Et il ajoute : « C'est ce que
» témoignoit avec effusion de cœur M. de
» Maupas, après la mort de M. Olier,
» lorsque M. de Bretonvilliers, son suc-
» cesseur, passa au Puy : Depuis l'éta-
» blissement du séminaire, lui dit ce pré-
» lat, mon clergé n'est pas reconnoissa-
» ble. » M. de Béthune, évêque du Puy,
disoit comme d'une chose manifeste, dans

un *Factum* qu'il publia : « On a formé
» dans ce séminaire une infinité de bons
» prêtres et de savans ecclésiastiques, qui
» ont changé toute la face du diocèse, et
» rétabli la discipline (1). »

Dans les diocèses où ils furent appelés,
Dieu donna aux prêtres de M. Olier des
succès semblables à ceux que nous venons de décrire ; et, pendant qu'à Viviers
et à Clermont, ils établissoient les mêmes
réformes, l'un d'eux, M. de Hurtevent,

(1) Il faut bien que cette réforme ait produit
des effets extraordinaires, puisque l'auteur de la
Vie de M. Grosson, quoiqu'il ait écrit un siècle
après cette époque, va jusqu'à qualifier M. de
Lantages et les autres prêtres de Saint-Sulpice,
de « vases d'élection, qui portèrent la gloire du
» nom de Dieu dans tout le royaume ; d'hommes
» extraordinaires suscités pour l'honneur du sacer-
» doce, et pour réparer les ruines d'Israël ; nou-
» veaux Esdras, nouveaux Néhémies, qui relevè-
» rent les murs de la cité sainte, et rallumèrent
» le feu du sanctuaire depuis long-temps caché
» et enseveli. » Quoique peut-être la pente de son
cœur, plus encore que l'évidence des faits, eût
dicté à cet écrivain des éloges si pompeux ; au
moins sont-ils un témoignage de la haute estime
qu'on avoit eue autrefois de leurs travaux, et
qui vivoit encore alors dans le souvenir des fidèles.

renouvelât, par les mêmes moyens qu'on employa au Puy, la face du diocèse de Lyon alors dans un état déplorable.

« Ici je me sens comme transporté, di- *Oraison funèbre de M. de Villeroy.* » soit l'illustre Massillon, en rappelant *2ᵉ part.* » ces heureuses réformes : je vois ce dio- » cèse (celui de Lyon,), comme un chaos » informe et ténébreux, se développer » peu à peu : chaque jour offre à mes » yeux de nouveaux spectacles. Ici s'élè- » vent des maisons de retraite, des sources » publiques de l'esprit ecclésiastique, des » écoles de sacerdoce et d'apostolat, de » pieux séminaires si nécessaires alors et » si rares dans le royaume, où, loin du » commerce du siècle, et sous les yeux de » directeurs graves et consommés, on » sauve de bonne heure l'innocence des » clercs de la contagion du monde ;... et » où, dans les semences de doctrine et de » vérité qu'on jette dans une seule ame, » on voit croître l'espoir consolant de la » conquête de mille autres. Là, par les » soins d'un ministre savant et infatigable, » les pasteurs assemblés confèrent en- » semble sur ce qui regarde le royaume » du ciel, se communiquent leurs doutes » et leurs lumières ; puisent dans les plus

» pures règles des mœurs de quoi régler
» sûrement les consciences; opposent la
» loi de Dieu aux interprétations des
» hommes; apprennent à fuir également
» et ce zèle amer et intraitable.... et cette
» molle complaisance, qui, en voulant
» aplanir les voies du Seigneur, creuse des
» précipices aux fidèles. Ici s'établissent
» d'utiles retraites, où les pasteurs ac-
» courus de toutes parts réparent dans
» le silence, dans la prière, les dissipa-
» tions inévitables dans leur ministère. Là,
» sortis de ce nouveau cénacle, j'en vois
» des troupes sacrées qui vont faire dans
» nos champs des courses apostoliques, et
» qui renouvellent les prodiges comme
» les travaux des premiers disciples. »

XXV.
État des
monastères
de religieu-
ses.

La charge de grand-vicaire dont M. de
Lantages étoit revêtu, lui donnant inspec-
tion sur les communautés de religieuses,
il crut que, pour opérer plus sûrement la
réforme du diocèse, il falloit auparavant
réformer ces maisons. « Elles sont capa-
» bles, disoit-il, non-seulement d'inspirer
» à toute une ville, par leurs bons exem-
» ples, la piété, le mépris du monde, la
» pénitence, la modestie et la charité
» mutuelle; mais encore d'y attirer les

» bénédictions de Dieu, et d'en détourner
» ses châtimens par leurs pénitences et
» leurs prières. C'est un bonheur à une
» ville, qu'il y ait des maisons vraiment
» religieuses. » Mais, par le malheur des
temps, ces maisons étoient tombées, pour
la plupart, dans un relâchement étrange.
On n'y gardoit plus la clôture, les religieuses sortant de leur monastère sur le
moindre prétexte. On admettoit au-dedans
toute sorte de personnes, ce qui avoit
donné lieu à de grands scandales; et on y
recevoit à la profession sans la participation ni l'aveu de l'évêque. M. de Lantages,
en observant de près l'état de ces communautés, crut reconnoître trois causes
principales de leur grand relâchement:
dans les novices, le manque de vocation;
dans les religieuses, le défaut d'assiduité
à l'oraison, et de fidélité aux exercices; et
enfin, dans toutes, une trop grande com-
munication avec les personnes séculières.
Il jugea donc que le meilleur moyen de
réformer ces maisons étoit, en implorant
le secours de Dieu, d'y rétablir les maximes et les pratiques contraires à ces
abus.

Il commença par examiner lui-même

XXVI.
M. de Lan-

tages exa-
mine les no-
vices, excite
le zèle des
supérieures,
et exhorte
les commu-
nautés à la
pratique de
leurs obliga-
tions.

toutes les novices, et fut si exact à remplir ce devoir essentiel de sa charge, qu'on n'en reçut plus aucune, dans la suite, que M. de Lantages n'eût jugé être appelée de Dieu à cet état, et avoir les dispositions nécessaires pour prendre l'esprit propre de son ordre. Il lui étoit plus facile qu'à un autre de prononcer en cette matière, car la haute estime qu'on avoit partout de sa sainteté et de sa prudence engageoit la plupart des novices à lui faire leurs confessions générales. Pour procurer plus sûrement la réformation des monastères, M. de Lantages se crut obligé d'entretenir des communications avec les supérieures qui les gouvernoient, et dans toutes les occasions il leur inculquoit, mais avec une douceur d'expression et de sentiment à laquelle on ne résistoit pas, que la ferveur ou le relâchement de leurs communautés dépendoient du soin qu'elles prendroient d'y faire observer exactement toutes les règles. La fidélité à l'oraison étoit le moyen sur lequel il comptoit le plus pour rétablir la régularité; et il commençoit d'ordinaire par remettre en usage cet exercice fonda-mental, dans les communautés qui avoient besoin d'être réformées. « Je ne comprends

» pas, disoit-il, comment une religieuse,
» qui s'appliqueroit deux fois par jour à
» l'oraison, et, par conséquent, traiteroit
» d'amitié particulière avec Dieu, pour-
» roit l'offenser même en petites choses. »
Dans chacune de ses visites, il faisoit toujours quelque entretien sur les obligations
de la vie religieuse. « Il seroit impossible
» d'exprimer le zèle ardent qu'il avoit pour
» la perfection des communautés religieu-
» ses, » disoit une personne qui s'étoit
trouvée plusieurs fois à ces sortes de visites. « Il vouloit que les épouses de Jésus-
» Christ fussent sans tache, et il n'épar-
» gnoit ni ses soins ni ses peines pour
» les porter à la pratique des plus sublimes
» vertus. Il leur parloit avec beaucoup
» d'onction et de grâce ; et sa présence, la
» douceur de ses paroles, toujours ac-
» compagnées d'humilité, faisoient de si
» fortes impressions, que chaque fois
» qu'on le voyoit, on se sentoit tout re-
» nouvelé dans la volonté de travailler
» tout de bon à sa perfection. » On remarquoit la même sensation dans les hôpitaux,
lorsque le serviteur de Dieu y alloit pour
visiter les malades ; ce qu'il faisoit souvent. Dès qu'il y entroit, il causoit une

joie universelle dans ces maisons, soit aux malades, soit aux personnes employées à les servir, chacun ayant un empressement toujours plus grand de le voir et de l'entendre.

Les exemples de douceur et d'humilité qu'on admiroit en sa personne durant ces visites, ne touchoient pas moins les cœurs, que ses entretiens et ses discours. On eût pu citer une multitude de traits édifians, si on eût recueilli ceux que l'on racontoit de lui dans la plupart des communautés. Celui que nous allons rapporter ne paroîtra minutieux qu'aux hommes étrangers à la considération d'eux-mêmes; mais les autres y reconnoîtront la marque d'une grande et sublime vertu.

La supérieure de la Visitation du Puy ayant prié M. de Lantages de donner le voile à une jeune personne dont les parens avoient fait aussi de leur côté la même demande, le saint prêtre ne crut pas devoir leur refuser ce léger service. Il se rendit donc dans l'église du monastère. Mais un vieux père spirituel de cette maison, homme trop délicat sur les bienséances, et point assez jaloux lui-même de les garder, étant sollicité par quelque

personne mécontente, se rendit à la sacristie pendant que le serviteur de Dieu
disoit la sainte messe, et se revêtant aussitôt de l'aube et de la chape qui étoient
préparées pour la cérémonie, il attendit
que M. de Lantages eût achevé le saint
sacrifice. Dès qu'il vit que celui-ci revenoit
dans l'intention de prendre la chape, il
sortit lui-même de la sacristie; et étant
ainsi arrivé à l'autel, comme tout se
trouvoit prêt, il commença à l'instant la
cérémonie. Alors M. de Lantages, voyant
que ce bon père l'avoit supplanté, s'approcha d'un autre prêtre qui s'habilloit
pour dire la sainte messe; et, avec son
humilité ordinaire, ayant pris le Missel
entre ses mains, comme font les petits
clercs de paroisse, il alla servir cette messe
pendant laquelle il fit son action de grâces.
Lorsque la cérémonie fut achevée, il s'approcha du père spirituel qui l'avoit faite,
lui parla d'un air cordial et ouvert, lui
donna mille marques d'amitié, et ensuite
ils allèrent ensemble saluer la supérieure.
Celle-ci, vivement piquée du procédé du
père spirituel, et encore toute émue, ne
put s'empêcher de lui en faire des reproches, et lui dit : « Vraiment, mon père,

» je suis étrangement surprise , que vous
» ayez osé entreprendre de faire cette cé-
» rémonie, dont personne ne vous avoit
» prié, surtout après que M. de Lantages,
» votre supérieur , avoit eu la bonté de se
» rendre au monastère expressément pour
» la faire; au reste, vous ne pouvez pas
» ignorer que M. de Lantages , étant
» grand-vicaire, représente Mgr l'évêque,
» absent du pays. » Pendant que la supé
rieure parloit de la sorte , M. de Lantages,
plus affligé lui-même de ces reproches,
que celui à qui ils s'adressoient, inter-
rompoit de temps en temps la supérieure,
et lui disoit pour l'arrêter: « Ma mère,
» ma mère, cela étoit dû à monsieur : il
» est supérieur de votre maison. » Mais ,
voyant qu'elle ne laissoit pas de continuer
ses plaintes, il détourna le discours, en
faisant connoître la peine qu'il en ressentoit, et dit à la supérieure : « Vous devez
» être bien fâchée des irrévérences qui se
» sont commises devant le très-saint sa-
» crement. Il ne faudroit jamais entre-
» prendre ces sortes de cérémonies, les
» jours où il est exposé ; le monde y par-
» lant ordinairement avec aussi peu de
» retenue que dans une place publique.

» Nous devrions être vivement touchés du
» déshonneur que Notre-Seigneur y a
» reçu, et ne pas nous amuser à des ba-
» gatelles qui regardent les créatures. »

Pour rétablir plus efficacement la régularité dans les monastères, il en retiroit
quelquefois les religieuses les mieux disposées; et les ayant tenues quelque temps
dans des communautés ferventes, il les
renvoyoit ensuite dans leurs premières
maisons : ces religieuses, par leurs bons
exemples et leur vie nouvelle, gagnoient
plus facilement leurs compagnes à Dieu,
et étoient les mobiles les plus efficaces de
la réforme. M. de Lantages ayant un
jour visité une maison de religieuses Bé-
nédictines non cloîtrées, la trouva presque
destituée de tout secours, et dans un relâchement déplorable. Touché de compassion sur l'état de ces vierges folles, il
jugea que le meilleur moyen de ressusciter
en elles l'esprit de leur premier institut,
étoit d'en gagner quelques-unes des plus
solides en jugement et des mieux disposées
à la vertu, et de les envoyer, pour quelque
temps, dans un monastère bien réglé. Il
en mit une à la Visitation du Puy, paya
sa pension, lui fit faire une retraite; et

XXVIII.

Comment
il procure la
réforme des
anciennes
religieuses.

réussit si bien à la convaincre des obligations de ses vœux, qu'elle fit tous ses efforts pour ne sortir plus de cette maison. Mais l'homme de Dieu, dont le dessein étoit de se servir d'elle pour réformer les autres de sa communauté, ne voulut jamais y consentir, et l'obligea de retourner à son premier monastère, où, comme il l'espéroit, son exemple et sa vertu furent une occasion de renouvellement et de réforme.

XXIX.
Établissement des religieuses de Notre-Dame d'Yssingeaux.

Il ne donnoit pas seulement ses soins aux communautés qui existoient déjà, il s'occupoit encore à en former de nouvelles. Parmi les monastères à l'établissement desquels il contribua le plus, il faut mettre à juste titre celui des religieuses de Notre-Dame d'Yssingeaux, qui fut un des plus exemplaires du diocèse. Comme dans les commencemens la communauté de ces filles étoit réduite à manquer de tout, plusieurs personnes étoient d'avis d'abandonner l'entreprise, et croyoient qu'en agir autrement, ce seroit tenter ouvertement la Providence. M. de Lantages, le soutien, après Dieu, et le conseil de ces religieuses, les encourageoit, au contraire, à tenir bon contre tous ces obstacles, et il leur prédit même que Dieu alloit bénir l'entreprise. Ces saintes filles crurent sans hésiter à la vérité d'une prédiction, qu'un homme aussi défiant de soi-même osoit leur faire avec tant d'assurance ; et bientôt après, contre toutes les apparences humaines, la prédiction se vérifia pleinement : car le monastère de Notre-Dame d'Yssingeaux fut fondé très-avantageusement, et continua d'être pour toute la ville un sujet d'édification publique.

Pour établir les communautés dans cet état de ferveur, M. de Lantages s'efforçoit d'y faire régner la charité qui doit en unir tous les membres. Il étoit rare qu'il en visitât quelqu'une sans y parler sur la nécessité de l'union des cœurs. Il disoit avoir reconnu à cet égard un grand abus dans beaucoup de personnes consacrées à Dieu, qui se feroient scrupule de manquer à la moindre observance de leurs règles, et qui ne s'en faisoient aucunement de parler au désavantage du prochain, et de conserver contre lui des ressentimens et des froideurs. « Les personnes de cette » espèce, disoit-il, sont des religieuses ou » des dévotes qui ne sont pas chrétiennes. » J'approuve extrêmement que l'on soit

XXX.
M. de Lantages recommandoit la charité mutuelle dans les communautés.

» exact à l'observance de ses règles, jus-
» qu'aux plus légères; mais, avant toutes
» choses et sur toutes choses, ayons la
» charité envers Dieu et envers le pro-
» chain : c'est la loi fondamentale de tout
» le christianisme, sans laquelle nous
» sommes vides de tout bien devant Dieu.»
En ce point comme en tous les autres,
M. de Lantages donnoit aux communautés
du diocèse des exemples bien plus persuasifs encore que ses discours; car, quoiqu'il
ait eu à traiter avec toutes sortes de personnes, et dans des circonstances très-
difficiles, où souvent on ne cherchoit qu'à
traverser son zèle, jamais on n'a pu remarquer en lui aucun procédé, ni même
aucune parole qui ne fût toujours basée
sur la douceur et la charité.

XXXI.
Exemple re-
marquable
de la dou-
ceur de M. de
Lantages.

Pendant qu'il s'occupoit à la réforme
des monastères, il résolut, pour maintenir
dans le bien une communauté qu'il avoit
gagnée à Dieu, d'en donner la conduite à
une nouvelle supérieure, et de tirer celle-
ci d'un monastère étranger des plus fervens qu'il y eût aux environs. Dans ce
dessein, il fit tout exprès un voyage de
quarante lieues, et procura en effet à cette
communauté une supérieure qu'il crut

telle qu'il la désiroit. Deux ans après, la supérieure ayant reçu une postulante, qui accusa faussement M. de Lantages d'avoir voulu la détourner d'entrer dans cette maison, conçut des soupçons contre lui. L'ennemi de tout bien, profitant de cette circonstance pour troubler toute la communauté, aigrit extrêmement l'esprit de la supérieure, au point que celle-ci fit écrire au serviteur de Dieu une lettre pleine des reproches les plus mortifians; et que, pour satisfaire davantage son ressentiment, elle obligea toutes les religieuses de sa communauté à signer cette lettre. Ces religieuses, bien éloignées des sentimens de leur supérieure, furent extrêmement surprises de la proposition : elles avoient d'ailleurs un respect extraordinaire pour M. de Lantages et une parfaite confiance en lui, presque toutes lui ayant fait leur confession générale. Elles mirent donc tout en œuvre pour détourner ce coup; mais ne pouvant se refuser au commandement impérieux de la mère, sans causer du trouble dans la communauté, elles prirent le parti d'une dure soumission, et signèrent la lettre.

Lorsque M. de Lantages la reçut, il en

6

fut d'abord très-étonné, comme il devoit l'être naturellement, se voyant traité de la sorte par une communauté qui lui devoit tout, et par des personnes avec qui il avait eu les communications spirituelles les plus intimes. Il résolut de se venger lui-même à son tour, mais à la manière dont les saints se vengent: car il porta incontinent cette lettre sur l'autel, afin de l'offrir à Notre-Seigneur, et redoubla ses prières pour toutes les personnes qui y avoient mis leurs noms. Après la sainte messe, ayant dé-chiré tout le contenu de la lettre, il en garda la partie qui contenoit les signatures, et la colla derrière la porte de sa chambre, afin de se ressouvenir de prier pour cette communauté, et notamment pour la supé-rieure. Ensuite, avec ce calme et cette tran-quillité d'ame qui ne brilloient jamais plus en lui que dans ces sortes de rencontres, il écrivit à la supérieure la lettre suivante :

« Ma très-honorée Mère,

« Si vous et vos chères filles étiez pour » moi des personnes indifférentes, j'aurois » traité votre lettre de bagatelle, comme » je fais de celles qui contiennent de sem-» blables reproches; mais la charité que j'ai

» pour vous ne me permet pas d'en user de
» la sorte. Votre lettre m'a fait renouveler
» mon attention à prier pour vous toutes
» avec plus de ferveur, et j'ai offert au-
» jourd'hui le très-saint sacrifice pour cela.
» J'ai pensé fort positivement sur tous les
» points de votre lettre ; et plus j'y pense
» devant Dieu pour faire mon examen, plus
» je m'assure de n'avoir rien dit de tout
» cela. Ceux qui ont été à vos parloirs pour
» vous faire ces rapports, ont fait d'é-
» tranges méprises. » Il termine en assurant
à cette communauté sa protection, et
proteste qu'il en est toujours le serviteur
très-humble et très-obéissant.

Cette lettre jeta la confusion dans l'esprit de la personne qui l'avoit fait écrire,
et étonna les autres religieuses, dont aucune n'avoit osé espérer de leur supérieur
une réponse si humble et si pleine de charité. Mais elles furent bien plus surprises
encore, lorsque, dans le premier voyage
que M. de Lantages fit dans ce pays, elles
virent le serviteur de Dieu venir rendre
visite à leur supérieure comme auparavant, et de la manière la plus cordiale et
la plus obligeante. Cependant Dieu ne
laissa point impunie une si coupable in-

gratitude : car le monastère dont nous parlons demeura près de douze ans sans recevoir aucune fille pour être religieuse de chœur, à l'exception de celle qui avoit ainsi calomnié M. de Lantages : ce qui fut regardé par tout le monde comme une punition du ciel.

XXXII.
Avis du serviteur de Dieu aux supérieures.

Il est facile de comprendre, par ces exemples, le fruit extraordinaire qui accompagnoit toujours M. de Lantages dans ses visites aux diverses communautés du diocèse, et la haute réputation de vertu qui le précédoit et le suivoit partout. Aussi le regardoit-on comme un saint, et tous ses avis étoient reçus comme autant d'oracles. On le consultoit de toute part ; et c'étoit de lui que les supérieures attendoient la décision des cas les plus difficiles. Persuadé que le bien des communautés dépend de la conduite de ceux qui les gouvernent, M. de Lantages avoit un soin tout particulier d'inspirer aux supérieures l'esprit de charité et de ferveur. « J'espère, écrivoit-il à l'une d'elles, que » vos prières, vos paroles, vos exemples » et votre patience, avec le secours de » Dieu, produiront un renouvellement de » ferveur pour toutes les vertus dans votre

» chère communauté. Courage; soyez une
» fille forte; gagnez tous les cœurs à votre
» divin époux, par une charité cordiale et
» prudente. Gagnez-les à la vraie crainte
» de Dieu, à la dévotion sincère, à l'ob-
» servance fidèle, et surtout à une dilec-
» tion mutuelle qui est le grand trésor des
» communautés. »

Il écrivoit à une supérieure de la Visitation
du Puy: « Vos lettres me donnent bien de la
» joie, parce qu'il me semble que vous avez
» un courage chrétien, c'est-à-dire qui est
» fondé sur le mépris et la défiance de
» vous-même, et sur une cordiale con-
» fiance en votre divin époux. Je vous as-
» sure qu'une ame ainsi disposée est
» agréable à Dieu, et lui donne bien de la
» gloire. Sa divine bonté ne lui refuse rien,
» et se sent comme obligée de la protéger
» et de l'aider dans tous ses besoins. Con-
» tinuez donc, ma chère mère, à faire
» allègrement l'œuvre de Dieu; tenez-
» vous toujours au-dessus du respect hu-
» main, en n'oubliant pas pourtant qu'on
» ne gagne rien ordinairement sur les
» esprits des filles, si elles ne com-
» prennent qu'on a de la charité pour
» elles. »

XXXIII.
Il propage
la congréga-
tion des
sœurs de S.
Joseph.

Une communauté qui contribua beaucoup à la réforme du diocèse, par le genre
particulier de services qu'elle rendit, fut
celle des sœurs de Saint-Joseph, que nous
ne pouvons passer sous silence; car, si
M. de Lantages n'eut pas la gloire de l'a-
voir établie, il travailla avec succès à
l'affermir et à la répandre. Cette congrégation avoit été érigée au Puy, en 1650,
par M. de Maupas, à la prière du père
Médaille, missionnaire, de la compagnie
de Jésus. Dans ses diverses missions, ce
religieux ayant rencontré plusieurs personnes pieuses qui souhaitoient ardemment de se séparer du monde, conçut le
projet d'établir une congrégation de veuves
et de filles, vouées à l'instruction et au
soulagement du prochain. Il s'adressa,
dans cette vue, à M. de Maupas, qui approuva son dessein, et fit appeler au Puy
les filles que ce père avoit trouvées disposées à la retraite. Arrivées dans cette ville,
elles y furent reçues par une très-vertueuse
dame, Lucrèce de la Planche, veuve de
Joux, qui leur donna un asile dans sa
maison, jusqu'à ce que M. de Maupas les
ayant assemblées dans l'hôpital des Orphelines du Puy, leur en donna la con-

duite le 15 octobre 1650, avec des règles
et un habit particulier. Lucrèce de la
Planche fut l'une des premières personnes
qui se mirent sous la direction de M. de
Lantages, lorsqu'il commença de confesser à Saint-Georges, comme nous dirons
dans la suite. Quoiqu'elle fût alors un
modèle de toutes les vertus, elle sembla
commencer tout de nouveau sous la conduite d'un si bon guide; et par ses conseils
elle s'appliqua avec une nouvelle ardeur à
procurer l'affermissement de la congrégation dont nous parlons. M. de Lantages,
obligé, en sa qualité de vicaire-général,
de prendre part à toutes les bonnes œuvres
de ce genre, travailla à l'avancement de
celle-ci, autant par affection que par devoir. Il établit les sœurs de Saint-Joseph
dans toutes les villes et presque tous les
villages du diocèse du Puy, pour procurer
par-là l'instruction chrétienne des enfans
et le soulagement des malheureux. Il
contribua aussi à faire de semblables éta-
blissemens dans les diocèses voisins. Ces
filles se répandirent, en effet, dans l'Auvergne, le Vivarais et le Dauphiné. M. de
Lantages les protégea toujours de tout
son pouvoir, et leur donna, en toutes

rencontres, des marques de son estime et de sa bienveillance. Le jour de leur fête, ainsi que le jour des Épousailles de saint Joseph, il avoit coutume d'aller officier dans leur église au Puy, et d'y conduire le séminaire. Il garda long-temps la direction de ces sœurs, n'épargnant ni son temps ni ses soins pour les aider à s'établir solidement, et à se sanctifier dans leurs emplois. De leur côté, les sœurs de Saint-Joseph eurent toujours recours à ce sage directeur, comme à leur conseil et à leur lumière; et ce fut par un effet de cette grande déférence à ses avis, qu'un peu de temps avant sa mort, quelques-unes des principales maisons de divers diocèses s'assemblèrent extraordinairement au Puy, pour avoir son sentiment sur plusieurs points de conséquence concernant leur congrégation.

LIVRE TROISIÈME.

Suite des travaux de M. de Lantages, pour la réforme du diocèse du Puy ; ce qu'il fait principalement comme prédicateur , et comme directeur des ames.

Pour maintenir les fruits de la mission donnée par ses soins à la ville du Puy , M. de Lantages fit dès cette époque des instructions familières en forme de prônes, chaque dimanche, dans l'église du séminaire ; et le lundi, il y faisoit l'oraison en chaire et à haute voix. Il s'acquittoit de ce dernier exercice avec tant de grâce et d'onction, qu'on accouroit en foule pour l'entendre ; et pendant plus de vingt-cinq ans qu'il le continua , l'église du séminaire ne cessa jamais d'être remplie d'auditeurs. Le zèle de la conversion des ames, déjà très-ardent dans M. de Lantages,

I.
M. de Lantages fait des prônes et des oraisons publiques. Son zèle pour la conversion des pécheurs.

6*

s'embrasoit de plus en plus dans son cœur, par la considération des offenses que Dieu reçoit à chaque instant de la part des hommes. Mais plus son amour pour Dieu lui donnoit de haine du péché, plus aussi éprouvoit-il de tendresse et de compassion pour les pécheurs. Ce n'étoit cependant pas cette molle complaisance que Dieu réprouve par son prophète, mais cette charité affable et persuasive, accompagnée de toutes les qualités aimables qui peuvent gagner les hommes, et qui, en s'insinuant dans les cœurs, parvient à en arracher le péché.

II. Son humilité dans ses prédications. Pureté de ses vues.

L'homme de Dieu prêchoit avec une liberté et un abandon tout-à fait apostoliques. Il étoit toujours prêt à parler sur toute sorte de matières, et rarement il le faisoit sans fruit pour ses auditeurs. Les conversions qu'il opéra dans l'église de Saint-Georges furent sans nombre; et, comme elles étoient trop éclatantes pour les pouvoir dissimuler, il disoit, dans la basse opinion qu'il avoit de lui-même, quand on lui parloit du succès de ses prédications: « Hélas! je suis comme ces » mulets, qui rapportent du moulin la » fleur du froment pour les autres, et ne

» se nourrissent eux-mêmes que de son; »
paroles qu'il répétoit toujours avec un
grand sentiment d'humilité. Par un effet
de cette humilité sincère, il ne refusoit
jamais d'aller prêcher, au défaut des autres prédicateurs; et dans ces sortes d'occasions il disoit agréablement: « Je serai
» de bon cœur votre pis-aller; vous me
» trouverez toujours prêt. » La veille
d'une grande fête, M. de Lantages ayant
été prié de prêcher le lendemain, après
que trois ou quatre prédicateurs avoient
déjà refusé de le faire, quelqu'un voulut
lui faire observer qu'on ne le traitoit pas
avec assez d'honnêteté, en lui offrant un
discours déjà refusé par tous les autres.
« Je sais qu'il y a des prédicateurs qui se
» fâchent en pareil cas, répondit en sou-
» riant M. de Lantages; pour moi, je n'en
» fais pas de même, croyant que Notre-
» Seigneur n'est pas moins glorifié d'un
» sermon que l'on fait au refus des autres,
» que de ceux pour lesquels on a été prié
» le premier. » Chaque année, il faisoit un
sermon de la Passion qui produisoit des
fruits extraordinaires. Ce sermon étoit
d'un style si fort, si touchant et si affectueux, qu'on ne pouvoit se défendre d'é-

prouver, en l'entendant, des impressions très-vives. D'ailleurs, M. de Lantages, accoutumé à redoubler alors ses macérations corporelles, étoit plus capable de toucher les autres, étant lui-même touché plus vivement. A son extérieur triste, pâle et défait, on voyoit qu'il ressentoit au fond du cœur les douleurs de son Maître, et qu'il s'efforçoit principalement, dans ce temps, de lui rendre lui même, et de lui faire rendre par les autres, amour pour amour. Son cœur fondoit de tendresse à la seule pensée des anéantissemens, des souffrances et de la charité du Sauveur pour les hommes. Une de ses plus chères occupations étoit de s'en entretenir intérieurement devant Dieu, afin d'étudier davantage ce divin modèle. Quand il se préparoit à prêcher, il tâchoit surtout d'entrer dans les adorables dispositions de Jésus-Christ, selon les mystères que l'Église célébroit; et étant alors tout pénétré de la grâce et de l'esprit de ces mystères, il en parloit ensuite avec les ardeurs d'un séraphin.

III.
Il convertit
les

Mais, pour en revenir aux prédications qu'il faisoit dans l'église de Saint-Georges, elles ne servoient pas seulement à conver-

tir les pécheurs ; quelquefois elles opérè- hérétiques :
rent des changemens semblables dans les sa méthode.
hérétiques que les événemens de ce temps
avoient amenés au Puy. Une femme de
qualité, fille d'un ministre de Montpellier,
et qui, depuis son abjuration apparente,
étoit plus opiniâtrément attachée au cal-
vinisme, quoique, pour ne paroître pas
rebelle aux ordres du Roi, elle pratiquât
extérieurement quelques exercices de la
religion catholique, eut la curiosité d'aller
entendre prêcher M. de Lantages. Elle en
fut si touchée, et prit tant de goût à ses
prédications, que dès ce moment elle
suivit exactement tous ses prônes et ses
oraisons du lundi. Enfin, se sentant toujours plus fortement sollicitée par la grâce,
elle lui demanda quelques conférences en
particulier sur les matières de controverse,
et se convertit sincèrement. Elle le prit
pour son directeur ; et docile à ses avis
elle devint une très-bonne et très-sincère
catholique, et fut même, par sa conduite
exemplaire, un grand sujet d'édification à
toute la ville du Puy. Lorsque M. de Lantages vouloit gagner quelque hérétique à
l'Église, sa méthode ordinaire étoit de
faire devant lui un discours de piété sur

des points étrangers à la controverse, et que la personne ne pouvoit contredire. Comme les hérétiques des derniers temps prétendent ne croire que ce qui est contenu dans la sainte Écriture, il avoit soin d'appuyer tous les points de son entretien, de passages des livres saints appliqués fort à propos : ce qui, joint à l'onction de ses paroles, et au ton de sa voix, donnoit envie de venir encore l'entendre. D'autres fois, en usant de la même méthode, il amenoit doucement ces personnes à désirer de lui parler en particulier : occasion qu'il ne laissoit jamais échapper, et dont il profitoit pour résoudre tous les doutes de ces hérétiques, et démêler en leur présence les questions que leurs ministres s'efforçoient d'embrouiller. Il le faisoit avec tant de clarté, de précision et de force, qu'à moins d'avoir un cœur tout-à-fait endurci, personne ne pouvoit se roidir contre la vérité.

A l'époque dont nous parlons, l'hérésie de Jansénius s'étoit introduite dans une multitude de diocèses du royaume, et avoit même infecté beaucoup de communautés. Quoique la ville du Puy en fût entièrement exempte, il ne laissoit pas d'y passer de temps en temps des prêtres et des religieux entachés de cette erreur. M. de Lantages, dont l'œil voyoit tout dans le diocèse, veilloit de près sur ces étrangers, afin qu'ils ne pussent pervertir personne. Il faisoit plus; il alloit les chercher pour essayer de les convertir eux-mêmes. On l'a vu quelquefois, dans ces occasions, disputer jusqu'à la nuit close, comptant pour rien la perte du temps, et les incommodités auxquelles il s'exposoit. Quoiqu'il sût par expérience qu'il ne pouvoit rester le soir au serein sans en être incommodé, une fois, entre autres, disputant avec un religieux janséniste, il demeura en pleine rue fort avant dans la nuit; et l'humidité, jointe à la fraîcheur, lui causèrent un rhume et un mal d'yeux qu'il garda longtemps.

S'il avoit tant de zèle pour ramener à la foi ceux qui l'avoient abandonnée, il n'avoit pas moins de charité et de douceur pour soutenir dans le bien ceux dont la vertu étoit encore foible et chancelante. Une personne, confuse de tomber sans cesse dans les mêmes fautes, lui ayant dit un jour, qu'elle ne comprenoit pas comment il pouvoit la souffrir malgré ses con-

IV.

Sa conduite envers les ames foibles dans la vertu.

tinuelles rechutes ; M. de Lantages lui fit
cette réponse : « Une mère n'abandonne
» pas son enfant, encore qu'il revienne
» souvent à elle tout sale et malpropre ;
» et elle ne laisse pas pour cela de le bai-
» ser. Ainsi, nous qui exerçons dans l'É-
» glise un office de père et de mère, nous
» lavons les ames dans le sang de Jésus-
» Christ, et puis nous les chérissons en
» lui plus qu'auparavant. » Un gentilhomme dont les mœurs étoient très-dis-
solues, ayant conçu plusieurs fois le désir
de sortir du péché, venoit de temps en
temps se confesser à M. de Lantages ; et
chaque fois, les charitables avis du serviteur de Dieu lui communiquoient des
forces sensibles, en sorte qu'il persévéroit
plusieurs mois dans ses résolutions. Mais,
oubliant ensuite ses promesses, il retour-
noit à ses anciens péchés ; et cependant
M. de Lantages, pour n'éteindre pas le lin
qui fumoit encore, recevoit ce pécheur
avec une bonté toujours inaltérable. A la
fin, il le détermina à entreprendre une
confession générale, qui eût suffi pour
faire un saint de ce gentilhomme, s'il eût
été plus fidèle à la grâce ; car, ayant été
touché de Dieu extraordinairement dans

cette circonstance, il rompit aussitôt
toutes les attaches qui le lioient au monde,
s'éloigna des occasions, et persévéra quelque temps dans une vie très-exemplaire.
Malheureusement, l'habitude, jointe aux
mauvaises compagnies dont il eut la foiblesse de se rapprocher cinq ou six mois
après son retour à Dieu, l'entraînèrent
encore dans ses premiers désordres, et
rendirent son dernier état pire que le premier. Alors M. de Lantages, vivement affligé, pria instamment pour une ame qui
lui devenoit d'autant plus chère, qu'elle
étoit plus exposée au danger de se perdre
sans ressource. Le châtiment du coupable
étoit résolu dans les conseils de la justice
divine; et M. de Lantages ayant eu occasion de consoler la femme de ce jeune
seigneur, lui dit à la fin d'un ton prophé-
tique : « Soyez assurée, Madame, que
» votre époux mourra d'une mort funeste.»
La prédiction eut bientôt son effet. Des
affaires de conséquence ayant appelé ce
gentilhomme loin de son pays, à peine fut-
il arrivé au lieu où il vouloit se rendre.
qu'au mépris des avis que lui avoit donnés
son évêque en le quittant, il entra dans
un lieu de débauche, où quelques libertins

le blessèrent à mort. Dieu cependant lui réservoit un temps de miséricorde pour pleurer ses péchés; car la blessure, quoique mortelle, ayant laissé à ce seigneur quinze jours de vie, les paroles de M. de Lantages lui revinrent alors à l'esprit. Il se réveilla comme d'un profond sommeil, et employa tout ce temps à demander pardon au Seigneur avec des sentimens extraordinaires de pénitence et de componction. Enfin il reçut les sacremens, et sa mort fut aussi édifiante que sa vie avoit été scandaleuse.

V.
Il porte à la piété et à l'oraison un grand nombre de personnes du monde.

La manière pathétique dont M. de Lantages annonçoit la parole de Dieu, et la réputation de sa sainteté, attiroient à son tribunal toutes les personnes résolues de se donner à Dieu sans partage. Plusieurs femmes de qualité, fort engagées dans les vanités du monde, étonnèrent la ville du Puy par le changement qui se fit remarquer en elles dès que l'homme de Dieu les eut sous sa conduite. Comme il avoit le talent, en dirigeant les ames, de dire à chacun ce qui lui convenoit, il porta en très-peu de temps les personnes dont nous parlons à renoncer aux plaisirs qui les avoient captivées jusqu'alors, et à s'adon-

ner sérieusement à la pratique de l'oraison
et des vertus du christianisme. Pour donner plus d'activité à leur zèle, et fournir
un nouvel aliment à leur amour envers
Notre-Seigneur, il les appliqua à tous les
offices de charité que la religion sait rendre aux malheureux ; et outre l'édification
singulière qu'elles donnèrent à la ville du
Puy, elles portèrent encore à Dieu beaucoup de personnes, par leur modestie,
leur douceur et la sainteté de leur vie.

La pratique constante et invariable de
M. de Lantages étoit d'appliquer au saint
exercice de l'oraison toutes sortes de personnes, même les plus grossières. « L'o-
» raison, disoit-il, étant l'ame de la piété
» chrétienne, nous fait être à Dieu dans le
» fond du cœur, et nous rend ses adora-
» teurs en esprit et en vérité. Tout chré-
» tien est capable de faire oraison men-
» tale, parce qu'il peut, avec la grâce,
» croire et espérer en Dieu, l'adorer,
» l'aimer et l'invoquer par le langage du
» cœur, que le Père céleste écoute plus
» volontiers que celui de la bouche. Les
» esprits médiocres, ajoutoit-il, sont sou-
» vent mieux disposés à cette sorte d'en-
» tretiens avec Dieu, ayant moins d'orgueil

» que les esprits plus cultivés; et les per-
» sonnes ignorantes et grossières sont tout-
» à-fait capables de méditer les vérités de
» la foi, puisqu'elles ont grâce pour bien
» penser à leur salut. Quand le Saint-
» Esprit, disoit-il encore, a mis dans ces
» ames, au moment de leur baptême, les
» habitudes de la foi, de l'espérance, de
» la charité, de la religion et des autres
» vertus; il s'est mis lui-même dans cha-
» cune d'elles, pour lui en inspirer l'usage;
» et souvent, par sa sainte grâce, les plus
» simples sont les plus éclairés et les plus
» enflammés dans l'oraison. » Dans cette
vue, il engageoit les personnes qui ne savoient pas lire à réciter avec des pauses et
en langue vulgaire, le Symbole des Apôtres, l'Oraison Dominicale, la Salutation
Angélique, afin de les faire réfléchir sur
ce qu'elles disoient à Dieu et à la très-
sainte Vierge dans ces prières.

VI.
Beaucoup de personnes de qualité se mettent sous sa direction.

On comprendra aisément quel fruit dut
produire au Puy un homme aussi habile
dans la conduite des ames, si on se rappelle
les succès étonnans de son ministère,
lorsqu'il commença de l'exercer à Paris.
Au Puy, tout le monde accouroit à lui
comme à un saint, et les personnes qui

avoient été une fois sous sa direction ne
pouvoient plus goûter celle d'un autre. La
réputation de M. de Lantages dans ce genre
de ministère étoit si bien établie, qu'un
grand nombre de personnes venoient tout
exprès au Puy pour lui demander des avis
spirituels. Les uns, après les entretiens
qu'ils avoient eus avec lui, se sentoient
entièrement dégoûtés du monde, et éprouvoient un désir extraordinaire de travailler
tout-à-fait à leur perfection : les autres,
plus avancés dans la vertu, rapportoient
toujours de leurs communications avec le
serviteur de Dieu le désir d'une perfection
plus éminente. Une dame de grand nom
ayant perdu son mari, et étant sollicitée
instamment, par des seigneurs de la cour
du roi Louis XIV, de passer à de secondes
noces, vint de Paris au Puy pour prendre
conseil de M. de Lantages ; et celui-ci agit
si efficacement sur son cœur, que, l'ayant
détachée du monde, il la détermina à se
consacrer tout-à-fait à Dieu par le vœu de
chasteté perpétuelle. Elle le prononça en
effet, après la sainte communion, dans la
chapelle Angélique de Notre-Dame du
Puy, en la manière que M. de Lantages
lui avoit prescrite. Les personnes de qua-

lité étoient attirées vers lui par une grâce
particulière; et nous parlerons dans la
suite, des courses apostoliques qu'il faisoit
dans le diocèse, pendant les vacances du
séminaire, afin de rendre à ces personnes
les services de charité qu'elles attendoient
de lui, et qu'elles recevoient toujours de
sa part avec des marques d'une extraordinaire satisfaction.

VII.
Il s'emploie
de préfé-
rence à la
direction des
pauvres.

Mais, ce qui est particulièrement digne
de remarque, c'est l'empressement plus
grand encore du serviteur de Dieu à diriger et à assister les pauvres. Il exigeoit rigoureusement, sans avoir jamais égard à
la qualité ni au rang, que les personnes
placées auprès de son confessionnal atten-
dissent chacune leur tour. Quelquefois
même, quand il reconnoissoit une vertu
solide dans les personnes de distinction,
il prenoit plaisir à éprouver leur humilité,
en leur préférant les pauvres. Un jour,
M. de Lantages étant dans la sacristie de
Saint-Georges, un laquais vint lui dire
que la duchesse d'Uzès, une des premières
dames de la cour à cette époque, l'attendoit dans l'église pour se confesser; et ce
domestique avoit à peine fini de parler,
qu'une pauvre femme, entrant, pria aussi

M. de Lantages de venir lui rendre le
même service. L'homme de Dieu, se
tournant alors vers ce laquais : « Allez dire
» à votre maîtresse, lui répondit-il, que
» j'irai la confesser après que j'aurai en-
» tendu cette personne. » Il tint parole, et
donna d'abord à celle-ci tout le temps
qu'elle voulut. Ensuite, dans le courant
de la journée, ayant été rendre visite à la
duchesse d'Uzès, une dame, qui avoit été
étonnée d'un procédé si peu usité, ne put
s'empêcher d'en témoigner sa surprise à
M. de Lantages lui-même. Le serviteur de
Dieu, s'adressant à la duchesse : « Je crois,
» Madame, lui dit-il, que vous n'avez
» aucune indisposition; d'ailleurs, quoique
» vous retourniez tard de l'église, votre
» couvert sera toujours servi, et personne
» ne trouvera à redire à votre conduite.
» Cette pauvre femme est malade; elle a
» de plus quatre ou cinq petits enfans qui
» crient après elle, auxquels elle est obli-
» gée de gagner du pain, et enfin un mari
» qui se fâche quand elle demeure trop
» long-temps à l'église. Au reste, pour
» dire toutes choses, il n'est pas inutile,
» lorsque l'occasion s'en présente, de
» donner à penser aux personnes comme

» madame, qu'elles ne doivent pas se flatter
» de tenir dans l'église et devant Dieu le
» même rang qu'elles tiennent devant les
» hommes. » A ces paroles, chacun sourit
dans la compagnie, et répondit qu'on s'é-
toit bien douté que M. de Lantages avoit
eu en vue quelque chose de semblable.
Cette conduite si apostolique du serviteur
de Dieu se faisoit remarquer en toute rencontre. Il accueilloit les pauvres avec bonté
et avec un visage ouvert. « L'esprit de
» Dieu, disoit-il, habite en ces bonnes
» gens. » Il en usoit toujours à leur égard
avec une extrême douceur, sans que, ni
leur grossièreté, ni leurs procédés ou leurs
manières importunes aient jamais pu altérer en rien sa patience. Quoiqu'il fût
incommodé ou très-occupé à des affaires
de conséquence, il descendoit souvent
exprès de sa chambre, pour répondre aux
pauvres qui venoient lui demander conseil,
et leur donnoit toujours volontiers tout le
temps qu'ils désiroient. Dans leur compagnie, il ne témoignoit pas le moindre dégoût; et en le voyant agir et converser
avec eux, on eût dit que ses plus chères
délices étoient de se trouver au milieu des
pauvres. Il recherchoit en effet ces sortes

d'occasions, dans la vue de se renoncer et de se vaincre lui-même. Aussi, quand il parloit de la vertu de douceur à des personnes d'un esprit fin et délicat, et qu'il vouloit leur donner à connoître si elles y avoient fait quelques progrès, il leur demandoit comment elles se comportoient avec les personnes d'un extérieur rebutant, et leur disoit que, si elles en usoient envers celles-ci, comme elles avoient coutume de faire à l'égard des autres plus aimables, elles pouvoient se croire avancées dans cette vertu. C'est sans doute pour cette raison, qu'il témoignoit lui-même tant d'affection aux pauvres et aux gens de la campagne. Il en confessoit un très-grand nombre, qui venoient même de fort loin pour s'ouvrir à lui ; et quelque rebutans qu'ils pussent être, il les accueilloit toujours avec une égale bonté. On l'a vu plusieurs fois sortir de son confessionnal, afin d'aller aider un pauvre vieillard à s'approcher et à se mettre à genoux pour se confesser. Un jour, ayant appris qu'on avoit détourné de se confesser à lui une pauvre femme malade, dont les autres confesseurs ne pouvoient soutenir l'approche, à cause de l'infection qu'elle répandoit, il en fut extrêmement fâché, et dit que, si les autres prêtres ne vouloient point la confesser, pour lui il étoit accoutumé à traiter avec toute sorte de malades,

VIII.
Il a grâce de Dieu, pour calmer les ames travaillées de peines extraordinaires.

Personne ne pouvoit lui être comparé pour le talent de calmer les ames travaillées de peines intérieures ; les exemples qu'on en rapporte sont assez remarquables. Dans un monastère du diocèse du Puy, une jeune fille de qualité ayant l'esprit étrangement affoibli, ne vouloit plus assister à aucun exercice du couvent, à l'exception de la sainte messe, les jours d'obligation ; après quoi elle restoit enfermée dans sa cellule, malgré tout ce qu'on pouvoit lui dire pour l'en faire sortir. Elle ne vouloit pas même entendre parler de confession ni de communion ; et déjà il y avoit plusieurs années qu'elle s'en étoit entièrement abstenue. A la fin, cette fille étant tombée dangereusement malade, toutes les religieuses furent justement alarmées sur le péril où elle étoit pour son salut. Car, d'un côté, personne n'osoit lui parler de sacremens, dans la crainte d'irriter son esprit ; et de l'autre, on étoit convaincu qu'il lui falloit un secours

extraordinaire de Dieu pour lui rendre
l'usage de sa raison, et la mettre en état
de recevoir avec fruit les sacremens. La
supérieure du monastère, jugeant que
M. de Lantages étoit seul capable d'obtenir cette grâce par sa sainteté, et de ménager, par son incomparable douceur, la
dernière étincelle de raison qui restoit encore dans l'esprit de cette fille, résolut
de lui donner connoissance de l'état de la
malade, et de le prier, en sa qualité de
grand-vicaire, de venir lui-même l'administrer. Elle ne se trompa point. L'homme
de Dieu, avant d'aller voir la malade,
voulut dire la sainte messe pour elle dans
l'église du monastère; et, après son action
de grâces, il s'empressa d'aller la visiter.
On eût dit que c'étoit Jésus-Christ qui
venoit, en la personne de son ministre,
lui rendre la paix et la joie du cœur; car,
la présence et les paroles de M. de Lantages
eurent tant d'efficace, que, dès qu'il eut
parlé à la jeune personne du danger où
elle étoit, incontinent elle revint parfaitement à elle, par un changement qui
sembla tenir du prodige. Elle se prépara
sérieusement à recevoir les sacremens;
M. de Lantages la disposa lui-même, la

confessa, lui donna le saint viatique et
l'extrême-onction; ce qui remplit de joie
tout le monastère. Enfin, elle conserva
jusqu'à son dernier soupir une entière
présence d'esprit, et mourut dans de très-
bons sentimens.

Une autre personne ne reçut pas une
moindre grâce par les prières de ce saint
directeur. Celle-ci étoit depuis un temps
considérable dans les accès de la plus violente folie. Ses parens, au désespoir,
vinrent trouver M. de Lantages, le refuge
ordinaire des affligés, et lui témoignèrent
qu'ils seroient consolés dans leur malheur,
s'il pouvoit obtenir par ses prières, que
leur fille eût l'esprit assez libre pour se
confesser aux fêtes de Pâque. Le serviteur
de Dieu fut encore exaucé d'une manière
à saisir tout le monde d'étonnement. Car,
lorsque la semaine-sainte fut arrivée, tout
à coup la malade reprit son bon sens pendant deux jours entiers. M. de Lantages
profita incontinent de ses heureuses dispositions, et la confessa si à propos, qu'é-
tant retombée le lendemain dans son
premier état, elle mourut de mort su-
bite sans avoir pu prononcer une seule
parole.

Cette bénédiction de Dieu sur les travaux de M. de Lantages ne parut pas avec moins d'éclat dans la dernière maladie de la mère Marie-Thérèse Hémon, supérieure de la Visitation du Puy. C'étoit une personne de beaucoup de mérite, et qui, sous la direction du serviteur de Dieu, avoit fait de grands progrès dans la vertu. Sur la fin de sa dernière maladie, elle fut éprouvée d'une tentation de désespoir, capable de la faire mourir avant le temps, si Dieu n'avoit soutenu sa foiblesse. Car, elle ne voyoit plus d'espérance de salut pour elle, et il lui sembloit à tout moment que l'enfer alloit l'engloutir. Cette horrible tentation lui dura douze jours, et la réduisit à un état si pitoyable, et si propre à attendrir les cœurs compatissans, que toutes les religieuses du couvent, plongées dans la plus accablante douleur, en versoient continuellement des torrens de larmes. M. de Lantages ayant été appelé dans ces circonstances, fut lui-même vivement affligé en la voyant, sachant par sa propre expérience que cette peine surpasse tout ce qu'on en peut dire. Il se mit à genoux, priant Dieu avec les religieuses qui fondoient en pleurs, et de temps en

temps il adressoit à la malade quelques
paroles propres à lui inspirer de la confiance. Dieu daigna exaucer à la fin les
prières de son serviteur, mais de la manière la plus parfaite; car la malade entra
tout à coup dans une espèce de ravissement qu'on pouvoit nommer un paradis
anticipé. Dieu sembla vouloir la récompenser dès cette vie, en lui faisant éprouver des consolations aussi douces que ses
peines avoient été vives et affligeantes. Dès
ce moment elle ne cessa de parler de couronne, de gloire, de félicité éternelle, et
de témoigner une ardeur sans mesure
d'aller jouir de Dieu, comme si déjà elle
eût vu le ciel ouvert pour la recevoir : au
point que ce sage directeur, l'ayant déjà
si bien soutenue dans son affliction, crut
devoir la modérer dans sa joie, de crainte
qu'elle ne devînt excessive. Au milieu des
violens désirs qu'elle témoignoit de quitter
la terre, il lui ordonna de faire à Dieu la
prière que lui adressoit S. Martin avant sa
mort : « Seigneur, si je suis encore né-
» cessaire, je ne refuse point le travail.
» Votre volonté soit faite. » La mère Hémon se soumit, malgré l'extrême répugnance qu'elle éprouvoit à faire cette

prière. Mais Dieu se contenta de la vic-
toire que cette sainte fille remporta sur
elle-même, par son humilité et sa parfaite
mortification; et il l'appela bientôt à lui.
Une mort si précieuse inspira tant de confiance aux assistans, que M. de Lantages
ne put s'empêcher de dire en leur présence : « Plût à Dieu qu'au sortir d'ici je
» trouvasse quelqu'un qui me rompît bras
» et jambes ! Que je l'endurerois volon-
» tiers, si par-là je pouvois obtenir de
» mourir aussi saintement qu'a fait cette
» bonne mère ! »

Une religieuse qui depuis son enfance
avoit été dirigée par M. de Lantages, et
lui étoit redevable, après Dieu, de sa vocation à l'état religieux, ayant été élue supérieure, fut visitée par lui deux jours
après. Dès qu'elle l'eut aperçu, elle se jeta
à ses genoux et fondit en larmes. « Ma
» fille, lui dit alors le saint homme, je ne
» voulois point que vous fussiez supérieure;
» mais, puisque Dieu l'a voulu, je vous
» soutiendrai. » Il la soutint en effet avec
beaucoup de charité et de zèle; car, pendant tout le temps qu'elle fut en charge,
il faisoit des intérêts de cette supérieure
les siens propres. Quand on lui disoit qu'il

se créoit à lui-même bien des sujets de
peine pour soulager les personnes qui s'a-
dressoient à lui : « Voyez une poule qui a
» trois ou quatre petits poussins, disoit-il,
» comme elle se prive de sa nourriture
» pour eux, comme elle se sert de son bec
» pour la leur préparer : je vous assure
» que la tendresse d'un directeur et d'un
» père spirituel est encore plus grande. »
Cette vive tendresse pour tous ceux qui
lui ouvroient leur cœur avec une entière
confiance, ou lui faisoient part de leurs
peines, étoit un sentiment dont il ne pouvoit se défendre, et il s'en accusoit lui-
même comme d'une foiblesse : « J'ai ce
» foible, disoit-il un jour, d'être extrê-
» mement sensible à la confiance que l'on
» a en moi; et je ne puis voir une pauvre
» personne venir verser toute son âme
» dans mon cœur, et me dire ce qu'elle a
» de plus secret dans la conscience, sans
» être en même temps touché d'une vraie
» charité, tendresse et sincère dilection
» pour elle. »

IX.
Sa conduite
à l'égard des
personnes

Un prêtre du diocèse du Puy, affligé
de peines de conscience extrêmement
vives, demeura un temps fort considérable
sans oser dire la sainte messe, et devint si

sombre et si rêveur, qu'on ne pouvoit affligées, ou
tirer de lui presque aucune parole. Le scrupu-
serviteur de Dieu, toujours compatissant leuses.
envers les malheureux, reçut celui-ci au
séminaire, et lui ouvrit son cœur plus
encore qu'aux autres. Il en usa à son
égard avec une bonté, une douceur et une
patience qui alloit au-delà de tout ce qu'on
peut dire, et qui le portoit à l'excuser en
toute rencontre. Il le garda ainsi l'espace
de plusieurs années, employant toute sorte
de soins et de moyens pour essayer de le
délivrer de ces rudes épreuves; et demandant encore pour son soulagement les
prières de tous les amis du séminaire. Un
jour, quelqu'un lui ayant dit qu'il y avoit
de l'inconvénient à garder, dans une maison où l'exemple est si nécessaire, un
homme travaillé de la sorte, et qu'on feroit bien de l'envoyer ailleurs, M. de Lantages répondit, en poussant un grand soupir : « Quoi ! pour des peines intérieures !
» cela ne peut-il pas arriver à tout le
» monde ? Et où seroit la charité, si nous
» ne pouvions souffrir avec nous un
» homme si digne de compassion ? Que
» l'on dise de nous ce qu'on voudra, nous
» n'en ferons pas moins ce que nous de-

7*

» vous faire. » Enfin, par ses soins assidus, et surtout par l'efficace de ses ferventes prières, M. de Lantages le tira heureusement de cet état, et lui rendit la paix et la joie du cœur.

Sa maxime constante à l'égard des scrupuleux étoit de les écouter, dans les commencemens, tout le temps qu'ils vouloient; il leur laissoit même faire une confession générale, et leur permettoit de revenir cinq ou six fois de suite, pour leur donner la facilité de tout dire. Après cela, il étoit inflexible à ne plus souffrir aucun retour sur le passé. Il délivra une personne de tentations très-violentes, en l'obligeant simplement à n'en rien dire à personne. Mais après la mort de l'homme de Dieu, cette personne ayant succombé à la tentation de parler encore d'elle-même, tomba dans des inquiétudes et des embarras de conscience dont aucun directeur ne put la délivrer. « Ah! disoit-elle, c'est ma déso- » béissance à ce saint homme qui m'a » mérité cette peine. »

Un jour, on pria instamment M. de Lantages d'entendre une personne à qui il avoit défendu de revenir sur ses confessions précédentes, mais on ne put jamais

obtenir de lui un quart-d'heure pour la
satisfaire ; il répondit que plus elle parle-
roit, plus elle s'embarrasseroit ; comme la
chose arriva bientôt. Car cette personne
ayant voulu refaire diverses confessions
générales à différens directeurs très-capa-
bles, fut tourmentée ensuite de peines plus
vives et plus accablantes qu'auparavant.

Une autre personne, plus docile aux
avis de l'homme de Dieu, et non moins
affligée de peines intérieures, ne se fut
pas plutôt soumise, qu'elle se sentit parfaitement délivrée. C'étoit une ame que
Dieu avoit dessein d'élever à une haute
sainteté, en la faisant marcher par la voie
des souffrances : il lui fut même prédit
qu'elle auroit de très-violentes tentations.
Ce qui s'accomplit quelques années après,
d'une manière à la jeter dans les troubles
les plus étranges et les plus alarmans.
Dieu réservoit à M. de Lantages de rendre
la paix à cette ame éprouvée avec tant de
rigueur. Dès qu'elle lui eut fait sa confession générale, aussitôt ses tentations la
quittèrent ; et depuis, elle n'en ressentit
jamais aucune atteinte.

Une autre personne étoit si violemment
tentée contre la pureté, qu'elle n'en avoit

X.
Comment il
agit envers
les person-
nes violem-
ment ten-
tées.

plus de repos. M. de Lantages, informé de
son état, et connoissant la solidité de sa
vertu, lui écrivit en ces termes, pour la
consoler : « J'adore la conduite de Dieu
» sur vous ; quoique, d'un côté, je vous
» porte compassion dans vos combats,
» j'ai pourtant bonne espérance que tout
» aboutira à votre avantage. Les attaques
» dont vous me parlez, et qui vous sont
» les plus humiliantes, sont les moins à
» craindre à mon sentiment; et vous pou-
» vez en sûreté ne vous en découvrir qu'à
» Notre-Seigneur, et en parler au confes-
» sionnal seulement quand vous voudrez
» prendre direction là-dessus. Ne vous ef-
» frayez pas tant des mauvaises imagina-
» tions, ni des effets qu'elles produisent
» dans le corps : plus elles sont horribles,
» plus vous devez vous assurer, par une
» humble confiance, que Notre Seigneur
» ne permettra pas que votre volonté y
» succombe (1). » Il avoit coutume de

(1) Nous avons cru devoir recueillir encore
ici quelques autres avis que ce sage et prudent
directeur donnoit à une maîtresse des novices,
pour la direction d'une de ses filles, dont elle lui
avoit exposé par écrit les peines intérieures. Cette
novice, très-vertueuse, étoit attaquée de tenta-

dire, que les tentations contre la pureté
venoient du défaut de recueillement ou

tions de blasphème et d'interprétations impies des
plus saintes paroles de l'Écriture et de l'Office
divin, de mépris pour toutes les actions saintes,
et les pratiques religieuses, enfin, de tentations
contre la foi. Elle pria sa maîtresse d'en écrire
au serviteur de Dieu, qui répondit en ces termes :

« La personne en question doit assurément,
» quoi qu'il lui en semble, 1° mépriser toutes les
» fantaisies mauvaises qui lui viennent à l'esprit,
» les compter pour rien, ne pas croire y avoir con-
» senti, quoiqu'elle s'imagine le contraire, et ne
» s'en point confesser. Plus ces fantaisies sont
» horribles, moins elle doit s'en mettre en peine.
» 2° En faisant ce que nous venons de dire, elle
» doit communier, pour chercher en N. S. l'es-
» prit de sainteté et de force. 3° C'est parfaite-
» ment résister aux suggestions malignes, que de
» les mépriser, et les traiter comme des discours
» qu'on ne veut pas écouter, parce qu'on est at-
» tentif à de meilleures choses. 4° Ce que nous
» venons de dire exprime assez comme elle doit
» se comporter dans ses prières, lorsque son es-
» prit est affligé d'interprétations sottes et impies;
» et il en faut dire de même des pratiques de
» vertus, et des occupations de l'obéissance ;
» c'est-à-dire que l'attention qu'elle y apporte lui
» doit faire négliger les fantômes, et passer son
» chemin sans daigner les regarder. 5° Elle doit,
» devant le saint sacrement, rendre ses devoirs à
» son divin époux, et implorer son secours sans

d'humilité; et ordinairement il conseilloit pour remède à ces tentations la pratique de ces deux vertus.

XI.
Miracles qu'il opère pour consoler les affligés.

Ce que M. de Lantages ne pouvoit faire par l'efficace de ses exhortations, il l'obtenoit souvent par ses prières en faveur des affligés; et plusieurs fois Dieu, pour l'exaucer, opéra même des miracles. Une

» inquiétude, de la manière qu'elle feroit si
» quelque mouche l'importunoit, lui passant de-
» vant les yeux, et lui faisant du bruit aux oreil-
» les. Je veux dire que comme, malgré l'importu-
» nité de ces insectes, elle ne laisseroit pas de
» donner son cœur à N. S., elle ne doit pas non
» plus manquer à ce devoir, au milieu des sug-
» gestions malignes dont Dieu permet qu'elle soit
» assaillie en ce saint lieu. Enfin, il faut que la
» confiance en Dieu l'empêche de craindre ces
» fantômes, que la patience chrétienne lui en fasse
» tranquillement porter les assauts, et qu'après
» les avoir soufferts, elle demeure en repos, bien
» assurée que tout cela ne la met point mal avec
» Dieu; et que, si elle aime sa bonté infinie, tous
» ces combats tourneront à son avantage. Pour
» l'acte de foi devant le très-saint sacrement,
» apprenez à votre novice celui qu'on vous apprit
» à vous-même, quand vous fîtes votre première
» communion, ou faites-lui lire, dans le Caté-
» chisme, la leçon pour cet exercice; ou bien
» qu'elle dise seulement les aimables paroles de
» saint Thomas : *O mon Seigneur et mon Dieu:*
» *Dominus meus, et Deus meus.* »

dame du Puy, Mme Richon, femme d'un
avocat de cette ville, et d'une éminente
piété, étoit extrêmement affoiblie de corps
et d'esprit depuis environ un an; elle
éprouvoit des douleurs de tête très-violentes, et si continuelles, qu'elle ne pouvoit dormir ni prendre aucune espèce de
repos le jour ou la nuit. De plus, elle
avoit pour la nourriture un dégoût mortel,
qui la réduisit à un état de maigreur
étonnant. A ces peines corporelles se joi-
gnoient des peines d'esprit non moins
vives, des inquiétudes continuelles, et un
chagrin qui la consumoit de jour en jour.
Enfin les médecins, qui, durant toute une
année, n'avoient rien épargné pour la
tirer d'un état si alarmant, avouèrent
qu'il n'étoit pas possible qu'elle résistât
plus long-temps, aucun remède n'étant
capable de la soulager, et déclarèrent
qu'elle mourroit bientôt. M. de Lantages,
ayant appris la triste décision des médecins, eut la pensée d'aller visiter la malade. La voyant près de rendre l'ame, il
eut compassion d'elle, et lui dit quelques
paroles de consolation; ensuite, pour
obéir à un mouvement de confiance que
Dieu lui fit éprouver dans ce moment, il

lui imposa la main sur la tête, et au même
instant la malade se trouva parfaitement
soulagée. « Je sentis alors, disoit-elle dans
» la suite, comme si on eût remonté une
» horloge dans ma tête. » M. de Lantages,
en se retirant, dit au mari de cette dame,
qui le reconduisoit : « Ne craignez rien,
» monsieur, pour madame votre épouse ;
» car, en très-peu de jours, elle sera en
» état de me rendre la visite que je lui fais
» aujourd'hui. » En effet, dès le soir
même, elle commença à manger et à
dormir, ne sentant plus ses douleurs de
tête ni ses peines d'esprit ; et avant que
quinze jours fussent écoulés, elle eut assez
de forces pour aller au séminaire remercier son libérateur. Elle ne se contenta
pas de lui en témoigner sa reconnoissance,
mais elle publioit partout cette guérison ;
et je la tiens de sa propre bouche, dit la mère
Magdeleine-Gabrielle Gauchet, supérieure
de la Visitation du Puy, qui rapporte
elle-même ce miracle.

Une dame de la ville du Puy, Mme Aca-
rion, ayant demeuré pendant deux jours
en travail d'enfant, avec d'étranges douleurs, sans pouvoir se délivrer, crut
qu'elle y réussiroit en se procurant quel-

que chose qui eût appartenu à l'homme de Dieu. On lui donna, pour la contenter, un morceau d'un vieux rabat qui avoit en effet servi à M. de Lantages; et, l'ayant mis sur elle, à l'instant elle accoucha heureusement. La sœur de cette personne, ravie d'étonnement, partagea ce reste de rabat, et en prit une partie pour elle, dans l'intention de s'en servir aussi en pareil besoin.

Une autre dame de la même ville, Mme Pont, ayant eu connoissance de cette délivrance, en conçut pour elle-même une grande confiance aux prières de l'homme de Dieu; et dans des sentimens à peu près semblables à ceux qu'éprouva autrefois la mère de Samuel, elle vint répandre aux pieds du saint prêtre la douleur qui accabloit son ame. Elle passoit ses jours dans l'amertume et la tristesse, non qu'elle fût condamnée à la stérilité, comme la mère de cet ancien prophète; mais sa fécondité, plus affligeante encore, sembloit n'être pour elle qu'un sujet éternel d'affliction et de chagrin; car tous les enfans qu'elle avoit mis au monde étoient morts avant de voir le jour. Elle vint donc se présenter au serviteur de Dieu, dans la vue d'obtenir la vie d'un enfant, pour se consoler de la mort de tous les autres, et lui dit avec larmes, qu'ayant eu le malheur d'accoucher de huit enfans morts, elle le prioit instamment de recommander à Dieu le neuvième qu'elle portoit dans son sein, et d'offrir le saint sacrifice pour la conservation de sa vie. Les larmes de cette mère affligée touchèrent le cœur de M. de Lantages. Il l'assura qu'il s'interesseroit pour elle auprès de Dieu; et comme le grand-prêtre Héli, dépositaire des secrets du Seigneur, « Allez en paix, dit-il, Dieu » exaucera les vœux de sa servante. » Cette promesse l'ayant remplie de confiance, elle attendoit depuis ce moment l'accomplissement de ses désirs; et enfin, quelques mois après, elle mit au monde l'enfant de ses prières et de ses larmes.

XII.
Sa prudence à discerner la fausse vertu de la veritable.

Nous ne passerons point ici sous silence la conduite de ce prudent directeur dans le discernement qu'il savoit faire de la fausse vertu d'avec la véritable. Lorsqu'il arriva au Puy, il y avoit dans cette ville une fille de qualité qui passoit dans l'opinion publique pour un modèle de vertu. S'il eût fallu en juger par les dehors, on auroit été bien fondé à la regarder comme telle; car elle

communioit presque tous les jours : elle
faisoit profession de s'appliquer à l'oraison
mentale, passoit la plus grande partie du
jour dans les églises, et joignoit à beaucoup de jeûnes et de macérations la pratique de toutes les œuvres extérieures de
miséricorde. Heureusement elle eut le désir
d'aller entendre prêcher M. de Lantages,
qui avoit dans tout le pays une grande réputation de sainteté. Dès qu'elle l'eut ouï,
elle ne balança point à le prendre pour
son directeur, persuadée qu'un homme
aussi saint et aussi éclairé lui seroit d'un
grand secours pour se perfectionner
encore davantage. Elle ne se trompoit
point; mais elle fut bien surprise quand
l'homme de Dieu lui fit remarquer que,
jusqu'alors, elle s'étoit étrangement abu-
sée elle-même, en regardant comme la
vertu ce qui n'en étoit que l'apparence.
Comme la dévotion de sa pénitente faisoit
éclat dans la ville, M. de Lantages voulut
en connoître la solidité; et il découvrit
bientôt que cette personne joignoit à
toutes les pratiques extérieures de la religion, un défaut capital qui lui en ravis-
soit entièrement le mérite; c'étoit un
manque de charité tel, qu'en toute ren-

contre, elle parloit mal du prochain. Il crut que cette personne, manquant si notablement au précepte le plus essentiel de la loi de Dieu, devoit reprendre par le fondement l'édifice de sa perfection, qu'elle bâtissoit imprudemment sur le sable. Pour cela, il lui retrancha les communions si fréquentes qu'elle faisoit, et lui déclara, avec autant de fermeté que de douceur, qu'elle devoit penser à devenir premièrement une bonne chrétienne, avant que de vouloir passer pour dévote. Ce défaut de charité pour le prochain étoit une matière sur laquelle il parloit volontiers dans les assemblées de piété, et surtout aux communautés religieuses. « Je crains beau» coup, disoit-il souvent, que les per» sonnes qui reçoivent très-souvent les » sains sacrements ne s'en approchent par » coutume; ce qui est fort dangereux » pour les âmes qui, n'étant pas ferven» tes, ne laissent pas de communier » fréquemment. Hélas! nous ne profitons » pas comme Dieu le veut de l'usage des » sacremens, si la confession ne nous » rend plus humbles, et la communion » plus doux. »

XIII.
Il ne vouloit

Il regardoit les consolations sensibles

comme une marque très-équivoque de
vertu. Sur ce principe, il ne faisoit pas
grand cas des effets que ces douceurs
produisoient dans les ames; et un jour
qu'on lui témoignoit beaucoup de joie de
ce qu'une personne montroit un attendris-
sement extraordinaire et des goûts sensibles pour la dévotion, il répondit en soupirant: « Hélas ! on ne croit pas que cela
» persévère; car cette dévotion n'étant
» fondée que sur le sensible, qui est va-
» riable en tout, lorsque le sensible man-
» quera, il est fort à craindre que cette
» personne ne donne du nez en terre; »
ce qui arriva fort peu de temps après, la
personne ayant pris le change , et s'étant
encore abandonnée à l'amour des créatures.

Lorsqu'on racontoit à M. de Lantages
les grâces extraordinaires dont quelqu'un
avoit été favorisé, il mettoit en avant la
vertu solide d'une autre personne très-
avancée sans ce secours, et dont il témoignoit faire beaucoup d'estime. Si un de
ses pénitens venoit lui découvrir quelque
grâce de ce genre, il faisoit semblant de
ne pas l'entendre : ou, d'autres fois, il
tournoit la chose en plaisanterie, de ma-

point qu'on s'appuyât sur le sensible de la dévotion.

nière à ne rebuter pas les esprits, mais à montrer qu'il ne faisoit pas grand fond sur tout cela. Cependant, lorsque parmi ces faveurs il se rencontroit quelque circonstance propre à devenir une occasion d'affermir le pénitent dans la solide vertu, alors il relevoit cette circonstance avec une prudence admirable, et s'en servoit très à propos pour faire avancer la personne dans la vie de foi, qui étoit la voie où il auroit voulu engager toutes les ames.

XIV.
Sa méthode dans les retraites qu'il procure aux personnes du monde.

Il engageoit fortement aux retraites spirituelles les personnes qui lui demandoient avis pour leur conduite, et il en sanctifia un grand nombre par ce moyen. Sa méthode étoit de les tenir pendant huit ou dix jours dans une séparation totale du monde, et de leur faire garder le silence et le recueillement avec autant d'exactitude qu'on le fait dans les communautés les mieux réglées. Il prenoit de chacune d'elles un soin très-assidu; il les visitoit tous les jours, leur donnant des sujets d'oraison, et leur marquant le fruit qu'elles en devoient retirer. Comme il n'y avoit dans les environs presque aucune personne d'une vertu un peu extraor-

dinaire qui n'eût quelque liaison de charité avec M. de Lantages, le désir de faire
des retraites sous la conduite d'un si bon
guide attiroit beaucoup d'étrangers au
Puy: on en vit même venir de fort loin.
Quelque grand nom et quelque crédit
qu'ils eussent dans le monde, le serviteur
de Dieu, uniquement attentif à les sanctifier, n'usa jamais, envers eux, de la
moindre flatterie. La conduite qu'il tenoit
à leur égard faisoit dire de lui, que,
comme un très-habile médecin des ames,
pour se servir d'une lancette d'or, il ne
laissoit pas de donner son coup très à propos. Ayant appris qu'une dame de la cour,
adonnée depuis peu à la piété, étoit faussement accusée par son mari d'épuiser sa
bourse, M. de Lantages écrivit à cette
dame, tant pour la préparer à ces bruits,
qu'elle ne pouvoit manquer d'apprendre
bientôt, que pour l'engager à honorer
dans cette circonstance le silence de Jésus-
Christ, en souffrant elle-même en silence;
et il lui déclaroit expressément, que Dieu
vouloit qu'elle en agît ainsi. Cette dame,
après une retraite où elle reçut beaucoup
de consolations par l'entremise de la mère
Agnès et de M. Olier, décédé depuis peu,

répondit à M. de Lantages, que l'ordre de
son curé l'avoit obligée à faire bruit dans
sa famille de la fausseté de cette accusa-
tion, et même à convaincre son époux de
l'injustice de ses reproches. Une conduite
si opposée à celle qu'il vouloit qu'on tînt
en ces rencontres fit quelque peine au ser
viteur de Dieu ; et là-dessus il écrivit à
cette dame dans les termes suivans : « Je
» remercie Dieu de tout mon cœur, ma-
» dame, de vous avoir fait si bonne chère
» pendant dix jours, et de vous avoir fait
» expérimenter que M. Olier, notre père,
» et la mère Agnès, notre grand'mère, ne
» sont qu'une même chose. Mais, est-ce
» tirer un bon fruit des exercices, de faire
» la méchante au sortir de là, et de n'a-
» voir aucun égard aux très-humbles sup-
» plications que je vous ai faites avec tant
» d'instances ? J'en gronderois un peu, si
» ce n'étoit que je veux respecter la sainte
» obéissance, en attendant le bonheur de
» la pratiquer mieux que je n'ai fait. » Par
ces retraites spirituelles, et par l'efficace
de ses paroles, M. de Lantages éleva à la
plus haute perfection des personnes engagées dans les affaires et le commerce du
monde. Plusieurs en étoient venues jus-

qu'au point de se faire scrupule de regarder un ouvrage qu'elles avoient fait, ou
de cueillir une fleur pour la présenter à
l'odorat. On en vit se priver même du
plaisir si naturel de lire les témoignages
de bienveillance que le roi Louis XIV
donnoit à leurs enfans, de peur de diminuer leur union à Dieu en s'accordant
cette satisfaction.

Pour maintenir ces personnes dans cet
heureux état, il les portoit à ne plus rien
faire que par amour. « Je vous conjure,
» au nom du divin époux, écrivoit-il,
» parlant sur cette matière, de n'avoir
» plus qu'un désir, celui de croître con-
» tinuellement dans la force et dans la
» pureté de ce divin amour. Réduisez
» toutes vos demandes à dire sans cesse à
» Dieu : *C'est la chose que je veux, la seule*
» *que je vous demande et que je vous deman-*
» *derai toute ma vie : qu'il brûle, qu'il*
» *brûle ce divin feu, et que tout le reste*
» *devienne ce qu'il vous plaira.* » Il finissoit
ainsi : « Adieu, puissiez-vous être brûlée
» toute vive ! je ne puis moins vous souhai-
» ter, dans la haine que j'ai pour vous. »
Écrivant à une personne, aux approches
de Noël, il lui disoit : « Voici la grande

XV.
Il s'efforçoit
surtout de
leur inspirer
un grand
amour pour
Dieu.

8

» fête de la bonté et de la douceur de Dieu
» envers les hommes. Je m'unis à toute la
» cour que vous ferez à ce divin Enfant,
» et je serai volontiers de la partie quand
» vous vous donnerez à lui tout de nouveau,
» en revanche de ce qu'il se donne à nous
» d'une si aimable manière. Il vous dira
» de la crèche, ce qu'il dit autrefois à la
» Samaritaine : *O si tu connoissois le don*
» *de Dieu !* Toute l'Église est en exaltation
» de ce riche et inestimable don, chan-
» tant durant l'octave ces paroles d'Isaïe :
» *Un enfant nous est né, et un fils nous est*
» *donné.* Son Père éternel nous le donne,
» sa très-sainte Mère y consent, et lui-
» même se donne avec une extrême cha-
» rité. Nous devons remarquer qu'il se
» donne à nous pour être avec nous et
» pour être en nous; nous voilà donc en
» bonne compagnie avec cet aimable En-
» fant; nous voilà possesseurs d'un bien
» inestimable et inénarrable, . . . qui se
» fait nôtre en tant de manières si ravis-
» santes. »

On peut voir, par les moyens qu'il
prescrivoit à une personne pour acquérir
cet amour, à quelle haute perfection il
savoit par ce moyen élever les ames.

» Pour être embrasé de l'amour divin, lui
» écrivoit-il, il faut le demander sans cesse
» à Dieu, pendant l'oraison, à la sainte
» communion et à tous les momens, par
» des soupirs continuels, en réduisant à
» cela seul toutes nos demandes et tous
» nos désirs. Il faut, en second lieu, dé-
» truire en nous tout amour qui n'est pas
» charité pure, et mortifier sans relâche
» notre amour-propre avec tous ses désirs
» et nos inclinations mauvaises, pour faire
» place au règne du divin amour dans
» notre cœur. Enfin, il faut pratiquer
» toujours et partout ce même amour,
» par l'offrande de notre cœur mille et
» mille fois réitérée ; et cela par des col-
» loques amoureux très-fréquens, par la
» fidélité à prendre dans toutes nos occu-
» pations, nos pratiques, nos privations
» et nos souffrances, le motif actuel du
» pur amour. J'espère que si, en adhé-
» rence au Saint-Esprit qui habite en
» nous, nous usons affectueusement de
» ces trois moyens d'acquérir cette vertu
» des vertus, notre bon Dieu, enfin, nous
» enrichira de ses trésors, et nous n'au-
» rons plus rien à désirer, sinon une aug-
» mentation perpétuelle et un embrase-
» ment toujours plus grand. Amen. »

XVI.
Il ne pouvoit
souffrir que
ses pénitens
eussent trop
d'attache
pour lui.

Il avoit un soin extrême, pour entretenir sans diminution ce divin amour dans ses pénitens, d'éloigner d'eux toutes les occasions d'attache aux créatures; il pouvoit en cela, comme en tout le reste, leur servir lui-même de modèle. Car, quoiqu'il fût l'ami le plus tendre et le plus sincèrement affectionné, sa charité étoit si pure, qu'elle étoit entièrement libre de toutes les affections naturelles, dont il est bien difficile de se défendre tout-à-fait. « Les unions que fait l'Esprit du Sei- » gneur, écrivoit-il à un de ses enfans spi- » rituels, sont pures et sans attachement » à la créature. Vive la grâce, et non pas » la nature; périssent les unions qui ne » durent pas dans l'éternité. » Sa maxime la plus ordinaire étoit, qu'il falloit craindre et retrancher, autant que l'on peut, les longs et fréquens entretiens avec une même personne, quoiqu'elle soit parfaite, et que ce soit sous le prétexte de la faire avancer dans la vertu. « De même, disoit- » il, que deux pommes bien saines, que » l'on laisse quelque temps tout proche, » se gâteront l'une l'autre; ainsi deux per- » sonnes qui se fréquentent assidûment, » et dont les entretiens sont longs, terni-

» ront beaucoup l'éclat de leur sainteté,
» et décherront en quelque chose de leur
» perfection, quelque parfaites et quelque
» saintes qu'on les suppose. » Il disoit
quelquefois sur ce sujet: « Les perfections
» des créatures ont deux grands défauts :
» l'un, qu'elles sont passagères ; l'autre,
» qu'elles salissent les cœurs qui en font
» cas ; au lieu que celles de Dieu sont
» éternelles, et plus on les aime, plus on
» est saint. »

Par ce motif, il ne pouvoit souffrir que
l'on eût de l'attachement pour lui ; et dès
qu'il en apercevoit le moins du monde, il
disoit : « Allez à Dieu, sans vous amuser
» à la créature. Servez-vous de moi comme
» d'un instrument pour vous conduire à
» lui, et que cela vous suffise. » Une personne, un peu fâchée de ce que M. de Lantages n'étoit point allé la visiter durant
les vacances, lui écrivit une lettre de regrets, où elle lui disoit, qu'elle en avoit le
cœur *gros comme une maison*. Le serviteur
de Dieu, non moins attentif à ménager
les ames encore foibles, qu'à les détacher
de l'amour des créatures, lui répondit
agréablement : « Que dira un pauvre et
» chétif cœur comme le mien à un cœur

» gros comme une maison, tel qu'est le
» vôtre? Moi, qui aime à bien juger de
» mon prochain, j'interprète en bonne
» part cette grosseur de cœur. Je veux
» croire que c'est un cœur gros de bons
» sentimens et de saints mouvemens, un
» cœur que l'amour divin a dilaté et rendu
» capable d'être le vrai temple du Saint-
» Esprit. Voilà le cœur gros que je veux
» croire être en vous, et que je vous
» souhaite bien sincèrement. » L'estime
qu'on faisoit de M. de Lantages et les
louanges qu'on lui donnoit lui étoient
une très-pesante croix. Il en gémissoit
devant Dieu; et souvent il lui arrivoit
d'en témoigner sa peine à des personnes
de confiance. « J'ai une trop grande ré-
» putation, » disoit-il en gémissant. « Je
» sais, ajoutoit-il d'un air triste, et qui
» faisoit bien connoître la disposition de
» son cœur à cet égard; je sais qu'il en
» faut un peu pour servir Dieu dans le
» prochain, mais beaucoup moins suffi-
» roit. »

XVII.
Guérisons
miraculeu-
ses opérées
par le ser-

Son humilité pouvoit en effet lui donner quelque sujet de se plaindre à cet
égard, car on lui témoignoit la même vénération que l'on porte aux saints, et aux

saints à miracles. Nous avons déjà fait mention de quelques guérisons extraordinaires; plusieurs autres, qu'il opéra durant sa vie, rehaussèrent encore dans l'esprit des peuples l'opinion de sa sainteté. En voici une qui fit beaucoup d'éclat.

Une femme de qualité, fort affectionnée à M. de Lantages, Mme de Bauzac, ne manquoit pas chaque année, durant les courses apostoliques que le serviteur de Dieu faisoit pendant ses vacances, de le retenir quelques jours au château de Bauzac, où son mari et elle profitoient de ce temps pour se confesser, et pour lui demander des avis touchant leur conduite. Dans une autre saison de l'année, étant tombée grièvement malade, et les médecins désespérant de sa guérison, cette dame, pleine de confiance, dit que, si on pouvoit engager M. de Lantages à venir à Bauzac, elle seroit infailliblement guérie. On dépêcha aussitôt une litière avec une lettre à M. de Lantages, et on le pria instamment de venir voir Mme de Bauzac, qu'on lui disoit être extrêmement malade. Le saint prêtre, ignorant qu'il étoit demandé pour faire un miracle, partit sur-

viteur de Dieu.

le-champ. Lorsqu'il fut arrivé au château, on le conduisit droit à la chambre de la malade; et à peine se fût-il mis en prières, à genoux auprès du lit, qu'au même moment Mᵐᵉ de Bauzac se trouva notablement mieux. Le lendemain matin, M. de Lantages offrit pour elle le saint sacrifice, et aussitôt après elle fut complètement guérie. Le serviteur de Dieu, affligé en quelque sorte d'avoir été si promptement et si miraculeusement exaucé, à cause de l'éclat qui en revenoit à sa personne, se déroba aux empressemens de cette famille, et s'enfuit incontinent pour venir se renfermer au séminaire. Mais plus il vouloit l'éviter, plus la gloire sembloit le poursuivre : car Mᵐᵉ de Bauzac et sa famille n'eurent rien de plus empressé que de publier partout ce miracle ; et le bruit qui s'en répandit aussitôt, fut l'occasion d'une autre guérison, non moins prompte ni moins durable que la première.

Quelques jours après, une religieuse de la Visitation, attaquée de douleurs de tête très-violentes, et d'un commencement de fièvre maligne, étant à l'infirmerie, voulut sur le soir prendre une potion; et croyant mettre dans sa tasse le remède qu'on lui avoit préparé, elle y versa un reste de sirop qui avoit servi à M. de Lantages. Les religieuses qui étoient là présentes s'étant aperçues de sa méprise, l'engagèrent à dire un *Pater* et un *Ave* à genoux, dans l'intention d'être guérie par les mérites du serviteur de Dieu, ce qu'elle fit à l'instant. La guérison fut prompte ; car à peine eut-elle bu cette liqueur mêlée d'eau, que son mal la quitta tout à coup et les symptômes de la fièvre maligne disparurent entièrement.

Il n'est pas étonnant, après cela, que l'on eût pour le serviteur de Dieu une confiance sans bornes, et le même respect que l'on témoigne aux saints. Mais cette réputation extraordinaire, qui eût pu ébranler la vertu d'un autre, ne servoit qu'à affermir et à fortifier la sienne. Rien n'étoit plus édifiant que l'humilité de sa conduite dans les rencontres où on lui donnoit des marques d'estime et de vénération. Il disoit quelquefois : « J'admire » comme Dieu vous cache mes défauts ; » j'en suis tout rempli, et si vous les con- » noissiez, vous ne pourriez plus me souf- » frir. » Lorsque quelqu'un lui parloit de ses imperfections, alors il découvroit

XVIII.
Son humilité et son détachement des créatures.

8*

en soupirant quelques-unes des siennes,
afin d'affoiblir l'opinion qu'on avoit de sa
vertu, et disoit : « Hélas ! je suis moi-
» même plus dissipé et plus sensuel. » Il
mortifioit sévèrement ses pénitentes, quand
il remarquoit en elles plus d'empressement
que de besoin véritable de lui parler.
Ayant compris qu'une personne très-pré-
venue en sa faveur publioit partout de lui
qu'il étoit un saint, et cherchoit toutes
les occasions de recevoir ses instructions,
il n'eut plus dès-lors que des rebuts pour
elle, il évita ses entretiens, et lui fit même
dire de prendre un autre directeur. Une
de ses pénitentes, voyant qu'elle ne pouvoit obtenir tout le temps qu'elle vouloit
pour conférer des affaires de son ame, attendit l'époque des vacances, où M. de
Lantages se rendoit à Langeac, espérant
que, si elle alloit le joindre dans cette
ville, il lui accorderoit plus de temps.
Elle ne manqua pas, en effet, de se rendre à Langeac, éloigné de chez elle de
huit ou dix lieues ; mais elle fut bien trom-
pée dans son attente. Lorsque l'homme
de Dieu l'eut aperçue, il parut fort surpris de ce voyage ; et ne jugeant pas les
besoins de sa pénitente assez pressans

pour avoir exigé cette démarche, il refusa
constamment de lui parler. La personne
ne se rebutant pas de ce premier refus,
demeura huit jours à Langeac pour saisir
le moment favorable, et durant tout ce
temps, elle ne se lassa pas de l'attendre,
et de faire même intervenir le crédit d'une
personne de considération. Toutes ses
instances furent inutiles; M. de Lantages
n'eut jamais le loisir de l'écouter, quoique
en sa présence il donnât très-volontiers
des heures entières aux pauvres gens du
lieu, dans la vue de la mortifier davantage. Il n'en usa pas avec moins de rigueur
à l'égard d'une autre personne un peu
trop empressée pour avoir de ses écrits.
Comme c'étoit par estime pour lui qu'elle
avoit ce désir, il s'abstint aussitôt de répondre à ses lettres, ne lui donna plus de
méditations écrites de sa main, et l'obligea
même de lui rendre toutes celles qu'il lui
avoit communiquées auparavant. Il ne recevoit aucun présent de la part de ces
personnes, et ne vouloit pas non plus que
d'autres lui en fissent. Si on lui offroit
quelque meuble de cabinet, un morceau
rare ou curieux, il le regardoit d'un œil
d'indifférence, et prioit qu'on le donnât

à quelqu'un qui en estimât plus la va-
leur.

Il n'en usoit pas de même à l'égard des
ames foibles qu'il arrachoit aux plaisirs du
monde. Au contraire, il faisoit semblant
de ne s'apercevoir pas de l'attachement
qu'elles avoient pour lui, jusqu'à ce qu'il
les vît bien converties, et fortement résolues d'être à Dieu pour toujours. Parlant
d'une jeune personne de qualité dont le
caractère demandoit de grands ménagemens : « Il y a des ames, dit-il un jour,
» qui n'iront jamais à Dieu tout droit : il
» faut quelque chose qui les y porte. Je
» vois bien l'attachement que cette per-
» sonne a pour moi, mais je m'en sers
» afin de gagner sur son esprit des choses
» plus importantes que je vois lui être né-
» cessaires. Quand elle sera bien affermie
» dans la vertu, je lui ferai connoître ce
» défaut; je perdrois tout, si je le faisois
» à présent. » En effet, par ses ménagemens, il porta peu à peu cette personne
à renoncer au monde, la tint ensuite,
durant plusieurs années, dans une communauté bien réglée; et, lorsqu'il la vit
solidement affermie dans le bien, il lui
conseilla de retourner auprès de sa famille.

Non-seulement cette jeune personne se soutint dans la pratique exacte des avis de son saint directeur, mais sa vie exemplaire fut un grand sujet d'édification pour la ville qu'elle habitoit. Elle y établit une communauté de plus de quarante filles, la plupart nouvellement converties à la religion catholique, et les gouverna elle-même avec beaucoup de sagesse et de bénédiction.

Nous ne finirons pas ce détail sans rapporter quelques autres pratiques de M. de Lantages, pour achever de faire connoître sa conduite dans le grand art de diriger les ames. Quand les personnes qui venoient lui ouvrir leur cœur, pour chercher dans ses paroles quelque consolation, étoient encore tout émues, ce prudent directeur, sans avoir l'air de s'apercevoir de leur agitation, leur parloit d'abord de toute autre chose avec une gaîté charmante, mêlant dans son discours quelque mot piquant et agréable, afin de dissiper un peu leur humeur chagrine. « Ensuite, » ces personnes, disoit-il, parlent avec » moins de trouble et de passion de ce qui » les peine, et sont mieux disposées à re- » cevoir les avis qu'on leur donne, et à en

XIX.
Quelques
pratiques
dont il se
servoit dans
la direction
des ames.

» profiter. » Lorsqu'on le prioit de donner
quelque avertissement à un pénitent, il
attendoit toujours que celui-ci vînt à le
mettre lui-même sur la voie ; et alors il
tiroit de lui avec adresse tous les aveux
qu'il vouloit, pour lui donner ensuite les
instructions nécessaires. De cette sorte, il
évitoit à ses pénitens le chagrin de voir
dans leur directeur quelque prévention
contre eux. Par un effet de cette même
prudence à ménager les foibles, il avoit
pour pratique de ne jamais ordonner à un
pénitent ce que celui-ci auroit fait avec
une extrême répugnance, à moins d'être
bien assuré que sa ferveur la lui feroit
surmonter. Il conseilloit souvent aux supérieurs de bien prendre garde de n'irriter pas les esprits par des commandemens
trop difficiles à remplir, de peur d'être
obligé de céder ensuite : ce qu'un supérieur ne doit pas faire aisément, afin de
ne nuire point à son autorité.

Il craignoit extrêmement la routine et le
défaut de contrition dans les confessions
fréquentes des personnes dévotes ; et quand
il les confessoit, il ne s'appliquoit pas tant
à les reprendre de leurs fautes, qu'à leur
en faire concevoir de la douleur, « Lors-

» que je vois, dit-il un jour, des personnes
» qui se confessent deux fois la semaine,
» être si faciles à s'excuser de leurs défauts
» hors du tribunal, je ne puis m'empêcher
» d'appréhender qu'elles ne fassent de
» mauvaises confessions. Car il n'est pas
» possible qu'en s'accusant sincèrement
» en confession, dans un véritable esprit
» de condamnation de soi-même, et un
» vrai désir de se faire connoître abject,
» on ne contracte au dedans de soi-même
» une habitude de s'humilier, qui réprime
» cette pente naturelle d'excuser nos dé-
» fauts. »

Lorsqu'il faisoit l'exhortation ou les
prières de l'absolution, il ne pouvoit souffrir qu'on l'interrompît pour lui confesser
encore quelque chose. « Donnez cela à
» l'amour, disoit-il, et appliquez-vous à
» détester les péchés dont vous vous êtes
» accusé, écoutant attentivement ce que
» vous dit le confesseur, sans vous amu-
» ser à rechercher si vous avez encore
» quelque faute à lui déclarer. »

Il ne vouloit pas non plus qu'on fût
long en confession, ni qu'on y accusât
une multitude de péchés véniels sans douleur, et presque sans désir de s'amender,

comme il arrive souvent. « Croyez-moi,
» disoit-il, les plus longues confessions ne
» sont pas les meilleures. » Une de ses
pénitentes ayant mis un peu plus de temps
qu'à l'ordinaire à s'accuser de ses péchés,
il lui dit d'un ton grave et sérieux, dans
la vue de l'humilier : « Quand on prend
» la descente de la vertu, on devient long
» en confession, et je vois que vous l'êtes. »
Ces paroles firent sur elle une impression
plus profonde que n'auroient pu produire
plusieurs fortes corrections d'un autre directeur.

Il n'approuvoit pas que l'on fît des
confessions générales sans un grand besoin, ou sans une inspiration divine.
« Lorsque cela se fait avec onction, re-
» cueillement et sans gêne d'esprit, je
» l'approuve fort, disoit il, mais, quand
» c'est par de vains scrupules d'un cœur
» serré dans l'amour de soi-même, j'ai-
» merois mieux que l'on s'appliquât à bien
» aimer Notre-Seigneur qu'à tant repenser
» à soi. »

Il étoit d'une extrême circonspection à
ne faire que les interrogations indispensables, et encore c'étoit avec tant de retenue, et en des termes si prudens et si

charitables, qu'il sembloit vouloir éviter
à ses pénitens une partie de la confusion.
Sa modestie étoit ravissante dans le saint
tribunal, et son extrême pudeur donnoit
lieu de dire qu'il devoit se faire de grandes
violences pour écouter certains pécheurs
qu'il retiroit du bourbier du vice. Il ne
pouvoit souffrir que les personnes qui ont
le bonheur de communier souvent tom-
bassent dans des péchés d'impatience et
de colère. Quand quelqu'un s'accusoit à
lui de ces sortes de fautes : « Mon Dieu,
» disoit-il en soupirant, se peut-il faire
» qu'en mangeant si souvent l'adorable
» Agneau de Dieu, qui veut que nous ap-
» prenions de lui à être doux de cœur,
» nous ne fassions aucun effort pour lui
» être semblables ? » paroles qu'il pronon-
çoit avec tant d'onction, qu'elles touchoient toujours les cœurs, et les ouvroient
au repentir. Lorsque des personnes ten-
tées contre la foi venoient lui exposer
leurs doutes, au lieu d'entrer en discus-
sion, il leur répondoit simplement :
« Remerciez Dieu de ce qu'il vous a fait la
» grâce d'être dans la même religion que
» tant de grands saints ont professée. »
D'autres fois il disoit : « Faites comme

» sainte Thérèse fit en mourant. Remer-
» ciez Dieu de ce qu'au moins vous êtes
» enfant de son Église, l'appui et la co-
» lonne de la vérité, et hors de laquelle il
» ne peut y avoir de salut. » Quand des
personnes grossières et ignorantes mê-
loient dans leur confession les défauts du
prochain, il ne les en reprenoit pas sur-
le-champ; mais, lorsqu'elles avoient fini
de parler, il leur disoit avec douceur :
« Vous ne savez pas assez bien vous con-
» fesser : pour mieux faire, il faudroit vous
» y prendre de la sorte. »

XX.
M. Olier
vient au Puy,
avant sa
mort. État
du séminaire
du Puy, à
cette épo-
que.

Pendant que le serviteur de Dieu répandoit partout dans le diocèse la bonne
odeur de Jésus-Christ, et s'appliquoit avec
tant de fruit et de sagesse à la conduite
des ames, il apprit que M. Olier se rendoit au Puy. Cette nouvelle fit naître dans
son cœur les sentimens d'allégresse qu'un
fils éprouve aux approches d'un père
tendrement aimé, ou plutôt qu'un saint
éprouve en conversant avec un autre
saint.

M. Olier fut extrêmement charmé de
l'ordre qui régnoit dans le séminaire du
Puy, et de la ferveur qui animoit tous ses
membres. Il profita de la circonstance de

son voyage pour travailler à consolider cet établissement, encore sans dotation, et qui n'avoit point de maison en propre. Autant le séminaire étoit alors richement pourvu des grâces spirituelles, autant étoit-il dénué de soutiens temporels. Pour le doter avantageusement, M. de Maupas, évêque du Puy, avoit dessein d'unir au séminaire les trois paroisses, presque contiguës, de Saint Georges, Saint-Agrève et Saint-Vosy ; mais cette union étant une affaire trop compliquée pour qu'elle pût se terminer en si peu de temps, on se borna alors à de simples projets, dont l'exécution étoit encore bien éloignée. Tout ce que pût M. Olier fut de prendre possession de la cure de Saint-Georges, dont le titulaire s'étoit démis en faveur d'un des directeurs du séminaire, M. Méthé, et de recommander à M. de Lantages de n'abandonner jamais la paroisse de Saint-Georges, quelque local avantageux qu'on vînt à lui offrir pour s'établir ailleurs.

Rentré au séminaire de Saint-Sulpice, où Dieu, avant de l'appeler à lui, l'éprouva encore par de nouvelles souffrances, M. Olier sembla ne demeurer davantage

XXI.
Mort
de M. Olier.

sur la terre que pour soupirer vers le ciel.
Saint Vincent de Paul, qui l'avoit visité
dans sa maladie, vint le visiter de nouveau; et ce fut sous les yeux de cet ange
tutélaire, auquel il avoit eu recours tant
de fois pendant sa vie, qu'il rendit son ame
à son créateur, le 3 avril 1657, à l'âge
de quarante-huit ans. « Il a plu à Dieu,
» écrivoit saint Vincent de Paul, quelques
» jours après, de disposer de M. l'abbé
» Olier, de qui Notre-Seigneur s'est servi
» pour beaucoup de bonnes œuvres. J'ai
» eu, ajoutoit-il, le bonheur de me trou-
» ver auprès de lui lorsqu'il a rendu l'es-
» prit. » Il étoit si persuadé du crédit de
M. Olier dans le ciel, qu'il l'honoroit
comme un saint, et demandoit à Dieu
des grâces par son intercession. Cette
mort ne fit nulle autre part une plus vive
sensation qu'au Puy, où le souvenir des
vertus de M. Olier étoit encore fraîche-
ment empreint dans tous les esprits, et
où il s'opéra, à cette occasion, un
grand nombre de guérisons miraculeuses qui ajoutèrent encore à la vénération publique pour le défunt. M. de
Bretonvilliers, qui succéda à M. Olier
dans la charge de supérieur général

de Saint-Sulpice, informé de ces miracles, pria M. de Lantages de lui en
envoyer des relations authentiques.

LIVRE QUATRIÈME.

Suite des travaux de M. de Lantages, pour la réforme du diocèse du Puy : ce qu'il fait comme
supérieur du Séminaire. Ses rapports avec
Langeac.

I.
État du sé-
minaire du
Puy, vers
l'an 1658.

Le séminaire de Notre-Dame du Puy,
quoique établi dès l'année 1652, n'avoit
point encore de maison en propre ni de
revenu fixe pour sa subsistance. Il pourroit paroître surprenant que M. de Lantages, si heureusement secondé dans tout
le reste, ait rencontré ici tant de difficultés, si on ne savoit que ces difficultés,
prédites long-temps d'avance, devoient
servir à montrer plus à découvert le doigt
de Dieu dans la formation de cet établissement. En 1654, le besoin d'une maison
assez spacieuse porta M. de Lantages à
réparer à grands frais le cloître et les

vieux bâtimens de Saint-Georges , afin d'y
transférer le séminaire. Ces réparations
étoient à peine achevées, que cette maison
se trouva encore plus insuffisante, par le
grand nombre de séminaristes , et encore
bien plus incommode que la première. Il
n'y avoit cependant pas d'espérance de
trouver dans le voisinage de la cathédrale
un autre local ; et d'ailleurs, ce lieu étoit
le seul où M. de Lantages voulût fixer le
séminaire , à cause de la recommandation
expresse que lui avoit faite M. Olier , de
ne quitter pas l'église de Saint-Georges.
Pour réaliser ce dessein , M. de Maupas,
après bien des oppositions, unit enfin cette
église au séminaire , conformément au
saint concile de Trente et aux ordonnances de nos rois. Mais de nouvelles difficultés s'élevèrent lorsqu'on voulut construire
l'édifice projeté , et ce ne fut que vingt-
huit ans après cette époque qu'on put
venir à bout d'en poser la première pierre.
On ne pouvoit comprendre dans le public,
comment les prêtres de Saint-Sulpice
avoient pu refuser le doyenné de la cathédrale , l'un des bénéfices les plus considérables du diocèse, et dont les bâtimens
étoient parfaitement bien disposés , pour

prendre, à des conditions très-onéreuses, une église et des bâtimens ruineux qu'il fallut bientôt rebâtir de fond en comble, surtout lorsqu'on faisoit réflexion que le chapitre de Saint-Georges n'avoit aucun revenu. Car, dans la procédure qu'on fut obligé de faire pour procurer l'union, les plus notables d'entre les ecclésiastiques et les magistrats, déclarèrent, que le revenu de cette collégiale ne pouvoit pas même égaler la portion congrue du curé; qu'à cause de sa modicité, on n'obligeoit pas les chanoines à la résidence, ni à célébrer l'office; et qu'enfin les bâtimens et l'église, menacés d'une ruine prochaine, ne pourroient jamais être rebâtis, le chapitre n'ayant pas même de quoi fournir à l'entretien de ses membres. Lorsque la collégiale de Saint-Georges eut été unie au séminaire, ces considérations engagèrent plusieurs personnes à presser M. de Lantages de l'abandonner. Si le serviteur de Dieu n'eût eu en vue que les intérêts temporels de sa communauté, il se seroit rendu volontiers à leurs instances; mais le respect qu'il portoit à la volonté de M. Olier ayant été le motif de ses démarches pour obtenir cette église, fut encore le seul motif qui le détermina à la garder, malgré ses charges nombreuses et l'espèce de persécution que cette résolution lui attira dans la suite.

Il est temps de considérer M. de Lantages dans la conduite du séminaire du Puy, objet spécial de sa mission. Nous avons différé jusqu'ici de faire connoître la manière dont il formoit ses jeunes clercs aux vertus sacerdotales, pour n'être pas obligé de revenir sur les mêmes matières; nous réservant de donner maintenant à ce point, l'un des plus importans de son histoire, la juste étendue qu'il nous semble mériter.

II.
M. de Lantages comme supérieur. Son esprit d'ordre.

Il pourroit d'abord paroître étonnant que M. de Lantages ait su allier le silence et le recueillement d'un séminaire, avec cette vie extérieure que les fonctions de grand-vicaire demandoient; et qu'il ait pu procurer, en même temps, les intérêts de tant de personnes, sans négliger ceux de sa communauté. C'étoit lui, en effet, qui avoit sur les bras toutes les affaires du diocèse; et outre la conduite du séminaire, on le voyoit prêcher, confesser, faire exactement ses prônes et ses oraisons publiques, et entreprendre une mul-

9

titude d'autres bonnes œuvres, lorsque
l'occasion s'en présentoit : mais on admiroit bien plus encore son calme et sa
tranquillité inaltérables, au milieu de
tant d'occupations, que l'étendue de son
esprit, qui embrassoit tous ces divers ministères. A le voir, on eût dit qu'il n'avoit
jamais à faire que l'action à laquelle il
s'appliquoit : tant il étoit maître de lui-
même, et tant il avoit d'ordre et de sagesse dans le détail de sa conduite. Cet
esprit de paix et de calme habituel étoit
cause qu'il n'agissoit point avec empressement, ni par humeur, jamais selon la
prudence naturelle, quoiqu'elle fût rare
en lui, ni selon les lumières de son esprit, mais toujours par le mouvement de
la grâce; aussi le trouvoit-on constamment
semblable à lui-même dans les grandes
comme dans les petites choses. Partout il
s'efforçoit d'imiter Notre-Seigneur, de qui
il est écrit qu'*il a bien fait toutes choses.*
Quoiqu'il écrivît beaucoup, il portoit cette
attention à faire bien ce qu'il faisoit, jusqu'à ses moindres écritures, ayant pour
règle de former parfaitement toutes les
lettres, et de ne souffrir dans ses écrits
aucune de ces marques si ordinaires de

précipitation et d'empressement naturel.
Cet amour de la perfection lui fit contracter peu à peu l'habitude de peindre
d'une manière très-correcte et très-agréable à l'œil; ce qui faisoit dire à M. Tronson, en lui renvoyant les cahiers de ses
conférences diocésaines : « Je souhaite
» qu'elles soient aussi bien gravées dans le
» cœur de vos ecclésiastiques, que vous
» les avez bien écrites sur le papier. » Sa
modestie étoit remarquable : soit qu'il fût
seul ou en compagnie, en maladie ou en
santé, les yeux de son Dieu, qu'il voyoit
sans cesse fixés sur lui, le rendoient extrêmement attentif à régler son maintien
et sa contenance ; et en le voyant, on disoit de lui, comme de saint François de
Sales, que lorsqu'il étoit visité par quelque
grand seigneur, il n'avoit pas besoin de se
composer, ayant toujours une plus haute
majesté présente.

Quand il recevoit des jeunes gens au
séminaire, il les avertissoit avec beaucoup
de douceur, de l'obligation où ils étoient
de n'y demeurer que dans la vue de s'y
former aux vertus et aux fonctions ecclésiastiques, et leur faisoit comprendre que,
contracter l'habitude de remplir digne-

III.
Ce qu'il de-
mandoit des
séminaris-
tes. Com-
ment il les
considéroit.

ment ces fonctions, et de vivre cléricale-
ment, c'est-à-dire saintement, étoient les
deux grands fruits qu'ils devoient retirer
de leur séjour dans la maison. Il s'animoit
lui-même à les conduire vers cette double
fin, en les considérant comme un dépôt
sacré que Notre-Seigneur lui mettoit entre
les mains, et dont il lui demanderoit un
jour un compte exact et rigoureux. Pour
les porter à correspondre plus efficacement à leur vocation, il s'appliquoit à
connoître les desseins de Dieu sur chacun
d'eux. Il examinoit soigneusement leurs
dispositions, leurs talens, leur attrait; et
tâchoit, par ses prières et ses avis, de leur
donner les lumières et de leur inspirer les
sentimens que demandoient les différens
emplois auxquels il les croyoit plus propres. « Les directeurs de séminaire, di-
» soit-il, ne vont point ordinairement en
» mission, mais ils doivent former des
» missionnaires; ils ne prennent point de
» bénéfices à résidence, mais ils forment
» de saints bénéficiers. On apprend auprès
» d'eux comment on peut être un saint
» chanoine, un saint pasteur des ames, un
» saint vicaire et un saint prêtre habitué
» dans une église; comment on peut être

» saintement abbé ou prieur commenda-
» taire; être saintement aumônier chez un
» grand seigneur, ou même dans un régi-
» ment à l'armée; et enfin, être saintement
» confesseur de religieuses. » Or, afin
que, pendant leur séjour au séminaire,
tous ses clercs se rendissent capables de
remplir quelqu'un de ces emplois, et de
correspondre aux vues de Dieu sur eux,
il demandoit qu'ils fussent fervens et dociles : fervens dans leurs exercices, pour
se préserver de la négligence des tièdes,
qui, disoit-il, *font horreur au divin Maître*;
dociles, pour profiter des avis et des corrections.

Mais, comme le gouvernement des supérieurs influe toujours sur les dispositions de leurs inférieurs, puisqu'on ne
persuade jamais mieux les hommes qu'a-
près avoir gagné leur affection et leur
confiance, M. de Lantages attendoit tout
le fruit de ses travaux, de sa douceur et
de sa charité envers les séminaristes.
L'expérience montra en effet, que le ré-
gime doux a des avantages incomparables
sur le rigide, dans une communauté de
la nature de celle qu'il dirigeoit. Il portoit
d'ailleurs ses vues plus loin que le temps

IV.
Douceur de
son gouver-
nement.

du séminaire; et en s'attachant ainsi les
cœurs des jeunes gens, il vouloit les mettre comme dans la nécessité de venir de
temps en temps réparer, dans la maison
qui les avoit formés, les pertes presque
inévitables du ministère, et se remplir de
nouveau de l'esprit sacerdotal. « J'ai tou-
» jours vu, disoit-il, que les jeunes prêtres
» affectionnés à y revenir souvent, se
» maintiennent dans la pratique des ins-
» tructions qu'ils y ont reçues. » Cette
considération le rendoit extrêmement attentif à parler et agir, avec les séminaristes, d'une manière insinuante, douce
et aimable. « Nous devons être plus en-
» clins à la douceur qu'à la sévérité, disoit-il
» souvent; et n'être sévères qu'envers ceux
» que notre douceur n'a pu gagner. »
Dans cette vue, il évitoit de surcharger
ses clercs de pratiques trop assujettissan-
tes, uniquement propres à les dégoûter
du séminaire, et à leur donner de l'éloignement pour les exercices de la maison.
Il aimoit mieux les tenir dans une sainte
liberté, sans rien relâcher cependant de
ce qu'il croyoit être nécessaire; et il en
usoit à leur égard avec tant d'honnêteté,
d'affabilité et de tendresse, que tous les

jeunes prêtres sortoient du séminaire avec le désir d'y revenir dès qu'ils en auroient la facilité. Sa maxime étoit, qu'un supérieur auroit assez d'empire sur ses inférieurs, si, par sa charité pour eux, il savoit attirer leur affection. Cette maxime étoit la base de sa conduite dans le gouvernement du séminaire; et il la pratiquoit avec tant de fidélité et de constance, qu'on auroit pu, sans adulation, lui appliquer ce que saint Eucher et saint Hilaire disoient de saint Honorat d'Arles, que, *si la charité eût voulu se faire peindre, elle auroit emprunté son visage et ses traits.*

Il eût été difficile en effet de trouver quelqu'un d'un abord plus doux, et dont les manières fussent plus insinuantes; ce qui étoit particulièrement remarquable dans un homme avancé comme lui dans les voies intérieures. Ce digne et aimable supérieur savoit allier ensemble et la continuelle présence de Dieu, et une gaîté charmante. Il portoit la charité si loin pour ses inférieurs, que, lorsque quelqu'un d'eux, et même quelque domestique de la maison étoit malade, il le faisoit soulager avec une affection vraiment paternelle, l'alloit visiter lui-même; et quelquefois on l'a vu se donner la peine de descendre à la cuisine, afin d'aider à préparer du bouillon ou d'autres choses pour les infirmes. Ces marques de bonté et de tendre sollicitude lui gagnoient si parfaitement les cœurs, que tous se faisoient un plaisir d'obéir au premier signe de sa volonté, et qu'ils auroient été extrêmement affligés, si quelqu'un d'eux lui eût donné le moindre sujet de peine. Aussi M. Bardon, envoyé plusieurs fois pour faire la visite des séminaires de Saint-Sulpice, témoignoit-il en toute rencontre, que M. de Lantages feroit plus de bien, et seroit plus utile au séminaire, n'ayant ni bras ni jambes, que tout autre en parfaite santé.

V.
Son aimable conversation.

La conversation de M. de Lantages étoit édifiante, aisée, noble et instructive. Pendant les récréations, il faisoit lui seul les délices du séminaire ; et malgré la disproportion d'âge, jamais on ne voyoit les jeunes gens plus libres ni plus contens que dans sa compagnie. Dès qu'il paroissoit dans le lieu de la récréation, ils l'environnoient avec empressement, persuadés que, dans ses discours, la nature et la grâce trouveroient chacune leur compte.

La délicatesse et la finesse de son esprit
lui faisoit donner des tours très ingénieux
aux choses les plus ordinaires ; et comme
sa religion lui ménageoit toujours quelque
retour vers Dieu, chacun se sentoit agréablement édifié en l'écoutant, et ne le
quittoit jamais qu'à regret. On disoit de
lui, qu'il avoit le secret de ne parler que
pour dire quelque chose plus utile que le
silence. Il pratiquoit la douceur et la charité d'une manière admirable, excusant
et couvrant sans cesse les défauts d'autrui,
ne souffrant aucun discours capable de
blesser le prochain, et n'interrompant
jamais personne, quoiqu'il fût le premier
de la compagnie, et que souvent on re-
tombât dans des redites ennuyeuses et mal
exprimées. Si quelqu'un, par précipitation ou par incivilité, lui coupoit la parole, il s'arrêtoit aussitôt, jusqu'à ce que
l'autre eût achevé, et il reprenoit ensuite
le fil de son discours. Il observoit ainsi le
premier la maxime qu'il recommandoit
aux autres. « Dans les conversations, leur
» disoit-il, on doit bien se donner de garde
» de suivre les mouvemens de l'amour-
» propre et de la vanité, qui nous portent
» à agir et à parler pour nous attirer l'es-

9*

» time des créatures ; mais, au contraire,
» il faut vouloir n'être rien dans l'opinion
» de personne, afin que Notre-Seigneur
» soit tout dans les esprits et dans les
» cœurs. » Lui-même, par amour qour la
vertu d'humilité, s'abstenoit souvent de
dire en conversation ce qui auroit pu lui
attirer la réputation d'un homme d'esprit,
et s'attachoit seulement à ce qui pouvoit
être plus utile aux autres. Ceux qui le
fréquentoient n'étoient pas long-temps à
s'apercevoir de cette retenue continuelle,
que la beauté et la souplesse de son génie
l'obligeoit de pratiquer sans cesse ; et une
personne de condition, frappée de ces
continuels sacrifices, ne put s'empêcher
un jour de s'écrier tout haut : « O que ce
» saint homme-là doit donner à Dieu,
» pour être si fidèle, et ne rien s'attirer à
» soi-même ! »

On remarquoit encore qu'il ne parloit
jamais d'un ton élevé, ni de soi, ni de ses
parens, ni de rien qui pût revenir à sa
louange, et qu'il ne contestoit pas non
plus de paroles, sous quelque prétexte que
ce fût. Il ne pouvoit cependant entendre
parler avec estime des biens de la terre,
sans laisser apercevoir le dégoût que ce

discours lui causoit. Quand il voyoit des ecclésiastiques ou des personnes religieuses se réjouir de quelque aggrandissement de fortune arrivé à leurs parens : « Est-il pos-
» sible, disoit-il, qu'ayant méprisé toutes
» ces choses en les quittant pour Dieu ,
» connoissant qu'elles ne sont rien, et que
» Dieu seul est digne d'estime, nous pre-
» nions tant de plaisir et nous nous réjouis-
» sions si fort, de ce que des personnes
» qui nous sont chères possèdent ce que
» nous avons méprisé, et que nous savons
» être très-méprisable ? »

Afin de porter plus efficacement ses clercs à l'accomplissement de leurs de-voirs, M. de Lantages leur offroit partout le modèle d'une ponctualité parfaite ; tant il étoit convaincu que l'exemple, surtout des supérieurs, est la voie la plus courte pour persuader les hommes. Dans cette vue, il arrivoit le premier à tous les exer-cices ; il ne vouloit souffrir aucune dis-tinction en sa faveur, et au réfectoire, même durant ses infirmités, il défendoit qu'on lui servît quelque chose de particu-lier. Sa mortification l'empêcha de faire jamais aucune plainte en ce qui concerne le boire ou le manger ; et un jour que, par

VI.
Ses exem-
ples édi-
fians.

extraordinaire, il dînoit dehors, un domestique lui ayant servi par mégarde de
la tisane rouge, préparée pour une personne malade de la compagnie, il en prit
tout le long du repas, sans en témoigner
la moindre peine. Lorsqu'il ne pouvoit pas
se dispenser de dîner hors du séminaire,
il avoit coutume, pour donner quelque
chose à la mortification, de ne plus rien
manger le reste du jour, quoique ces dî-
ners se fissent vers l'heure de midi. Son
amour pour la régularité le portoit à observer exactement toutes les coutumes en
usage parmi les prêtres de Saint-Sulpice,
et qu'on n'avoit point encore mises par
écrit. Ainsi il ne faisoit pas le moindre
voyage hors du diocèse sans la permission
expresse du supérieur général, même en
temps de vacances. Il regardoit son supérieur comme l'image de Jésus Christ, et
il exécutoit fidèlement tous ses ordres
comme les ordres de Dieu même. Au commencement que le saint prêtre étoit au
Puy, il conduisoit tous les ans sa communauté à l'église de la Visitation le jour de
saint François de Sales, pour y faire l'office, à l'exemple du séminaire de Saint-
Sulpice de Paris, qui, à pareil jour, se

rendoit dans l'église du monastère de la
rue Saint-Jacques. Un ecclésiastique peu
partisan de cet usage en ayant écrit au supérieur de Saint-Sulpice, ce dernier répondit qu'il ne falloit plus le continuer.
Cette réponse fut pour M. de Lantages un
ordre inviolable; et jusqu'à sa mort, c'est-
à-dire environ l'espace de vingt-cinq ans,
il ne voulut jamais permettre, malgré les
instantes prières qu'on lui en fit souvent,
que deux ou trois séminaristes allassent
aider à chanter ou à faire quelque autre
fonction ecclésiastique dans cette église.

Son union à Dieu étoit une prédication
continuelle, qui persuadoit puissamment
à sa communauté la pratique du recueillement. Il s'unissoit en effet à Notre-Seigneur en toutes ses actions, et le considéroit sans cesse pour se rendre semblable à
lui; comme le peintre, qui ne donne pas
un coup de pinceau sans jeter les yeux
sur son modèle. Il fit de si grands progrès
dans l'imitation de Notre-Seigneur, que sa
modestie, sa douceur, son recueillement,
son humilité et sa prudence, faisoient dire
à plusieurs personnes, en le voyant : « Ce
» saint prêtre est une vraie copie de Jésus-
» Christ conversant parmi les hommes. »

Il s'efforçoit de ne rien faire que par amour pour ce divin maître, et sa fidélité en ce point s'étendoit jusqu'aux plus petites choses. Elle le portoit à exhorter les autres à agir aussi par amour, et à leur dire : « Il n'y a rien de petit, lorsqu'il » s'agit de donner à notre grand Dieu des » marques de notre attachement ; et ce » seroit une grande infidélité de manquer » dans les petites choses, au service d'un » tel maître. »

VII.
Esprit du séminaire de Notre-Dame du Puy.

Par les soins du serviteur de Dieu, le séminaire du Puy étoit alors dans une ferveur remarquable ; et voici, après ses exemples, les moyens dont il s'étoit servi pour le mettre en cet état. Il vouloit que dans une communauté on réglât l'extérieur et l'intérieur, comme on fait dans les personnes qu'on veut élever à la perfection du christianisme.

« L'extérieur de notre séminaire, disoit-» il, consiste en trois points indispensa-» bles pour la vie parfaite des commu-» nautés : le silence, la modestie, et une » exemplaire ponctualité aux plus petits » règlemens.

» Mais l'intérieur, dont l'extérieur n'est » que l'expression, consiste dans l'esprit

» d'oraison, dans une application conti-
» nuelle à Notre-Seigneur et à sa très-
» sainte Mère, dans une union parfaite
» avec le prochain, une forte horreur du
» monde, et enfin dans une charité pure
» qui ne souffre aucune autre vue, en
» tout et partout, que celle de glorifier
» Dieu. »

Pour former sur ce modèle l'esprit intérieur de sa communauté, M. de Lantages
portoit les séminaristes au saint exercice
de l'oraison, et revenoit sans cesse sur ce
point, persuadé qu'un prêtre ne sauroit
se sauver, s'il n'y est point fidèle. Il vouloit encore que l'oraison fût un moyen de
penser plus fréquemment à Dieu dans le
courant de la journée ; et il avoit coutume
de dire, que comme on pense souvent
à ce qu'on aime beaucoup, ceux qui
n'aiment guère Dieu pensent rarement à
lui.

Formé à l'école de M. Olier, si zélé
pour la dévotion à l'intérieur de Notre-
Seigneur, M. de Lantages inspiroit la même
dévotion à ses clercs, en les portant à
adorer fréquemment les dispositions et
les intentions dont l'ame du Sauveur animoit ses actions, ses privations et ses

souffrances, et à unir leurs devoirs de
religion envers la majesté de Dieu à ceux
qui lui sont rendus dans le sanctuaire de
ce divin intérieur. « Les vrais chrétiens,
» disoit-il, unissent leur religion à la reli-
» gion de Jésus-Christ : ils ne croiroient
» pas bien rendre à Dieu leurs devoirs de
» religion, s'ils ne les lui rendoient par
» Jésus-Christ, avec Jésus-Christ, et en
» Jésus-Christ ; offrant à Dieu les devoirs
» qu'il lui rend pour nous en qualité de
» notre chef et de notre pontife, et s'u-
» nissant à son intérieur adorable, pour y
» trouver le supplément de leur piété.
» Ainsi, quand ils vont à Dieu pour lui
» rendre leurs devoirs, ils ne se présen-
» tent pas devant sa divine majesté en leur
» propre nom, mais au nom et en la per-
» sonne de son très-cher Fils, auquel ils
» ont l'honneur d'être incorporés. »

Il étoit convenable que la dévotion à la
très-sainte Vierge fût l'un des plus beaux
traits de l'esprit intérieur d'un séminaire,
ouvrage de cette auguste reine du clergé.
M. de Lantages ne se contentoit pas de
faire honorer la divine Marie comme la
supérieure et la maîtresse de la maison, il
recommandoit encore aux séminaristes de

pratiquer envers elle la soumission des
sujets envers leur souveraine, principalement de ne disposer de rien que selon sa
volonté et avec sa bénédiction. Il étoit lui-
même très-exact à cette pratique, qu'il
avoit apprise de M. Olier; et jamais il
n'entreprenoit rien d'un peu considérable,
sans se mettre à genoux pour demander
la bénédiction de la très-sainte Vierge. Il
exhortoit ses clercs à l'honorer particulièrement dans le temps de sa vie qui suivit
l'ascension de son Fils, et pendant lequel
elle fit sa demeure ordinaire avec saint
Jean l'évangéliste. « Durant ce temps,
» disoit-il, sa seule présence édifioit, en-
» courageoit et consoloit l'Église nais-
» sante. Elle donnoit aux apôtres, aux
» disciples et aux chrétiens des instruc-
» tions d'une sagesse toute céleste; et
» c'est à elle que les ecclésiastiques doi-
» vent recourir, pour que Dieu bénisse
» aussi les ministères qu'ils ont à remplir.»
Il avoit lui-même cette fidélité, de ne
jamais donner sa bénédiction à personne
que par la divine Marie. Lorsque quelqu'un
de ses enfans spirituels le prioit avec instance de ne pas lui refuser cette grâce, il
se mettoit à genoux, et s'humiliant pro-

fondément, il disoit avec un grand sentiment de dévotion, et les mains jointes,
ces paroles : *Nos cum prole pia benedicat
Virgo Maria.* On ne peut exprimer ses
admirables lumières et ses tendres affections sur la divine maternité de la très-
sainte Vierge. Il avoit composé sur cette
matière un grand nombre de cantiques,
qui faisoient les délices de ceux qui les
chantoient, et leur fournissoient en peu
de paroles des sujets abondans d'oraison.

VIII.
Comment il
disposoit ses
clercs aux
saints or-
dres.

Si M. de Lantages s'efforçoit d'inspirer
à sa communauté la ferveur qui convient
si éminemment à un séminaire, c'étoit
afin de faire de tous ses jeunes clercs autant de saints et savans prêtres. Avant
toutes choses, il avoit grandement à cœur
de les détromper des fausses idées que la
plupart des parens se forment de l'état
ecclésiastique, et que quelquefois les enfans apportent dans les séminaires, avec
les vices et les mœurs du siècle.

« Par la tonsure, vous passez de l'état
» laïque dans le saint état du clergé, leur
» disoit-il, et vous devenez le partage de
» Dieu, comme il devient lui-même votre
» partage. Il est vrai qu'il l'est aussi de

» tous les chrétiens, et qu'ils lui sont tous
» consacrés, mais les clercs le sont spé-
» cialement; en sorte que la même diffé-
» rence qu'il y a entre la sainteté du di-
» manche et celle d'un jour de travail,
» entre la sainteté d'une église et celle
» d'une maison séculière, est la même
» qu'il y a, selon l'ordre de Dieu, entre
» la sainteté d'un clerc et celle d'un sim-
» ple laïque. » Il concluoit de là qu'il ne
falloit pas recevoir dans le clergé, et il
éloignoit toujours de la tonsure ceux qui
n'avoient pas fait quelque progrès considérable dans l'étude, et qui ne montroient
point de dispositions à devenir capables
de servir un jour utilement l'Église. Il
disoit que cette conduite étoit vraiment
épiscopale, et très-digne d'être suivie, afin
de ne remplir pas le sanctuaire de ministres inutiles et à charge : ce qui est,
ajoutoit-il, le plus grand obstacle à la réformation du clergé. Aussi, personne ne
pouvoit ignorer que, si le clergé du diocèse du Puy changeoit entièrement de face,
on étoit redevable de cet heureux renouvellement à l'inflexible fermeté du serviteur de Dieu. Les violences qu'il étoit
obligé de se faire en repoussant les indi-

gnes, ont été pour lui une source continuelle de mérite devant Dieu. Le naturel
de M. de Lantages, toujours enclin à faire
plaisir à tout le monde, le portoit à dire
souvent, en parlant des ordinands : «Je
» crains de me damner par respect hu-
» main, et pour n'oser pas contrarier per-
» sonne. » C'étoit, en effet, pour lui un
grand sujet de tristesse , de se voir dans
la nécessité de causer de la peine à quelqu'un ; et on peut dire qu'il sentoit vivement le premier, le chagrin qu'il étoit
obligé de faire aux autres. Néanmoins, le
serviteur de Dieu, si doux et si affable
dans toute sa conduite, sembloit se dé-
pouiller de ses sentimens et de son caractère, lorsque des personnes puissantes
vouloient, à la faveur de leurs recomman-
dations et de leur autorité, faire parvenir
aux saints ordres un sujet qui n'avoit point
encore les dispositions nécessaires. Il résistoit alors courageusement à ces personnes, quelque qualifiées qu'elles fussent,
à celles même envers lesquelles le séminaire avoit de plus grandes obligations;
et si, pour le porter à les contenter, on
lui rappeloit leur autorité ou les services
qu'elles lui avoient rendus : « Qui est donc

» semblable à Dieu, *quis ut Deus?* ré-
» pondoit-il avec une sainte indignation ;
» quand il s'agit des intérêts de notre
» grand Dieu, nous ne devons non plus
» nous soucier des nôtres, et n'y avoir pas
» plus d'égard que nous n'en aurions pour
» un vieux torchon de cuisine. » Cette
inébranlable fermeté lui attira souvent des
reproches aussi amers qu'ils étoient in-
justes, et même des persécutions ; mais
il répondoit toujours comme un homme
invariablement déterminé à ne suivre que
la voix de sa conscience : *Il vaut mieux
obéir à Dieu qu'aux hommes.* Dans les diocèses voisins, où il n'y avoit point encore
de séminaire, on se montroit quelquefois
beaucoup trop facile touchant l'appel des
sujets aux saints ordres. M. de Lantages
en étoit affligé jusqu'à en devenir malade ;
et quand il apprenoit qu'on avoit promu
des indignes : Ah, mon Dieu ! disoit-il,
» ce sont autant de coups de poignards
» qui me percent le cœur. » Aux approches des ordinations, son visage étoit ordinairement pâle et abattu, et souvent on
l'entendoit pousser de profonds soupirs.
Si quelqu'un de ses amis le prioit de lui
dire le sujet de sa peine, il répondoit que

c'étoit la crainte que quelque indigne ne recherchât par faveur d'être admis aux saints ordres, et que, par un juste juge- ment, Dieu ne permît sa promotion. « Mon Dieu, disoit-il, si l'on comprenoit » combien il est dangereux de faire de » mauvais prêtres, et les malheurs qui » s'ensuivent, ah! l'on apporteroit bien » d'autres précautions aux ordinations, » et l'on y regarderoit bien de plus » près! »

IX.
Il inspire à ses clercs la vertu de religion.

Pour prévenir ces malheurs, il s'appli- quoit sans relâche à connoître ses sémi- naristes, et à les former aux vertus de leur état. « La plus essentielle, disoit-il, » est la vertu de religion, caractère dis- » tinctif de Jésus-Christ, souverain prêtre, » *le grand religieux de Dieu son père.* » Il donnoit lui-même à ses clercs des exem- ples de cette vertu, plus persuasifs encore que ses discours : car, en voyant sa gra- vité, son recueillement, son humilité, et l'élévation de son esprit à Dieu, quand il faisoit quelque fonction ecclésiastique, on ne pouvoit s'empêcher d'éprouver un sen- timent profond de religion, et d'être sain- tement édifié. Dieu lui avoit même donné une participation si abondante de l'esprit

religieux de son divin Fils, que, par une
faveur spéciale, M. de Lantages ne commença à éprouver des distractions à la
sainte messe, à l'oraison et au bréviaire,
que lorsqu'étant septuagénaire, ses facultés s'affoiblirent notablement avec l'âge,
et par l'épuisement de son corps. Avant ce
temps, il étoit continuellement absorbé
en Dieu durant ces exercices; au point
que, quand il faisoit des prières vocales,
quelquefois il avoit peine à les achever,
particulièrement l'Oraison Dominicale, à
cause de l'attention extraordinaire de son
esprit. Un jour, étant allé à Sanssac, à
une lieue du Puy, pour en visiter le curé,
M. Antoine Dugone, mort en odeur de
grande vertu; comme ce dernier le vit
arriver, il le pria de lui dire à quoi il s'é-
toit occupé intérieurement le long du
chemin : « En sortant du séminaire, lui
» répondit ingénument M. de Lantages,
» j'ai commencé mon *Pater*, et je ne l'ai
» pas encore achevé. »

Si la vertu de religion doit être la première dans les ecclésiastiques, il étoit
convenable qu'elle fût aussi la principale
dans un homme chargé par état, comme
lui, de les former. M. de Lantages la pos-

séda dans un degré très-éminent ; et quoique sa douceur ait paru extraordinaire, sa religion couronnoit, cependant et surpassoit toutes ses autres vertus. Elle le portoit à honorer les objets qui avoient eu quelque bénédiction particulière, mais principalement les temples où Jésus-Christ veut bien résider. Il ne pouvoit souffrir en aucune manière qu'on en profanât la sainteté, par des irrévérences ou des discours inutiles. Lorsque devant lui quelqu'un y prenoit ces libertés, il sentoit alors s'allumer dans son cœur le feu d'une sainte colère contre ces indévots ; au point que, sortant de son caractère et de sa douceur accoutumée, il s'avançoit hardiment vers eux, et leur faisoit la correction qu'ils méritoient, sans avoir aucun égard à leur qualité ni à leur rang. La correction n'étoit pas moins utile aux assistans qu'aux coupables ; car la sainte indignation du serviteur de Dieu, qui paroissoit sur son visage, dans ses yeux, et dans le ton de sa voix, faisoit trembler ceux qui l'entendoient et le voyoient. Il étoit alors d'autant plus propre à faire impression sur les assistans, que partout ailleurs M. de Lantages étoit doux comme un agneau, et que jamais, hors de ces rencontres, on ne le voyoit ému de quelque sentiment de colère.

Par de semblables exemples, il lui étoit facile d'inspirer le zèle de la maison de Dieu aux jeunes ecclésiastiques qui se formoient au séminaire. Il leur donnoit encore une haute estime des moindres fonctions du culte divin, comme de balayer dans l'église, de servir la sainte messe, de porter la croix ou le bénitier, de faire le catéchisme; et l'exemple édifiant qu'il mettoit sous leurs yeux, en exerçant lui-même quelquefois ces fonctions, engageoit efficacement ses clercs à s'y porter à leur tour avec affection. Il leur recommandoit de ne souffrir pas que devant eux un simple laïque, ou même un enfant de chœur, servît la sainte messe. « Ces derniers, leur » disoit-il, n'ont le pouvoir de le faire, » que parce que l'Église suppose qu'il ne » se trouve point d'ecclésiastique présent. » Toutes les fois que vous êtes dans l'oc- » casion de servir quelque messe, ajoutoit- » il, vous le devez faire très-volontiers, » et le plus dévotement qu'il vous est pos- » sible. » Il rappeloit à ce sujet, que saint Thomas d'Aquin, et saint Bonaventure,

10

deux grands docteurs et deux grands
saints, après avoir célébré la sainte messe,
servoient ordinairement celle d'un autre
prêtre ou de plusieurs, et obtenoient par
là de grandes grâces de la bonté divine,
comme on le sait d'eux-mêmes.

X.
Il les forme
à faire le ca-
téchisme
aux enfans.

L'affection qu'il avoit toujours eue pour
l'instruction des ignorans, et son habileté
à leur faire le catéchisme, le portoient
souvent à entretenir ses clercs sur la nécessité de cette importante fonction. « La
» prédication, disoit-il, le saint sacrifice
» et les sacremens, sont sans doute de
» grands moyens de notre salut; mais tout
» cela ne fait que du mal aux pauvres per-
» sonnes que le catéchisme n'a pas ins-
» truites et disposées pour en profiter. Car
» ces âmes, sans instruction, ne com-
» prennent rien à la parole de Dieu qu'on
» leur annonce dans les sermons, ou pren-
» nent en un mauvais sens ce qu'elles y
» entendent. Elles ne savent rien de ce
» qu'il y a à faire dans le confessionnal, et
» elles n'ont nulle connoissance du saint
» sacrifice qu'on offre à Dieu, ni de ce
» qu'on reçoit par la communion; et, par
» conséquent, cette fonction est la plus
» importante dans la sainte Église. » Il

réduisoit à trois les moyens de devenir un bon catéchiste; l'*oraison*, pour enflammer le zèle et attirer en soi l'onction du Saint-Esprit; la *lecture* des bons livres de doctrine et de dévotion, et l'*exercice*. Il n'aimoit pas que les jeunes ecclésiastiques du séminaire fissent des prédications publiques: « Les prédicateurs prématurés, » leur disoit-il avec saint Grégoire-le-» Grand, sont semblables à de petits oi-» seaux qui entreprennent de voler avec » des ailes encore trop foibles; ils ne s'é-» lèvent en l'air que pour leur propre » perte, leur élévation servant à les faire » tomber de plus haut. » Mais il exhortoit les séminaristes à s'instruire bien eux-mêmes, en s'appliquant à la lecture assidue des bons livres, pour devenir, à l'exemple du saint prêtre Népotien, une bibliothèque vivante de Jésus-Christ, et se mettre en état de bien expliquer la doctrine au peuple, quand une fois ils seroient prêtres. « Un moyen de se ren-» dre un jour utile, leur disoit-il, est de » commencer par faire le catéchisme aux » personnes grossières et aux enfans. »

Il vouloit surtout que ses clercs s'ap-pliquassent à la lecture de la sainte Écri-

XI.

Il les exhortoit à l'étude de l'Écriture sainte et de la Scolastique.

ture, le livre propre des prêtres ; et il leur rappeloit ces paroles de saint Jérôme : *Ama scientiam Scripturarum, et vitia carnis non amabis.* « Nous devons sur toutes » choses, leur disoit-il, respecter les saints » Livres, à l'exemple du très-religieux » saint Charles. Ce saint cardinal ne les » lisoit jamais que la tête découverte et » les genoux nus sur la terre ; et il pre- » noit grand soin que, dans le discours » ordinaire, on ne mêlât aucune parole » de ce texte sacré. » Mais, afin qu'ils étudiassent la sainte Écriture avec fruit, M. de Lantages leur recommandoit souvent de s'appliquer à la théologie scolastique. Il avoit coutume de dire, qu'il étoit rare de trouver quelqu'un solidement savant dans les choses de Dieu, sans le secours de la scolastique, et que saint Charles, dans une lettre à un jeune prélat, après lui avoir montré la nécessité de cette sorte de théologie pour acquérir une science exacte de l'Écriture sainte, l'exhortoit à y consacrer tous les jours des heures marquées. « Certes, disoit M. de Lanta- » ges, ce saint évêque avoit grandement » raison ; car nous voyons, par une trop » fréquente expérience, que ceux qui

» n'ont pas bien appris cette théologie,
» entendent mal l'Écriture et les saints
» Pères, et ne parlent jamais un peu long-
» temps des matières de religion, sans
» donner quelque atteinte à l'exactitude
» de la vérité catholique. Au contraire,
» ceux qui s'en sont bien instruits, savent
» expliquer nettement, et prouver solide-
» ment ce qu'ils avancent; parce qu'ils
» sont accoutumés à la méthode, et à rai-
» sonner fortement. Aussi l'Église témoi-
» gne-t-elle une très-grande estime de ceux
» qui ont acquis quelque grade dans cette
» théologie, y ayant des emplois et des
» charges pour lesquels elle les choisit de
» préférence. Bénissons Dieu, de ce que
» bien loin d'être une science toute hu-
» maine et profane, comme quelques-uns
» osent le dire, elle est une science par
» laquelle et avec laquelle saint Thomas,
» saint Bonaventure, Albert-le-Grand,
» Gerson et quantité d'autres docteurs
» ont été de vrais et de parfaits serviteurs
» de Dieu. »

Comme les aspirans au sacerdoce n'ont pas tous le même degré d'ouverture et de pénétration, M. de Lantages divisoit ses étudians en deux classes. Dans la pre-

XII.
Il leur ensei-
gnoit lui-
même la
théologie, et

composoit
pour eux des
cahiers.

mière, il rangeoit ceux qui, n'étant pas
propres aux hautes sciences, et ayant
cependant de la piété et de la justesse
d'esprit, pouvoient être rendus en assez
peu de temps capables d'instruire les
peuples des choses nécessaires au salut,
et de leur administrer les sacremens. S'il
ne voyoit pas dans ceux qui se présentoient un fonds de science suffisant, il refusoit de les recevoir au séminaire, et une
année, il en renvoya jusqu'à vingt-trois,
c'est-à-dire la plus grande partie. « Ils
» nous promettent d'étudier, disoit-il,
» mais ensuite ils n'en font rien. » La seconde classe étoit de ceux qui avoient une
inclination marquée pour l'étude de la
théologie et des sciences ecclésiastiques.
Il aidoit ceux-ci à cultiver leurs talens, en
leur persuadant d'aller étudier dans quelque Université, surtout quand ils étoient
jeunes, ou en les envoyant au séminaire
de Saint-Sulpice à Paris. Lorsqu'ils ne
pouvoient le faire, il s'appliquoit à les
former par des conférences particulières,
étant lui-même très-versé dans la théologie et l'étude des Pères.

Le désir d'instruire ses clercs le porta à
composer pour eux une Théologie dog-

matique, qu'il leur dictoit, selon l'usage
de ces premiers temps. Il l'écrivit en
français, apparemment pour en faciliter
l'intelligence à ceux qui avoient moins de
pénétration. Cet ouvrage n'a jamais été
imprimé. M. de Lantages s'y attache à ce
qui peut édifier, plutôt qu'à ce qui satisfait l'esprit et contente la curiosité humaine. « Notre méthode aura ceci de par-
» ticulier, dit-il dans la préface, qu'au
» lieu que dans les écoles communément
» on traite les questions où il y a beaucoup
» à disputer, et on renvoie au cabinet
» celles d'édification et de pratique; nous,
» au contraire, nous préférons ces der-
» nières questions aux premières, des-
» quelles pourtant nous n'omettrons rien
» de ce qui sera nécessaire et utile à sa-
» voir. » L'ouvrage justifie parfaitement
la promesse de l'auteur. Il n'y a point de
question propre à inspirer quelque sentiment de piété, que M. de Lantages ne ramène dans ses leçons ; et jamais il ne quitte
une matière pour passer à une autre,
sans en avoir tiré quelque fruit pour la
pratique. Avec des talens médiocres et de
la piété, il étoit facile de devenir un bon
pasteur sous un tel maître. On vit en effet

sortir de son école des hommes apostoliques, qui répandirent de tous côtés la bonne odeur de Jésus-Christ, et firent revivre parmi les peuples les exemples et les vertus des premiers temps.

XIII.
De quelle manière M. de Lantages sanctifioit le temps de ses vacances.

Le zèle de M. de Lantages, pour le salut des ames, ne contribuoit pas peu à exciter celui de ses fervens disciples. Car, quoique M. de Lantages fût chargé de la conduite d'un séminaire, et d'une multitude d'affaires, que sa qualité de grand-vicaire l'obligeoit de conduire, il trouvoit encore le temps de faire de petites missions dans presque toutes les paroisses du diocèse, chaque année durant les vacances. Lorsque ce temps arrivoit, il partoit incontinent pour aller fortifier dans le bien les ames ramenées à Dieu par son ministère, ou celles qui lui avoient donné leur confiance. Une personne qui le voyoit quelquefois, ayant remarqué l'empressement qu'il avoit à quitter le séminaire dès le premier jour des vacances, ne put s'empêcher de lui en témoigner sa surprise : « Il ne faut pas vous en étonner, lui répondit l'homme de Dieu ; il y a des personnes qui m'attendent toute l'année, et Dieu veut que je leur rende mainte-

» nant quelques petits services. » Les
curés du diocèse, presque tous ses enfans spirituels , le recevoient dans ces
circonstances comme un ange venu du
ciel , et ne le laissoient jamais partir sans
avoir pris ses avis touchant leurs besoins
particuliers et ceux de leurs paroisses. S'il
y avoit des familles désunies, il vouloit
les voir , leur parler ; et il procuroit leur
réconciliation avec une adresse incomparable. Lorsqu'il se trouvoit dans une paroisse , un jour de fête ou de dimanche,
on ne manquoit pas de l'engager à prêcher ; et le peuple, disposé déjà à l'entendre par la haute estime de sa sainteté,
s'affectionnoit tellement à lui en l'écoutant, qu'il se rappeloit ses paroles long-
temps après. Ordinairement M. de Lantages confessoit dans chaque paroisse un
grand nombre de personnes; et plusieurs,
qui n'avoient pu être déterminés par aucun
motif à rentrer en grâce avec Dieu , regar-
doient comme une occasion de conversion
que le ciel leur avoit ménagée , l'arrivée
de cet homme apostolique. Dans l'une de
ces courses , il rencontra une jeune personne , qui , outre le malheur de l'hérésie où elle étoit engagée, avoit encore

10*

été entraînée dans le désordre par un
homme de qualité. Le serviteur de Dieu
s'attendrit sur le sort de cette brebis doublement égarée du bercail. Il parla à la
jeune personne avec tant de force et d'efficace, qu'elle se laissa toucher, abjura
l'hérésie; et pour ne pas retomber dans
ses anciens égaremens, elle vint au Puy,
où M. de Lantages pourvut à tous ses besoins. Elle y vécut en parfaite chrétienne,
et retourna ensuite dans son pays, pour y
édifier ceux à qui sa vie passée avoit été
un si grand sujet de scandale. Dans les
villes, l'homme de Dieu ne se dispensoit
jamais de visiter toutes les maisons religieuses, et il leur accordoit facilement des
entretiens. Le Saint-Esprit lui mettoit si à
propos dans le cœur et sur les lèvres ce
qu'il falloit dire à chaque communauté,
que souvent les religieuses croyoient que
le prédicateur avoit été informé d'avance
de leurs besoins par les supérieures. Mais
leur surprise se changeoit en sentimens
de vénération pour sa personne, lorsqu'elles apprenoient qu'on ne lui avoit
donné nulle connoissance de l'intérieur de
leurs maisons.

XIV.
Empresse-

La noblesse des pays par où il passoit

témoignoit de grands empressemens pour le loger dans ses voyages. Plusieurs de ces personnes de qualité profitoient de cette occasion pour se confesser à lui, ou pour recevoir ses conseils sur les affaires les plus importantes de leurs familles. M. de Lantages, à la faveur du bon accueil qu'on lui témoignoit, insinuoit dans tous les cœurs l'horreur du péché et le mépris des biens de la terre ; et souvent le fruit de ses visites étoit d'engager efficacement des hommes et des femmes du monde à vaquer tous les jours à l'oraison mentale. Il en portoit même un grand nombre à faire des retraites spirituelles, pour penser plus sérieusement à leur salut ; ce qui les mettoit dans l'occasion d'avoir encore recours à lui, soit pour les exercices de leurs retraites, soit pour apprendre la méthode de faire oraison : services qu'il ne refusoit jamais à personne. A cause de sa grande réputation de sainteté, et par respect pour sa personne, tout le monde se levoit pour venir le recevoir, lorsqu'il entroit chez de grands seigneurs ; et incontinent, quelque nombreuses que fussent les réunions, on cessoit tous les jeux et les autres sortes

ment des personnes de qualité pour le recevoir dans ses courses apostoliques.

d'amusement; chacun n'étant plus attentif qu'à l'écouter, et à recueillir quelque
chose de ses paroles. Cette vénération extraordinaire n'a rien qui doive surprendre
dans un homme que Dieu favorisoit de
temps en temps du pouvoir de faire des
miracles. Ces miracles se répandant de
tous côtés dans le diocèse, lui attiroient
partout où il passoit les mêmes respects
qu'on a pour les saints, et portoient plusieurs personnes à conserver, comme des
reliques, tout ce qui avoit été à son usage,
les choses même les plus indifférentes. Un
jour, passant par Retournac, dans le temps
des vacances, et étant chez le curé du
lieu, il rompit et jeta par terre quelques
cordons de sa bourse usés et inutiles. Une
dame qui s'en aperçut, poussée par un
motif de confiance, les ramassa, et les
conserva depuis. Dieu exauça la foi de sa
servante; car, après la mort de M. de
Lantages, il s'opéra à Retournac un grand
nombre de guérisons miraculeuses, par
l'attouchement de ces cordons, comme
on le verra dans la suite.

XV.
Il fait cha-
que année
une retraite
à Langeac.

Si l'homme de Dieu procuroit ainsi la
sanctification des personnes du monde en
les portant à faire des retraites, il étoit

soigneux de ne pas se priver lui-même du
bienfait de ces exercices. Dans cette vue,
il alloit, chaque année, en pélerinage à
Langeac, petite ville d'Auvergne, que les
disciples de M. Olier se sont toujours plu
à vénérer comme le berceau mystique de
leur petite compagnie. Il étoit encore attiré dans ce lieu par sa dévotion particulière à la vénérable mère Agnès qui y repose. Afin d'avoir plus de temps à passer
auprès de ses précieux restes, il s'y rendoit toujours durant les vacances du séminaire. Dès son arrivée au Puy, il prit
la coutume d'aller faire sa retraite annuelle
au tombeau de la mère Agnès, et il l'ob-
serva constamment, excepté les quatre ou
cinq dernières années de sa vie. Pour se
conformer aux désirs des directeurs du
séminaire, il commença alors de la faire
au Puy, à cause de ses continuelles infirmités, sans cesser cependant d'aller tous
les ans, jusqu'à sa mort, en pélerinage à
Langeac. Il eut toujours soin de tenir
cachées sous le voile du silence les faveurs
qu'il recevoit de Dieu pendant ses retraites. Ce qu'on a pu en conjecturer, d'après
ses conversations, c'est que bien qu'il fût
très-élevé dans les voies de l'oraison, il ne

laissoit pas, durant ces exercices, de méditer sérieusement sur les quatre fins de
l'homme. Ces vérités faisoient même des
impressions très-fortes sur son ame, et
quelquefois sur son corps, qui en con-
tractoit de grands affoiblissemens. C'étoit
pour lui une épreuve plus dure encore,
lorsque, dans ses exercices, Dieu lui re-
nouveloit les peines intérieures dont il
permit qu'il fût attaqué au commencement
de sa prêtrise. Elles lui imprimoient une
vue si claire de la sainteté de Dieu et de la
rigueur de sa justice sur les ames infidèles
à la grâce; il sentoit d'une manière si vive
jusqu'à ses moindres défauts, que la considération de son intérieur le jetoit dans
des craintes extraordinaires, et lui faisoit
souffrir un martyre des plus cruels. Son
directeur ne voyoit d'autre moyen de lui
procurer quelque soulagement dans ces
circonstances, que le retranchement
de trois ou quatre jours de ses retraites.

XVI.
Il écrit la
Vie de la
vénérable
mère Agnès.

Ces peines intérieures, qui le purifioient
toujours davantage, en l'établissant de
plus en plus dans le mépris de lui-même
et l'esprit d'anéantissement, étoient autant de grâces dont il se croyoit redevable à la vénérable mère Agnès. « Elle me

» fait chaque année le présent de quelque
» nouvelle croix, disoit-il; et jamais je n'ai
» fait le pélerinage de Langeac, sans avoir
» été gratifié de sa part de quelqu'une
» pour l'ame ou pour le corps. » Il s'en
montroit toujours plus reconnoissant envers elle, persuadé avec les saints, que les
souffrances sont les arrhes du royaume
des cieux, ou plutôt le prix auquel il le
faut acheter. Aussi étoit-il toujours parfaitement disposé à rendre service à ceux
qui lui procuroient quelque nouveau sujet
de mérite en ce genre; et dans cette vue,
il saisit avec plaisir l'occasion qu'on lui
offrit d'écrire la *Vie de la mère Agnès.* Il
ne tarda point à éprouver le premier
combien cette vie seroit utile aux autres,
par les avantages qu'il en retira lui-même
en l'écrivant. Ce genre d'occupation étoit
pour lui une méditation continuelle. Quoique M. de Lantages fût d'une complexion
fort délicate, et que cette Vie fût assez
étendue, il l'écrivit toujours à genoux,
et avec de si grands sentimens de religion,
qu'il gravoit d'abord dans le fond de son
cœur ce qu'il mettoit ensuite par écrit des
sentimens et des vertus de cette vénérable
prieure. Comme la vie de la mère Agnès

a été remplie d'événemens très-extraordi-
naires, M. de Lantages, si circonspect et
si judicieux en matière de prodiges, voulut s'assurer auparavant de la vérité des
faits ; et on voit par le dénombrement des
autorités sur lesquelles il s'est appuyé,
que ni lui, ni le grand-vicaire de Saint-
Flour *n'ont cru légèrement tant de choses
merveilleuses*. Il lui fut facile de se procurer tous les documens nécessaires, dans un
temps où il existoit encore beaucoup de
personnes qui avoient eu le bonheur de
converser avec la mère Agnès. Un religieux de Saint-Dominique, en grande réputation de sainteté, le P. Esprit Panas-
sière, originaire de Tarascon, vint au séminaire du Puy pour remettre des mémoires
qu'il avoit composés sur la mère Agnès,
sa pénitente.

A peine la *Vie de la mère Agnès* fût-elle
mise au jour, que le P. Cunibert, Domi-
nicain, la traduisit en latin et la fit imprimer à Cologne, en 1670. Elle fut encore traduite en allemand, et ensuite de
l'allemand en flamand, par le père
Hecktermans, et imprimée en 1675. Enfin, on en fit aussi une traduction italienne
qui fut imprimée à Naples. Dix ans après

qu'il eut publié cette Vie, M. de Lantages
se vit obligé d'en donner une autre édition. Une troisième parut en 1712, et ces
anciennes éditions se trouvant épuisées,
on en a donné une nouvelle en 1808, avec
quelques légers changemens. Tant d'éditions de cette Vie en françois, et toutes
ces traductions en langues étrangères,
prouvent qu'elle ne doit point être dépourvue de mérite. Comme elle parut il
y a près de deux siècles, il n'est pas
étonnant qu'on y trouve quelques tour-
nures et quelques expressions qui ne sont
plus en usage aujourd'hui; mais ces défauts n'ôtent rien à la simplicité et à la
naïveté des récits, ni au ton de piété qui
convient si bien à une Vie de ce genre, et
qui fait découvrir bientôt dans l'écrivain
un maître habile dans le langage et les règles de la haute spiritualité.

La *Vie de la vénérable mère Agnès* ne
fut lue nulle part avec plus d'empressement et de consolation qu'au monastère
de Sainte-Catherine de Langeac, où la
sainte prieure avoit vécu. Les religieuses
de cette maison, en témoignage de leur
reconnoissance, envoyèrent des lettres
d'affiliation à M. de Lantages, pendant

XVII.
M. de Lan-
tages écrit
la vie de
*la mère des
Séraphins.*

l'impression de l'ouvrage, et au séminaire du Puy, quoique M. de Lantages l'eût quitté; car à cette époque il gouvernoit le séminaire de Clermont, dont il étoit devenu supérieur.

Il continua ses communications de charité avec elles; et c'est aux rapports qu'ils eurent ensemble, que nous sommes redevables de la *Vie de la mère des Séraphins*, composée par M. de Lantages.

La *Vie de la mère des Séraphins*, prieure du monastère de saint Thomas d'Aquin à Paris, ne présente que peu ou point de faits, mais seulement les pratiques, l'esprit et les vertus de cette sainte fille. « Il » n'est point d'ame religieuse, en quelque » ordre qu'elle soit, dit M. de Lantages, » qui n'y trouve un modèle excellent de » la vie qu'elle doit mener, et pour l'extérieur et pour l'intérieur. » Cette Vie n'est pas seulement utile aux religieuses; elle l'est encore aux directeurs chargés de les conduire dans les voies de la perfection, et enfin à toutes les personnes désireuses de leur sanctification; parce qu'elle leur propose les moyens de se détacher du monde et d'elles-mêmes, et leur inspire le goût et l'amour du saint exercice de

l'oraison : « Un effet que j'en attends
» pour toutes les ames de bonne volonté,
» dans toutes les conditions, dit M. de
» Lantages, en terminant sa préface, c'est
» l'amour et le goût de l'oraison.... Et
» c'est, très-chères ames, ce que vous
» devez chercher principalement dans
» cette lecture. C'est la grâce que Notre-
» Seigneur vous y offre ; et je sens le
» mouvement de vous dire très-affectueu-
» sement de sa part, ces saintes et
» amoureuses paroles du Cantique :
» *Buvez, mes amis, et enivrez vous, mes très-*
» *chers !* »

XVIII.
Exemple re-
marquable
de douceur
et de pa-
tience en la
personne de
M. de Lan-
tages.

Les fruits que M. de Lantages retiroit
de ses pélerinages au tombeau de la mère
Agnès, étoient trop sensibles pour n'être
pas remarqués ; et on disoit, qu'en venant
s'édifier à Langeac, il étoit lui-même un
véritable sujet d'édification pour cette
ville. On rapporte un trait de sa douceur
et de sa patience, qui passeroit pour héroïque dans la vie d'un homme moins
accoutumé à étouffer, par la force de l'a-
mour de Dieu, les cris et les murmures
de la nature. M. de Lantages étant un jour
au parloir des religieuses de Sainte-Catherine, la supérieure s'aperçut qu'il se

trouvoit mal; et comme il n'avoit point
encore dit la sainte messe, elle le pria
d'aller la dire, afin de pouvoir prendre
ensuite quelque nourriture. Il se rendit
à une prière aussi obligeante, et dit à son
domestique de descendre à la sacristie
pour lui préparer les ornemens. Un peu
après, il y descendit lui-même ; mais
n'ayant trouvé ni les ornemens, ni le domestique, il se mit à genoux devant le
très-saint sacrement. Sa patience et sa
douceur parurent avec éclat dans cette
rencontre ; car il attendit ainsi un temps
considérable, sans donner le moindre signe d'impatience. Il continuoit de la sorte
déjà depuis près de deux heures, lorsqu'une personne qu'il avoit laissée au
parloir, surprise de ne voir pas revenir
M. de Lantages, descendit à l'église ; et
s'étant approchée de lui, lui demanda d'où
pouvoit donc venir qu'il tardât tant à dire
la sainte messe. Le serviteur de Dieu, sans
donner la moindre marque d'émotion, lui
répondit doucement : « Je sers si mal
» Notre-Seigneur , que je mérite bien
» qu'on me serve de même. » Après-quoi,
il se remit en adoration comme auparavant. A la fin, le domestique, en course

par la ville, étant revenu, M. de Lantages se leva avec son calme et sa tranquillité ordinaire, prit les ornemens, dit la sainte messe très-dévotement, ne fit pas le moindre reproche à ce domestique, et ne lui demanda pas même le sujet de son retard.

Nous ne pouvons passer sous silence une autre sorte d'exercice auquel M. de Lantages se livroit tous les ans, pour l'utilité des ecclésiastiques du diocèse du Puy, la retraite pastorale. « On ne sau- » rait exprimer, disent les mémoires du » temps, la sainte cordialité avec laquelle » il en usoit à l'égard des curés. C'étoit » alors qu'avec une tendresse vraiment » paternelle, il les animoit au zèle du culte » de Dieu et du salut des ames. Il leur » faisoit voir que Notre-Seigneur leur » ayant confié, et ayant comme déposé » entre leurs mains ses intérêts, ceux de » la religion et du salut des fidèles, les » obligeoit à lui en rendre un compte » exact, et que leurs exemples ne servi- » roient pas moins que leurs discours à la » fidèle gestion de cet important minis- » tère. » De leur côté, les ecclésiastiques recevoient les paroles de l'homme de

XIX.
Il donne la retraite pas- torale au clergé du diocèse du Puy.

Dieu avec un empressement et une avi-
dité, que la haute idée de sa sainteté
peut seule rendre croyable : et ils
avoient tant d'affection pour sa personne,
qu'à l'exemple des fidèles de Galatie, ils
se seroient arrachés les yeux pour les lui
donner, s'ils eussent pu l'obliger de la
sorte. Plusieurs disoient tout haut, « que
» jamais ce saint homme ne leur avoit
» adressé aucune parole qui n'eût produit
» des fruits pour leur avancement. » La
docilité de ces bons prêtres à recevoir ses
avis, portoit M. de Lantages à leur recommander instamment l'éducation des
jeunes enfans de leurs paroisses, qui
avoient quelques dispositions au saint ministère. Il les engageoit à les loger dans
leurs presbytères, s'ils en avoient la facilité, ou à les appeler tous les jours chez
eux pour leur donner l'instruction dont
ils étoient capables, et leur inspirer de
bonne heure les sentimens d'une solide
piété. « Dieu fasse par sa sainte grâce,
» disoit-il, que beaucoup de saints prêtres
» aient le temps, l'affection et le talent
» de s'appliquer à un emploi si utile à
» l'Église ! » Mais comme ils ne pouvoient
former les clercs aux vertus de leur état,

sans les posséder eux-mêmes, M. de Lantages s'efforçoit, dans les entretiens qu'il
leur faisoit, d'inspirer à tous les curés
un grand désir de la perfection sacerdotale.

L'oraison mentale étoit, de tous les
exercices propres du prêtre, celui qu'il
leur recommandoit le plus. « Je regarde
» l'oraison, disoit-il, non-seulement comme
» la vie de tous les autres exercices de
» piété, mais encore du prêtre lui-même.
» Toute la terre est de ce sentiment, que
» la dévotion est à un homme, pour être
» un bon prêtre, ce que lui est l'ame pour
» être vivant; et bien des gens ont raison
» de dire souvent, comme ils font, qu'un
» soldat poltron, et un prêtre indévot,
» sont deux méchans meubles. N'est-ce
» pas le prêtre qui crie tous les jours de
» l'autel, et fort souvent de la chaire, à
» tous les fidèles : *Élevez vos cœurs au ciel!*
» Que seroit-ce de lui, s'il n'avoit pas son
» cœur au ciel plus parfaitement et plus
» continuellement qu'aucun autre? Le
» prêtre a un extrême besoin de trouver
» Dieu partout, pour implorer son secours
» dans les fréquens dangers où le mettent
» la nécessité de voir souvent le prochain,

XX.
Ses senti-
mens sur l'o-
raison men-
tale.

» et même les plus saints emplois de son
» ministère. Et quand l'oraison ne nous
» serviroit qu'à renouveler souvent notre
» attention à Dieu, ne seroit-elle pas un
» exercice très-salutaire? Car elle est le
» remède d'un de nos plus grands maux,
» l'oubli de Dieu, parce qu'elle nous élève
» fréquemment à la considération de ses
» perfections, et nous renouvelle à tout
» moment l'attention à sa sainte présence.
» N'est-ce pas d'ailleurs dans la sainte
» oraison, que nous prions pour les peu-
» ples, dont nous sommes les médiateurs
» auprès de Dieu, et que nous travaillons
» à l'affaire de leur salut? *Saint Paul, cet*
» *insatiable adorateur de Dieu,* dit saint
» Jean-Chrysostôme, *ce père commun des*
» *serviteurs de Jésus-Christ, ce gardien de*
» *l'univers, a amené au salut toutes les na-*
» *tions par l'assiduité de sa prière:* tant il
» est vrai que le premier et le principal
» moyen que Dieu nous a donné pour
» faire notre salut, et procurer celui des
» autres, c'est la prière assidue. Nous en
» avons une preuve dans l'exemple d'Aa
» ron. Ce pontife prenant en main l'en-
» censoir, courant au milieu du peuple,
» que Dieu faisoit périr dans les flammes,

» et faisant cesser par sa prière ce terrible
» fléau ; Aaron apaisant ainsi l'ire de Dieu,
» n'est-il pas la figure de ce que fait tout
» bon prêtre ? Car le bon prêtre fait de son
» cœur un encensoir ; il le remplit du feu
» sacré de la charité ; il met dans ce feu
» divin l'encens de sa prière, qui, par
» plusieurs saintes et ferventes affections,
» monte au ciel en odeur de suavité, et
» réconcilie Dieu avec les hommes. »

Comme plusieurs ecclésiastiques se
plaignoient à M. de Lantages de la difficulté qu'ils éprouvoient à faire oraison,
et des tentations qu'ils avoient d'abandonner ce saint exercice, il leur disoit :
« Quand l'oraison devient pénible, à cause
» de nos indispositions de corps ou d'es-
» prit, nous sommes alors réduits à en
» faire un bon exercice de patience. Mais
» que rien au monde ne vous empêche de
» faire toujours votre oraison : *ne impedia-*
» *ris orare semper ;* c'est-à-dire, que nulle
» affaire, nulle affliction, nulle tentation
» ne soit cause que vous quittiez votre
» oraison. Si vous êtes tenté de vous en-
» nuyer à l'oraison, surmontez-vous avec
» la grâce de Dieu, pour vous tenir en sa
» présence, et y faire votre devoir malgré

» la tentation, et ne dites point : Je n'y fais
» rien ; car y persévérer, comme on vous
» dit, c'est expier vos péchés, c'est pa-
» tienter, c'est attendre Dieu. Et tout cela
» n'est pas ne rien faire, mais c'est assu-
» rément faire beaucoup. De quoi sainte
» Thérèse nous est un bon témoin, ayant
» persévéré constamment pendant plu-
» sieurs années à faire ponctuellement
» deux heures d'oraison chaque jour, mal-
» gré l'état de sécheresse et de peine où
» elle se trouvoit dans ce saint exercice. »
Lorsqu'il entendoit quelque pauvre demander l'aumône, et attendre patiemment
sans se lasser de demander : « Ce pauvre,
» disoit-il, nous apprend comment il faut
» prier. » Dans ses prières, M. de Lantages
ne faisoit que s'abandonner doucement à
l'Esprit-Saint pour recevoir ses communications. Son oraison ordinaire étoit une oraison de simple présence de Dieu, et d'anéantissement de toutes ses facultés devant la
majesté divine. Un jour, une personne lui
ayant demandé s'il faisoit des considérations quand il étoit en oraison : « Ce se
» rait prêcher que d'agir de la sorte, lui
» répondit M. de Lantages ; je m'aban-
» donne à l'attrait de Dieu, et j'adhère

» aux bons mouvemens de son Saint-Es-
» prit. » Il s'unissoit si fortement à Dieu
de cette manière, qu'il conservoit son recueillement tout le reste du jour. Ce recueillement le tenoit continuellement en
la présence de Dieu, et dans une oraison
habituelle. Il auroit voulu engager tous
les ecclésiastiques à cette oraison du cœur,
et il avoit coutume de dire : « Celui qui
» ne prie que lorsqu'il est à genoux prie
» bien peu. » Il ne laissoit pas cependant
de recommander fortement la méthode
ordinaire aux personnes peu avancées; et
il en avoit même dressé une formule qui
étoit en usage parmi toutes les personnes
de piété du diocèse. Il composa aussi sur
les mystères et les vertus de Notre-Seigneur un grand nombre de méditations,
qu'il fut question de donner au public, à
cause de l'estime universelle qu'on en faisoit au Puy, et du fruit qu'elles avoient
produit dans l'église de Saint-Georges.
Mais M. Bardon, consulté là-dessus, jugea
plus à propos de les conserver en manus-
crit pour l'usage du séminaire.

L'oblation du très-saint sacrifice faisoit
la matière de la plupart des entretiens de
M. de Lantages, durant ses retraites pas-

XXI.
Ses senti-
mens et ses
pratiques

sur le saint torales; il étoit persuadé qu'il n'y avoit
sacrifice de pas de moyen plus efficace pour avancer
la messe. un prêtre dans la perfection, que de lui
remettre devant les yeux la grandeur du
sacrifice qu'il offre tous les jours. Aussi
disoit-il souvent, après un grand serviteur
de Dieu, que, si cette pensée: *Je dois
aller demain à l'autel*, et cette autre: *J'ai
aujourd'hui célébré la sainte messe*, ne faisoient pas de fortes impressions sur un
prêtre, il y auroit sujet de croire que ce
seroit un cœur endurci, incapable d'être
jamais touché. Plein de ces pensées, il
faisoit aux ecclésiastiques des entretiens
tout exprès sur la manière de se préparer
au saint sacrifice, de l'offrir, et de faire
l'action de grâces. Mais, de toutes ses
instructions, celle de son exemple étoit
la plus efficace; et nous croyons édifier
le lecteur en indiquant la manière dont il
s'acquittoit lui-même de cette grande action. Il faisoit en sorte que toutes ses œuvres lui servissent de moyens pour se
préparer à la bien offrir, et il disoit quelquefois: Je ne comprends pas comment
» une personne de piété, qui le matin a
» fait sa méditation et dit son office, peut
» ensuite s'accuser de ne s'être pas bien

» préparée à dire la sainte messe, ou à
» communier ; car, cela étant fait comme
» il faut, est une excellente préparation. »
Le matin, avant le saint sacrifice, il étoit
extrêmement recueilli, gardant le silence,
à l'imitation de saint Charles, autant que
les circonstances le permettoient, et évi-
tant au moins toute conversation inutile.
Quoique ses actions ne fussent qu'une
continuelle préparation, il ne laissoit cependant pas de prendre chaque jour un
temps considérable pour se disposer pro-
chainement à la sainte messe ; et la crainte
de n'être pas assez bien disposé le portoit
encore à s'adresser alors à la très-sainte
Vierge, et à lui faire avec ferveur l'invocation de l'Église : *Vas insigne devotionis,
ora pro nobis.* Durant la célébration, il
paroissoit tout absorbé en Dieu. La longueur du temps qu'il y employoit étoit
une marque de l'union intérieure de son
cœur avec son bien-aimé : car il n'y mettoit pas moins d'une heure chaque jour ;
et quoique cette conduite ne fût guère pra-
ticable dans les paroisses, où la longueur
du saint sacrifice pourroit être pour les
gens du monde une raison de se dispenser
d'y assister, personne néanmoins n'étoit

fâché de se trouver à la messe de M. de
Lantages, parce qu'on savoit que c'étoit
la messe d'un saint. Il avoit en toute rencontre un extérieur très édifiant, mais pendant la sainte messe et l'action de grâces
on remarquoit en lui une modestie plus
profonde et une imposante majesté. Il
s'échappoit alors de sa personne comme
une vertu secrète, qui, se communiquant
aux assistans, les saisissoit d'un respect
profond pour la grandeur du Dieu dont
on croyoit voir une image vivante dans son
ministre. M. de Lantages employoit aussi
un temps considérable à l'action de grâces,
et, quoique souvent on vînt le prier de
sortir pour répondre sur des affaires pressantes, il ne retranchoit jamais rien du
temps qu'il avoit coutume de donner à
cet exercice. Il se tenoit alors dans un
recueillement profond, pour ne s'occuper
que de Dieu. Un jour qu'il étoit dans l'é-
glise de la Visitation, il ne s'aperçut pas
que pendant ce temps un voleur lui déro-
boit ses gants et son chapeau placés devant
lui ; et il n'y fit attention que long-temps
après, en voulant se lever pour sortir de
l'église. Alors, sans rien perdre de son
calme ordinaire, il entra dans le parloir

du couvent, et attendit qu'on lui eût apporté du séminaire un autre chapeau (1).

Il y avoit près de la chambre de M. de Lantages une tribune située au dessus du maître autel de l'église de Saint-Georges; le serviteur de Dieu s'y rendoit très-souvent le long du jour pour y adorer le saint sacrement; il y passoit même une partie considérable de la nuit, et quelquefois les nuits entières. Il recommandoit la célébration quotidienne à tous les bons ecclésiastiques de sa connoissance, et il leur donnoit lui-même fidèlement l'exemple de cette pratique, aussi salutaire aux hommes qu'elle est agréable à Dieu. M. de Maupas l'ayant un jour à sa table, le pressa beaucoup pour lui faire accepter d'un plat de laitage froid, que le serviteur de Dieu aimoit naturellement, et dont pour cela il

(1) Quoique nous ne connoissions pas en détail les faveurs qu'il recevoit de Dieu durant le saint sacrifice, nous savons cependant de quelle méthode il se servoit pour le remercier de s'être donné à lui par la sainte communion. Car c'est de lui-même qu'il a parlé en tierce-personne, au second volume de ses *Instructions ecclésiastiques*, p. 268, comme nous l'apprenons de M. Tronson et de la mère Gauchet.

vouloit se priver. A la fin, il en prit par condescendance aux désirs de l'évêque : mais cette nourriture lui ayant dérangé l'estomac, il ne put dire la sainte messe le jour suivant ; et il en fut si affligé, que, pour se punir, il s'interdit ce mets le reste de sa vie. Quand on lui en offroit, il disoit en souriant : « Non, je n'en accep- » terai pas, il m'a joué un trop méchant » tour. »

XXII
Il fait un pé-
lerinage au
tombeau de
saint Fran-
çois de
Sales.

Un homme aussi plein des maximes de la vie sacerdotale, et si empressé à les communiquer aux autres, devoit être na- turellement recherché par ce qu'il y avoit d'ecclésiastiques désireux de leur perfec- tion. On remarquoit en effet que les plus fervens se faisoient un plaisir et une fête de se trouver dans sa compagnie ; de ce nombre étoit M. de Maupas, évêque du Puy, qui, par l'estime et la vénération qu'il lui portoit, auroit désiré de l'avoir sans cesse auprès de sa personne. Ce prélat ayant été nommé l'un des commis- saires pour procéder à la vérification des reliques de saint François de Sales, et voulant faire du voyage d'Anneci un pé- lerinage de dévotion, jugea ne pouvoir mieux le sanctifier qu'en la compagnie de

M. de Lantages. Le serviteur de Dieu ac-
quiesça aux pieux désirs du prélat, d'autant plus volontiers qu'il avoit lui-même
une tendre dévotion au saint évêque de
Genève, le vénérant comme le modèle et
le patron du clergé.

On se mit donc en chemin pour Anneci. La troupe marchoit à cheval, et
avoit, comme dans les visites pastorales,
ses heures réglées pour vaquer aux exercices spirituels. Quoique les entretiens
fussent de Dieu ou des vertus du saint
dont on alloit honorer les reliques, M. de
Lantages ne laissoit pas de mêler de temps
en temps quelques joyeusetés, qui, après
avoir égayé agréablement la compagnie,
finissoient toujours par l'édifier. A voir
l'air de contentement et la douce amabi-
lité qu'il faisoit paroître en toute rencontre, on eût dit que personne n'étoit
plus à son aise que lui, quoiqu'il fût
le plus incommodé de tous dans cette
marche.

On lui avoit donné, en partant du Puy,
celui des chevaux qu'on s'imagina devoir
faire plus d'honneur à son cavalier. On
ne s'y seroit pas trompé, s'il eût fallu en
juger par l'apparence et par les années;

car le cheval qui lui échut en partage
étoit de plus grande taille que les autres,
et portoit sur son corps maigre et dé-
charné les marques de ses vieux ans.
Mais on ne songea pas que cette monture,
n'ayant jamais été employée qu'à traîner
le carrosse, seroit un grand sujet de patience pour son cavalier, dans un voyage
d'aussi longue haleine. M. de Lantages,
quoique assez indisposé quand on se mit
en marche, embrassa néanmoins avec joie
cette occasion de pénitence; et il veilla
avec tant de soin sur lui-même pendant
le voyage, qu'il ne fit jamais rien connoître à personne de ce qu'il eut à souffrir.
Enfin, lorsqu'on n'étoit plus qu'à la dis-
tance de trois lieues d'Anneci, l'un des
pélerins voyant que M. de Lantages étoit
descendu de cheval, voulut prendre sa
monture et lui donner la sienne, pour
éprouver laquelle des deux étoit la plus
commode. Cette curiosité lui coûta cher;
car, pour aller jusqu'à Anneci, il souffrit
une espèce de martyre; et il disoit qu'il ne
pouvoit comprendre comment M. de Lantages, tout infirme qu'il étoit d'ailleurs,
avoit pu soutenir, plus de quarante lieues,
l'incommodité d'une telle marche. Le

serviteur de Dieu, quand il vit sa mortification découverte, fut le premier à tirer
de cette aventure le sujet d'une agréable
récréation; et, comme il avoit une grande
facilité de génie, il fit, au retour d'Anneci, des vers sur les bonnes qualités de sa
monture, et n'égaya pas moins la compagnie par les saillies de son esprit, qu'il ne
l'avoit édifiée par sa mortification et son
inaltérable patience.

Ce ne fut pas seulement durant la marche, que M. de Lantages édifia les pieux
compagnons de son pélerinage; ils eûrent
encore lieu d'admirer sa vertu dans le
moment où celle du saint évêque de Genève éclatoit davantage: car, lorsque les
commissaires ouvrirent le tombeau pour
constater l'état où étoient les reliques, au
lieu de s'approcher comme les autres,
M. de Lantages, pour mortifier l'empressement naturel, se retira à l'écart, dans
la chapelle de sainte Luce, auprès du corps
de la bienheureuse de Chantal. Là, se
tenant en oraison, et dans un profond recueillement de tous ses sens, il demandoit
instamment à Dieu, par l'intercession du
saint et de la sainte, de vaincre toutes ses
répugnances à faire le bien. Pendant qu'il

étoit ainsi en prière, tout à coup on crie
de toutes parts : *Miracle, Miracle !* Le
saint évêque de Genève en faisoit un dans
ce moment; car il se répandit autour de
son corps une odeur très-suave qui em-
bauma les assistans. Mais M. de Lantages,
occupé à demander à Dieu de vaincre
courageusement ses répugnances par la
pratique du renoncement, fit un exercice
bien remarquable de cette vertu, en de-
meurant dans la même place, et toujours
immobile. Bientôt après, les mêmes cris
d'acclamation se firent entendre : *Miracle,
miracle !* et on continua encore un temps
considérable à les répéter avec des signes
de joie extraordinaires. Il s'opéra un nouveau prodige; ce fut le mouvement circu-
laire d'un chapeau attaché à la voûte de
l'église, et suspendu au-dessus des reliques du saint évêque, à qui ce chapeau
avoit autrefois appartenu. Ce mouvement
persévéra l'espace d'une demi-heure; et
durant ce temps, M. de Lantages demeura
toujours appliqué à sa fervente oraison,
sans aller considérer ce qui se passoit,
faisant ainsi lui-même une sorte de miracle non moins admirable que celui que le
saint opéroit. Aussi Dieu, qui ne se laisse

pas vaincre en générosité, afin de récompenser son serviteur de ces sacrifices, lui communiqua de si vives lumières sur les avantages du renoncement, et des grâces si abondantes pour le pratiquer, que dès ce jour M. de Lantages fit de nouveaux progrès dans cette vertu, et reçut un don particulier de la persuader aux autres. Chaque année, tant qu'il demeura au Puy, il ne manquoit pas de faire un entretien sur le renoncement, aux religieuses de la Visitation, le jour même de la mort de la bienheureuse mère de Chantal. Il parloit sur ce sujet avec une onction et une force extraordinaire; et ses discours, malgré les répétitions inévitables, sembloient être toujours nouveaux, par l'impression qu'ils faisoient sur les auditeurs; chacun éprouvant, après ces entretiens, un désir ardent de se surmonter, et d'acquérir cette vertu.

Comme M. de Lantages ne sentit point l'odeur qui s'exhaloit du corps de saint François de Sales, il s'humilioit volontiers de cette conduite de Dieu sur lui, quand on venoit à parler du saint évêque de Genève, et disoit : « Un misérable pécheur » comme moi ne méritoit pas cette faveur. »

Mais quelque air de vraisemblance qu'il
s'efforçât de donner à cette prétendue
conséquence de la conduite secrète de
Dieu à son égard, il ne persuada jamais
personne. Cette circonstance fut regardée,
au contraire, comme une nouvelle preuve
de sa vertu, quand on apprit qu'il n'y
avoit eu personne dans l'église de la Visitation d'Anneci, ni même dans le monastère, qui n'eût senti l'odeur de ce parfum,
à la réserve de M. de Lantages et d'une
sainte religieuse de cette communauté,
célèbre par des grâces extraordinaires.
On eut une preuve convaincante de la
sainteté de cette fille, le jour même où la
cérémonie eut lieu; car Notre-Seigneur
lui ayant fait connoître le matin, dans son
oraison, l'état où se trouvoit le corps de
saint François de Sales, et quelques par-
ticularités qui devoient avoir lieu à l'ouverture du tombeau, elle en avertit incontinent la supérieure; et l'événement justifia de point en point la déclaration qu'elle
lui fit.

LIVRE CINQUIÈME.

M. de Lantages est envoyé à Clermont. État du séminaire du Puy pendant son absence. Commencemens de l'*Instruction*.

P ENDANT un voyage que M. de Lantages fit à Paris, l'ange de discorde sembla profiter de l'absence de l'homme de Dieu pour souffler dans la ville du Puy le feu de la guerre civile. L'ombrage que se portoient mutuellement l'évêque du Puy et le vicomte de Polignac, au sujet de la juridiction temporelle, donna lieu aux grandes divisions dont nous allons parler; et montra que, comme les arbres de haute-futaie, les grands seigneurs s'entrenuisent quelquefois par leur voisinage.

I.
Divisions entre les évêques du Puy et la maison de Polignac.

Par estime pour la religion, et afin de

soustraire plus efficacement les peuples à
la vexation des seigneurs laïques, plusieurs
de nos anciens rois avoient accordé aux
évêques des privilèges fort étendus, et
leur avoient soumis, en plusieurs endroits, des villes, et même des provinces
entières. La munificence royale, guidée
par ce double motif, avoit cédé autrefois
aux évêques du Puy la seigneurie de cette
ville et son gouvernement. Ce gouvernement fut toujours possédé, depuis cette
époque, par l'évêque seul, sans que les
rois de France envoyassent quelqu'un pour
gouverner en leur nom. Ils commencèrent
d'en user autrement au temps des guerres
civiles; car, pour maintenir le pays dans
leur obéissance, ils y envoyèrent des officiers militaires avec le titre de gouverneur.
La ville du Puy, craignant de se donner
de nouveaux maîtres, fit quelque difficulté
de recevoir ces officiers, et prit des me-
sures pour conserver les anciens droits
des évêques. Mais, après les guerres civiles, la maison de Polignac ayant obtenu
des provisions pour le gouvernement du
Puy, sous le ministère et par la faveur du
cardinal de Richelieu, avec lequel cette
illustre maison étoit alliée, l'évêque,

Henri de Maupas, présenta au Roi son titre et sa possession pour ce même gouvernement.

Alors chacun dans le Velay se crut obligé d'épouser les intérêts de l'un des illustres contendans. Les habitans du Puy se déclarèrent pour le parti de l'évêque, et prirent les armes contre le vicomte. L'évêque voyant bientôt qu'il étoit incapable de calmer l'irritation des esprits, et de contenir la multitude dans le devoir, quitta la ville, et se rendit à Paris, dans la pensée de mieux dissiper de là des troubles, qui, à son extrême déplaisir, tiroient de nouvelles forces de sa présence. Tout le contraire arriva. Lorsque M. de Maupas eût quitté le Puy, les habitans, qui aimoient extrêmement l'évêque, agissant sans direction, se soulevèrent contre ceux du parti contraire; et la confusion fut si grande, que l'on s'attendoit à voir mettre la ville à feu et à sang. Enfin, après une sédition populaire, où il y eut du sang répandu et des meurtres, le vicomte de Polignac cerna la ville. Ce fut dans ces circonstances que M. de Lantages arriva au Puy. après le voyage de Paris dont nous avons parlé. Il scroit dif

II.
La guerre civile s'allume dans le pays.

ficile d'exprimer l'affliction qu'il ressentit en voyant les haines mortelles des habitans les uns contre les autres. Ceux du parti du vicomte le regardant comme suspect, à cause de ses rapports avec l'évêque, dont il tenoit la place, ne tardèrent point à éclairer toutes ses démarches; mais, ce qui est bien digne de remarque, M. de Lantages, dans une position aussi épineuse qu'étoit la sienne, fit paroître tant de sagesse et de prudence, que personne ne trouva jamais rien à redire ni à ses actions, ni même à ses paroles, quoiqu'il fût reconnu de tout le monde pour être du parti de l'évêque.

III.
M. de Lantages est fait prisonnier, et conduit à Polignac.

Dieu permit cependant que son serviteur, sans vouloir du mal à personne, souffrît en expiation des péchés de tous. M. de Lantages, après quelque temps de séjour à la campagne, revenoit au Puy en diligence pour y recevoir la visite des demoiselles de Richelieu, qui devoient y arriver aussi le même jour. Par la haute estime qu'elles avoient de sa sainteté, ces dames, dont l'une étoit atteinte d'une maladie mortelle, avoient voulu se détourner de leur route, en revenant des eaux de Vichi, afin de se donner la consolation

de conférer avec lui de leur salut. Mais,
ce qui leur causa une extrême affliction,
elles apprirent, en arrivant au Puy, que
M. de Lantages venoit d'être fait prisonnier par la faction du vicomte, et conduit
à Polignac. Les animosités qui divisoient
les deux partis ayant fait craindre à ces
dames, que la détention de M. de Lantages ne fût longue; et d'ailleurs, leur
marche étant très-pressée, elles repartirent
dès le lendemain. L'arrestation du serviteur de Dieu eut néanmoins des suites
plus heureuses; et si elle servit à montrer
sa patience, elle ne fit point paroître avec
moins d'éclat l'estime que chacun faisoit
de son mérite et de sa sainteté. Quelques-
uns des soldats qui cernoient la ville, ne
le reconnaissant point, se saisirent brus-
quement de lui, et l'ayant obligé de descendre de cheval, ils le mirent sur une
méchante monture, et le conduisirent
ainsi à Polignac. Durant tout le chemin,
ils le chargèrent de paroles outrageuses,
et enhardis par l'assurance de l'impunité,
ils lui firent essuyer les plus indignes trai
temens. Alors ce véritable disciple de
Jésus-Christ adora la prise de son divin
maître au jardin des Olives, et s'occupa,

pendant ce pénible voyage, des outrages
que les satellites des Juifs avoient fait en-
durer au Sauveur, la nuit de sa passion.
Il se ressouvint que, comme un doux
agneau parmi les loups, le Sauveur n'a-
voit point ouvert la bouche pour se plaindre; et à son exemple, il garda lui-même
un profond silence, remerciant intérieurement ce divin maître de ce qu'il lui
donnoit cette occasion de l'imiter. L'humilité de M. de Lantages nous a dérobé
la connoissance de ce qu'il eut à souffrir
dans cette rencontre. Ce qu'on a pu en
savoir, c'est que ces soldats, en qui la
licence du métier des armes, et les violences arbitraires qu'ils commettoient
avoient éteint tout reste de pudeur, ne
craignirent pas de faire de ce saint
homme le sujet de leur indigne moquerie.
De temps en temps ils le contraignoient
de descendre, le faisant aller à pied;
d'autres fois, ils lui ôtoient son chapeau,
et lui en mettoient un autre sur la tête
pour le rendre ridicule. M. de Lantages,
parlant dans la suite sur ce sujet, disoit
avec son ingénuité ordinaire : « Jamais
» novice de capucins ne fut si obéissant à
» ses maîtres, que je le fus alors à mes

» soldats; ayant pris pour pratique, du-
» rant tout ce voyage, d'avoir deux
» grandes oreilles pour bien écouter et
» bien obéir, et une très-petite langue
» pour parler; et m'entretenant dans ce
» sentiment par le souvenir de ces paroles;
» *Jesus autem tacebat.* » On est fondé à
croire que ces soldats joignirent les coups
aux paroles et aux menaces; car on a su
qu'entre leurs mains M. de Lantages cou-
rut risque de perdre la vie.

La troupe s'avançoit ainsi vers le bourg
de Polignac, où le vicomte s'étoit retiré.
Ce bourg est bâti autour d'un énorme ro-
cher, sur le vaste plateau duquel étoit
l'ancien château de Polignac, dont on voit
encore de grandes et belles ruines. On y
aperçoit un vieux bâtiment appelé le temple d'Apollon, d'où quelques-uns ont fait
venir le nom de Polignac, par abréviation
d'*Apolliniacum,* lieu consacré à Apollon.
On aperçoit en effet, dans une vieille
tour, une tête colossale de granit, que
l'on dit représenter ce faux dieu; elle est
environnée de rayons, et a la bouche ou
verte comme pour rendre des oracles.
Quand on fut arrivé au château, les soldats
s'empressèrent de présenter au vicomte

IV.
Honneurs
que lui rend
le vicomte.

l'illustre prisonnier qu'ils lui amenoient,
pleins de confiance qu'ils alloient être
récompensés de leur capture. Mais, au
lieu des marques de satisfaction qu'ils espéroient, ils furent bien étonnés de voir
leur maître extrêmement surpris, et tout
confus que ses gens eussent osé se saisir
d'un homme de ce mérite, et dont il honoroit singulièrement les vertus. Le vicomte ne put s'empêcher de leur en témoigner son indignation; et pour dédomma-
ger M. de Lantages, il lui fit les excuses
les plus profondes et les plus sincères; le
pria de manger à sa table, et le combla
d'honnêtetés. Après lui avoir donné toutes
sortes de marques de considération, il le
fit reconduire au Puy avec l'honneur dû
à sa personne, et détacha même deux de
ses gardes pour l'accompagner dans la
marche, et le préserver des insultes des
autres soldats qui couroient le pays.

V.
Nouveaux troubles. M. de Maupas est transféré au siége d'Evreux.

Cependant, pour mettre fin à cette
guerre civile, qui s'envenimoit toujours
davantage, le Roi donna ordre au gouverneur du Languedoc, Armand de Bourbon, prince de Conti, de se rendre dans
le Velay; et la présence de ce prince y
rétablit pour un temps l'ordre et la tran-

quillité publique. Il fut réglé que, puisque le vicomte se trouvoit pourvu en forme de ce gouvernement, il en jouiroit pendant sa vie; et qu'après lui le titre de ce gouvernement seroit supprimé, la ville du Puy n'étant ni place de guerre, ni frontière. Mais les esprits étoient trop aigris pour pouvoir s'accorder par un accommodement dont on ne devoit voir l'effet qu'après la mort du vicomte. Aussi, dès que le prince de Conti fut parti, les troubles recommencèrent, et la guerre civile s'alluma de plus en plus. Le Roi crut alors que, pour pacifier le pays, il falloit en éloigner l'un des deux contendans. Cette résolution, extrêmement funeste au diocèse, tendoit à écarter M. de Maupas, un des évêques de son temps les plus zélés et les plus ardens à procurer la réformation des mœurs et le rétablissement de la discipline. En effet, le Roi voyant que le vicomte de Polignac ne pouvoit pas quitter un pays où il avoit toutes ses terres, fit proposer de sa part à l'évêque de passer de l'évêché du Puy à celui d'Évreux. M. de Maupas, n'osant se conduire par lui-même dans une affaire de cette conséquence, prit conseil de ceux de ses amis que leurs lu-

mières et leur parfait désintéressement
lui faisoient croire être plus en état de le
déterminer. Tous lui répondirent que la
volonté de Dieu étoit qu'il acceptât ce
changement. Le prélat penchoit un peu
vers ce parti; mais avant de l'embrasser
tout-à-fait, il voulut savoir le sentiment
de M. de Lantages, sans la participation
duquel il avoit coutume de ne rien faire de
considérable. En conséquence, il lui écrivit une lettre de huit grandes pages, où il
lui rendit compte de tout ce qui s'étoit
passé à Paris sur cette affaire. Par un effet
de sa parfaite confiance en M. de Lantages, il le prioit de le déterminer dans la
résolution qu'il devoit prendre, lui marquant que, quoiqu'il eût déjà consulté
d'autres personnes à Paris, il n'avoit encore rien conclu, attendant son avis pour
le faire. Il paroît que si M. de Lantages
eût été consulté le premier, M. de Maupas n'auroit point quitté le siége du Puy;
mais le serviteur de Dieu, par respect
pour ceux qui avoient déjà conseillé cet
évêque, et auxquels il s'en rapportoit
lui-même en toute rencontre, lui répondit qu'il devoit se conformer à leur
jugement; ce que le prélat fit incontinent,
en acceptant le siége d'Évreux.

Le sacrifice que M. de Lantages se vit obligé de faire en perdant M. de Maupas, fut un des plus méritoires de toute sa vie, ou au moins un de ceux qui se firent plus vivement sentir à son cœur. Il faut, pour en comprendre le prix, se rappeler l'étroite et tendre amitié de M. de Lantages pour l'évêque; et que le séminaire du Puy, dont les bâtimens n'étoient pas encore construits, ni la dotation assurée, perdoit dans ce prélat sa plus ferme espérance. Mais le serviteur de Dieu, accoutumé à faire au Seigneur le sacrifice de ses goûts les plus légitimes, se soumit humblement, et baissa la tête sous la pesanteur d'une croix d'autant plus pénible à porter, qu'il en sentit plus long-temps et plus fortement le poids, comme nous verrons dans la suite.

VI.
Peine que cette translation fait éprouver à M. de Lantages.

La grâce lui donna cependant tant de force d'ame pour surmonter les sentimens de la nature, que sa paix et sa tranquillité d'esprit semblèrent n'avoir pas reçu de ce changement la plus légère atteinte. Il trouva même dans son sacrifice un grand sujet de joie, en ce que la translation de l'évêque au siége d'Évreux le délivroit du grand-vicariat, qui revenoit au chapitre

I 2

du Puy. Cet événement, qui consola beaucoup M. de Lantages, fut un redoublement d'affliction pour tous ceux qui prenoient intérêt à la réforme des mœurs, surtout pour la partie saine du clergé et pour les communautés religieuses de la ville et du diocèse.

Vers ce temps, saint François de Sales ayant été canonisé, M. de Lantages fit, dans l'église de la Visitation du Puy, les cérémonies d'usage dans ces circonstances. Le séminaire l'y accompagna les trois jours qu'elles durèrent, et M. de Lantages prononça le premier panégyrique du saint qui ait été prêché au Puy. On remarquoit aisément la joie de son cœur par celle qui étoit peinte sur son visage; et jamais il ne sembla prêcher avec plus de force ni d'onction. Pour louer la douceur de saint François de Sales, il se servit de ces paroles de l'Évangile : *Bienheureux les pacifiques !* et les développa avec une habileté qui lui attira des applaudissemens universels, et qui auroit pu devenir funeste à sa vertu, si, comme le saint dont il faisoit le panégyrique, il n'eût pu dire, dans son détachement absolu de toutes choses : « Toutes mes richesses sont dans

» mon cœur, et dans mon cœur il n'y a
» rien que Dieu. »

Après cette cérémonie, il fit un voyage
à Lyon, tant pour vénérer le cœur de
saint François de Sales, que pour une affaire importante au bien d'une communauté religieuse du diocèse du Puy. A son
retour, il apprit que M. Armand de Béthune venoit d'être nommé au siége du
Puy, en remplacement de M. de Mont-
Rouge, qui l'ayant été à la place de M. de
Maupas, refusa de quitter son évêché de
Saint-Flour, apparemment à cause des
fâcheuses divisions qui déchiroient la ville
du Puy. Dès que M. de Lantages eut appris la nomination de M. de Béthune, il
lui écrivit pour lui en témoigner sa joie,
et s'offrir à lui comme au supérieur sous
les ordres duquel il devoit désormais travailler. L'évêque nommé lui répondit
d'une manière très-obligeante, lui assura
sa protection pour le séminaire, et lui fit
connoître la résolution où il étoit, lorsqu'il seroit arrivé dans son diocèse, de
travailler de concert avec lui, à l'exemple
de M. de Maupas son prédécesseur. M. de
Béthune, âgé seulement de vingt-six ans
lorsqu'il fut nommé à l'évêché du Puy,

VII.

Armand de
Béthune est
nommé évê-
que du Puy.

auroit retiré un très-grand avantage des lumières et des exemples du saint prêtre ; mais la Providence en ordonna autrement.

Plusieurs évêques avoient demandé M. de Lantages à M. Olier et à M. de Bretonvilliers, pour qu'il établît dans leurs diocèses des séminaires, alors si rares et si nécessaires. On eût consenti à leurs désirs sans les oppositions de M. de Maupas, qui voulut constamment le retenir, pour n'en pas priver son propre diocèse. Mais la translation de cet évêque au siége d'Évreux fit espérer plus de facilité à obtenir M. de Lantages de ses supérieurs. En effet, M. de Bretonvilliers l'accorda aux instances de M. de Veny d'Arbouze, évêque de Clermont, et le mit à la tête du séminaire de cette ville, sur la fin de l'année 1663.

Le serviteur de Dieu obéit aveuglément, sans consulter ses répugnances naturelles. Il n'est pas étonnant qu'il en éprouvât beaucoup à quitter des lieux consacrés si spécialement à la Mère de Dieu, et un diocèse auquel il se sentoit attaché par une multitude de liens que la religion elle-même avoit formés dans son cœur, et où les services innombrables qu'il avoit ren-

dus à tant de personnes lui avoient mérité
l'estime, la confiance et l'affection publiques. Il n'y eut que la conformité à la
très-sainte volonté de Dieu, qui pût lui
faire surmonter tous les sentimens de la
nature, dont les saints ne sont pas ordinairement exempts; mais la grâce l'en
rendit tellement le maître, qu'en prenant
congé de ses amis fondant en larmes, il
les exhortoit lui-même à se soumettre à
cette très-aimable volonté. Son départ
produisit une sensation extraordinaire
dans la ville du Puy; l'affliction qu'on
éprouva à cette occasion fit voir que tous
les habitans de cette ville lui étoient atta-
chés du fond de leurs entrailles. Il leur
étoit difficile, en effet, de ne pas sentir
vivement la perte d'un homme si utile à la
religion, et au zèle duquel un si grand
nombre d'ames étoient redevables de leur
retour à Dieu. Si M. de Lantages partit du
Puy accompagné des regrets universels:
à Clermont, où sa réputation l'avoit de-
vancé, il fut reçu avec des sentimens de
joie extraordinaires, surtout par l'évêque
de cette ville.

Ce prélat l'avoit demandé pour travail- IX.
ler de concert avec lui à arracher l'ivraie État du dio-

de l'hérésie, que l'homme ennemi avoit
semée dans le diocèse de Clermont. Les
disciples de Jansénius infectoient ce pays
du poison de leurs doctrines ; et, comme
le mal ne fait jamais plus de progrès que
lorsqu'il se cache sous les dehors du bien,
et qu'il en emprunte les apparences, ces
ouvriers de mensonge, sous prétexte de
persuader une morale plus pure, répandoient de toute part, à la faveur de ce
voile séduisant, les funestes erreurs que
tout le monde connoît. Des ecclésiastiques
mêmes, et surtout les premiers bénéficiers
du diocèse en avoient d'abord été atteints;
la contagion avoit ensuite gagné plusieurs
communautés, tant d'hommes que de
femmes ; et par un contre-coup nécessaire, nombre de fidèles se trouvoient aussi
engagés dans la séduction. L'évêque se
sentant trop foible pour soumettre à son
autorité ceux qui méprisoient celle de l'É-
glise, reçut M. de Lantages à bras ouverts;
persuadé qu'un homme d'une vertu et
d'une sainteté si universellement recon-
nues, seroit plus capable que tout autre
de les ramener à l'obéissance. C'est pourquoi il lui donna entièrement sa confiance
et son amitié, et réunissant tous deux

leurs lumières et leurs efforts, ils travaillèrent dans une correspondance parfaite,
presque toujours secrètement, mais efficacement, à l'abolition du Jansénisme
dans ce diocèse.

Le soin le plus empressé du serviteur de
Dieu, dès qu'il arriva à Clermont, fut de
préserver de l'hérésie la communauté que
la divine Providence lui donnoit à conduire. Le séminaire de cette ville, beaucoup mieux établi pour le temporel que
celui du Puy, se composoit alors de
soixante à soixante-dix élèves. M. de Lantages fit paroître une extrême vigilance
pour les prémunir contre la séduction,
d'autant plus à craindre pour les jeunes
clercs, que les principaux du clergé en
étoient eux-mêmes les propagateurs. Le
concert parfait qui régnoit entre l'évêque
et le saint prêtre portoit ce dernier à parler et à agir hardiment pour le soutien de
la foi catholique. Dans cette vue, il encourageoit, de vive voix et par écrit, tous
les ecclésiastiques du diocèse, en état de
la défendre; mais comme le zèle, quand
il n'est pas réglé par la prudence, est quelquefois plus nuisible que l'erreur qu'il
veut détruire, M. de Lantages n'étoit pas

X.

M. de Lan-
tages tra-
vaille à pré-
server de
l'erreur les
ecclésias-
tiques, ou à
les en reti-
rer.

moins attentif à modérer ceux que le désir
de faire triompher la vérité auroit pu
porter à des procédés plus propres à irriter qu'à apaiser les esprits armés contre
elle. Il avoit lui-même des soins extrêmes
et toutes sortes de ménagemens, lorsqu'il
traitoit avec les hérétiques pour négocier
leur retour. Ayant appris qu'un curé en
avoit agi autrement, il lui écrivit en ces
termes : « Il seroit bon, et même néces-
» saire, de concerter avec ses amis les ré-
» ponses qu'on a à faire, quand elles sont
» d'importance. Quoique ce que vous ré-
» pondîtes à la lettre de M. de Fontenille
» fût incontestable, il est néanmoins de la
» prudence chrétienne de ne dire les véri-
» tés qu'aux personnes qui en sont capa-
» bles, et que dans les circonstances où il
» y a à espérer. » Il lui écrivoit une autre
fois : « J'approuve votre réponse, excepté
» que j'aurois voulu dire la même chose
» un peu plus civilement ; mais peut-être
» que Dieu bénira mieux votre manière
» toute franche et sans façon. »

M. de Lantages sachant qu'on ramène
difficilement les hommes par la dispute,
comptoit uniquement sur le secours de Dieu
pour leur conversion. « Recommandons

» instamment à Dieu cette plaie de l'É-
» glise, écrivoit-il à un curé du diocèse de
» Clermont au sujet du Jansénisme ; tâ-
» chons de nous renouveler dans l'assi-
» duité à l'oraison, plus humble et plus
» affectueuse que jamais ; défions-nous
» de nous-mêmes; mortifions nos passions
» vicieuses; gardons notre langue ; ne
» parlons et n'agissons jamais par aucune
» émotion déréglée; soyons, avec la
» grâce de Dieu, bien désintéressés et
» patiens; en un mot, travaillons à nous
» exercer tout de bon dans la vraie piété,
» et très-indubitablement Dieu nous bé-
» nira, et nous donnera des lumières et
» de la force pour défendre la vérité dans
» les rencontres, avec prudence et cou-
» rage tout ensemble. »

Il ne borna pas son zèle aux ecclésiastiques; il l'étendit encore aux fidèles que
l'erreur avoit infectés. Quelque cachée
que fût la vie de l'homme de Dieu au séminaire, l'odeur de sa sainteté se répandit en peu de temps dans toute la ville de
Clermont, où chacun eut bientôt pour lui
un respect extraordinaire; il crut alors
devoir profiter de l'empressement qu'on
témoignoit à recevoir ses instructions,

XI.
Il retire des
voies de
l'erreur
beaucoup de
personnes
du monde.

12*

pour ramener à l'Église un grand nombre
d'enfans égarés. Une des ruses dont l'esprit d'erreur se servoit pour perdre les
ames, et qui devenoit de jour en jour
plus funeste, surtout aux personnes adonnées à la piété, étoit de leur inspirer de
l'éloignement pour la sainte communion,
sous prétexte de se mieux préparer à la
recevoir. Le mal étoit que des directeurs,
imbus de cette pernicieuse doctrine, en
faisoient comme la base de la conduite
qu'ils tenoient au tribunal de la pénitence:
dans plusieurs communautés, on ne s'approchoit presque plus de la sainte table;
et l'on voyoit des religieuses d'une vertu
très-éminente être différées par leurs confesseurs cinq ou six mois, sans pouvoir y
être admises. On remarquoit aussi parmi
les fidèles une diminution très-sensible
dans le nombre des communians, même
à Pâque; car quelques-uns de ces sectaires
faisoient consister leur dévotion à rester
plusieurs années de suite sans communier;
et la perfection auroit été, selon eux, de
ne communier qu'à l'article de la mort.
Le serviteur de Dieu combattit avec succès ces principes de conduite, qui tendoient à éteindre peu à peu la piété dans

les ames, en les affoiblissant de jour en jour. Il eut d'autant plus de facilité pour le faire, que la sainteté de sa vie, à laquelle tout le monde étoit obligé de rendre justice, étoit un garant assuré de la bonté de sa doctrine à l'égard de ces personnes abusées, puisque celles-ci, par un nouvel égarement, prétendoient qu'on devoit juger de la doctrine par la sainteté du docteur. Il parvint, en effet, à en détromper un grand nombre, que la morale outrée des nouveaux casuistes avoit jetées dans des troubles et des inquiétudes de conscience extraordinaires, et auxquelles il sut rendre la paix, en faisant renaître la confiance dans leurs cœurs.

Il ne fut pas moins utile à une multitude d'autres personnes, tant de la ville que des environs, en les dégoûtant des vanités du siècle. Pour les gagner à Dieu plus facilement, il mettoit en avant toutes sortes de moyens, et surtout les personnes de qualité solidement converties, dont il se servoit pour travailler à convertir les autres. Écrivant à une dame qui se rendoit à la cour : « Votre présence, lui disoit-il, toucheroit vraisemblablement » quelques personnes de ce pays, et ache-

XII.
Il s'emploie à la sanctification des ames.

» veroit de les gagner à Dieu tout-à-fait,
» si vous passiez ici allant à Paris. »

Quoiqu'il se fît tout à tous pour attirer
tout le monde à Dieu, M. de Lantages ne
sut jamais mollir avec les pécheurs; car
la droiture invariable de sa conscience lui
faisoit mépriser tous les regards humains,
lorsqu'ils ne pouvoient s'allier avec les
intérêts de Dieu et le salut des ames. Une
dame fort engagée dans le monde, le pria
un jour de l'entendre dans une confession
générale qu'elle vouloit lui faire. Comme
il savoit que cette personne avoit une
liaison qui donnoit beaucoup à parler,
quoiqu'elle pût être innocente dans le
fond; il lui dit courageusement, qu'il ne
consentiroit point à la confesser, si elle
n'étoit déterminée et bien résolue à la
rompre entièrement et pour toujours.
Cette déclaration fut pour lui un acte héroïque; car il étoit persuadé que, venant
bientôt aux oreilles de la personne inté-
ressée, très-puissante dans le diocèse,
elle lui attireroit de sa part quelque grande
persécution. Une autre personne de la
première qualité, et pour la conversion
de laquelle il avoit offert long-temps le
saint sacrifice, vint aussi le trouver pour

lui faire une confession générale. Le saint
prêtre, jamais plus fort contre le respect
humain, que dans ces occasions, se sentit puissamment secouru par l'efficace de
la sainte messe, pour parler à cette dame
sans flatterie et sans déguisement; et cette
conduite ferme et généreuse fut extrêmement utile au progrès de l'un et de l'autre. M. de Lantages s'exprimoit alors avec
tant de grâce et d'onction, qu'au lieu d'é-
prouver de l'éloignement pour lui, on en
étoit au contraire plus affectionné à sa
personne. On vit des dames des premières
familles du royaume fondre en larmes au
sortir de son confessionnal, avouant que,
malgré les ménagemens infinis qui accompagnoient ses paroles, il ne leur avoit
rien dissimulé, et les avoient touchées
plus vivement et plus efficacement que
tous les autres directeurs à qui elles s'é-
toient jamais adressées. Un homme du
caractère de M. de Lantages ne pouvoit
demeurer long-temps à Clermont sans
gagner à Dieu un grand nombre d'ames.
Il seroit difficile en effet de dire le nombre
de celles qu'il eut le bonheur de ramener. Ce fut pour l'utilité des personnes
qu'il avoit converties à Dieu, et générale-

ment pour l'usage des fidèles du diocèse
de Clermont, qu'il composa et fit imprimer en 1674 la première et la seconde
partie de son *Catéchisme de la foi et des
mœurs chrétiennes*, adopté par l'évêque,
M. de Veny d'Arbouze. Comme il n'acheva
cet ouvrage qu'à son retour au Puy, nous
le ferons connoître plus en détail dans la
suite.

XIII.
Les Jansé-
nistes
cherchent
l'occasion
de le faire
expulser du
diocèse de
Clermont.

Pendant que M. de Lantages fortifioit
dans la foi les vrais enfans de l'Église, il
ne cessoit d'autre part de faire la guerre à
l'hérésie, persuadé qu'il ne falloit pas
montrer moins d'activité à la combattre
que ses partisans en faisoient paroître
pour la propager. L'hérésie, toujours
adroite à éluder les coups qu'on lui porte,
avoit inspiré aux novateurs de condamner
en général la doctrine des cinq propositions, sans reconnoître qu'elle fût ren-
fermée dans le livre de Jansénius, et sans
abandonner au fond ses erreurs; de sorte
que, pour tirer d'eux la soumission que
méritoient les jugemens du saint siége, il
fallut les obliger à signer des formules de
condamnation claires et précises. L'évêque de Clermont, excité par M. de Lantages, ayant entrepris de soumettre à

l'Église tous les rebelles de son diocèse, eut la consolation d'en voir un grand nombre abandonner sincèrement le parti de l'erreur. Mais ne pouvant vaincre l'opiniâtreté d'un ecclésiastique de marque, dont la présence pouvoit être très-nuisible aux autres, il obtint une lettre de cachet qui obligea cet hérétique à quitter le pays, et même à passer hors de France. Ce coup de vigueur irrita extrêmement les sectaires. Ils s'en prenoient surtout au serviteur de Dieu, qu'ils savoient être le principal conseiller de l'évêque, dans le procès que celui-ci avoit résolu de leur faire; et partout ils disoient hautement, que, depuis l'arrivée de M. de Lantages, le séminaire de Clermont n'étoit plus qu'un *arsenal*, où l'on s'occupoit sans cesse des moyens de les combattre. Le démon alluma alors dans leur cœur une si grande haine contre l'homme de Dieu, qu'ils cherchèrent l'occasion de le faire expulser à son tour du diocèse; et Dieu le permettant ainsi, ils y réussirent comme nous dirons bientôt.

M. de Veny d'Arbouze, dans les premières années de la supériorité de M. de Lantages, ne pouvoit assez remercier Dieu

XIV.
L'évêque de
Clermont

se laisse pré-
venir contre
M. de Lan-
tages.

de lui avoir donné un prêtre de ce mérite,
pour travailler avec lui à la réforme de
son clergé, et à la sanctification de ses
peuples. Quoique la grande réputation de
M. de Lantages, et la confiance universelle qu'on lui témoignoit, donnassent
quelquefois à M. de Veny quelques légers
déplaisirs, effet naturel de la foiblesse humaine, ce prélat savoit néanmoins les
étouffer et les dissimuler prudemment, et
donnoit même au serviteur de Dieu toute
sorte de marques d'amitié et de bienveillance. Il est vrai que M. de Lantages étoit
secondé dans la conduite du séminaire de
Clermont, par d'excellens prêtres, et surtout par MM. Dollier et Gouriou, que l'on
dit y avoir vécu et y être morts en odeur
de sainteté (1). Ce dernier avoit sous sa

---

(1) Une lettre de M. Tronson à M. Baudrand,
supérieur du séminaire de Clermont, nous apprend
qu'après la mort de M. Dollier, on allumoit des
cierges sur son tombeau comme sur celui d'un
saint; ce que M. Tronson ordonna d'empêcher
absolument. « La pensée d'allumer des cierges
» sur le tombeau de M. Dollier ne m'agrée pas,
» écrivoit-il, et vous avez très-bien fait d'empê-
» cher qu'on les allumât même sur l'autel. Au
» nom de Dieu, travaillez à cela comme à une

direction une fille qu'on regardoit à Clermont comme une sainte, et qu'on préten-
doit être favorisée de grâces aussi extraordinaires que sainte Thérèse, et conduite
par les mêmes voies. Cette fille, sachant
les liaisons de M. de Lantages avec l'évêque, fît au serviteur de Dieu une observation un peu délicate, pour être portée au
prélat; mais celui-ci, au lieu de recevoir
cet avis dans le même esprit qui avoit engagé à le donner, en fut extrêment choqué, et prétendit même que M. de Lantages en étoit l'auteur. Il conçut dès-lors
beaucoup d'aversion contre ce saint prêtre, et blâma partout sa conduite comme
indiscrète, autant qu'il l'avoit approuvée
auparavant. Malheureusement cette fille,
poussée par un zèle imprudent, écrivit à
l'évêque une grande lettre apologétique
de la conduite de M. de Lantages. Cette
lettre acheva d'irriter le prélat contre lui,
et il ne fut plus possible de le faire revenir à son égard; il se plaignoit partout et
à tout le monde, de sorte que personne
n'ignoroit son ressentiment. Les sectaires,

» chose qui est très-importante, et pour le dedans
» et pour le dehors du séminaire. »

profitant de cette fâcheuse disposition de l'évêque envers le serviteur de Dieu, s'efforcèrent de perdre entièrement celui-ci dans l'esprit du prélat, pour le faire ensuite renvoyer du diocèse. Quelque soin qu'ils prissent d'observer la conduite de M. de Lantages, ils ne trouvèrent jamais rien qui pût tant soit peu servir à leurs mauvais desseins. Ils se virent donc contraints, pour les exécuter, d'avoir recours au mensonge et à l'imposture; et ce moyen leur réussit.

XV.
L'évêque de Clermont demande un autre supérieur pour son séminaire.

Pendant son séjour à Clermont, M. de Lantages fit deux voyages à Paris, le premier en 1663, et le second douze ans après. Durant ce dernier, la divine providence, qui vouloit l'éprouver par les croix, lui en donna une bien propre à le sanctifier. Avant son depart pour Paris, M. de Lantages étoit allé prendre congé des principaux du clergé, et surtout des grands-vicaires, MM. de La Pérouse et de Champflour. Les Jansénistes, par une malice la plus odieuse, glissèrent secrètement dans l'oreille du prélat, et sous le voile d'une mystérieuse confidence, que M. de Lantages étoit allé voir ces messieurs, pour leur dire tout le mal possible d'un séminariste, neveu de cet évêque, afin d'empêcher par là ce jeune homme d'être promu aux ordres qu'il étoit sur le point de recevoir. Jamais imputation ne fut plus mal concertée ; et pour peu que l'évêque eût eu de confiance en ses grands-vicaires, il étoit facile de découvrir l'imposture. Mais trop peu en garde contre ses anciennes préventions, motif déjà bien propre à lui faire aisément ajouter foi à cette calomnie, et ne faisant pas d'ailleurs réflexion que le perfide confident, qui accusoit M. de Lantages, étoit ouvertement déclaré pour la nouvelle secte, le prélat prit feu tout d'abord ; et dans le premier mouvement, sans se donner le loisir d'examiner la chose, il écrivit à M. de Bretonvilliers une lettre remplie des reproches les plus amers contre M. de Lantages. Après toutes les plaintes que son ressentiment lui inspira, l'évêque déclaroit, en terminant sa lettre, qu'il ne vouloit plus que M. de Lantages retournât dans le diocèse de Clermont, et prioit M. de Bretonvilliers de lui envoyer un autre supérieur pour son séminaire. M. de Bretonvilliers, extrêmement surpris de cette lettre, la montra à M. de Lantages, qui en fut encore plus étonné.

XVI.
Comment
M. de Lantages accepte cette croix.

Cependant celui-ci, dont la douceur et l'inaltérable patience ne paroissoient jamais mieux que dans les occasions où ces vertus semblent se démentir dans les autres hommes, adora au même instant la main qui lui portoit le coup, et remercia Notre-Seigneur de l'avoir jugé digne de souffrir pour l'obéissance due au chef de son Église. Ces sentimens de M. de Lantages furent aussi persévérans qu'ils étoient héroïques; car tout le temps qu'il demeura à Paris, il s'imposa la loi de garder rigoureusement le silence sur les auteurs de sa disgrâce; et au lieu de rien perdre de son estime et de son affection pour l'évêque qui l'avoit traité avec si peu de ménagement, il l'en aima depuis encore davantage. Il se souvenoit de lui plus particulièrement à la sainte messe, et il en parloit dans toutes les occasions avec tant de démonstrations de respect et de bienveillance, que, si on eût ignoré le procédé de cet évêque, on l'auroit regardé comme la personne du monde à qui M. de Lantages avoit les obligations les plus importantes. Le serviteur de Dieu mettoit en effet au nombre de ses meilleurs amis, ceux qui lui procuroient quel-

que occasion de souffrance et de mérite.
Lorsqu'on apprit la mort de l'évêque de
Clermont, quelqu'un étant venu lui annoncer cette nouvelle avec une certaine
satisfaction , M. de Lantages l'en reprit
sévèrement, en lui disant que l'Église
avoit fait une très-grande perte en perdant
cet évêque ; et sur-le-champ il se mit à
parler du zèle et des vertus du défunt ,
mais avec tant de force et de chaleur, que
cette personne en demeura toute surprise.
« Je lui ai , en mon particulier , de très-
» grandes obligations , ajouta M. de Lan-
» tages ; je ne les oublie pas : tous les
» jours j'en porte le souvenir au saint au-
» tel , et je regrette beaucoup la perte de
» ce prélat. » Il comptoit pour rien l'injure personnelle qu'il reçut en cette rencontre, pourvu qu'elle n'eût point de suites
funestes à la foi dans le diocèse de Clermont ; et comme son humilité lui faisoit
toujours désirer que le bien se fît par
d'autres mains que par les siennes, la
pensée que son successeur défendoit vigoureusement la cause de l'Église , étoit
pour lui un double sujet de consolation.
Il écrivoit à un de ses amis de Clermont ,
sept mois après son expulsion de cette

ville. « Ne croyez pas que tout ce qui
» m'est arrivé soit un malheur pour moi,
» ni une grande croix. Jusqu'ici, quoique
» je n'aime guère notre Dieu, *omnia mihi*
» *cooperata sunt in bonum.* Je n'ai pas le
» loisir de vous en dire le détail. Quand
» vous serez un jour pélerin dans ce pays,
» nous nous entretiendrons dans l'esprit
» de Notre-Seigneur. Dès que le Jansénisme
» n'a rien gagné en mon absence, je suis
» pleinement consolé. Je bénis Dieu de
» ce que vous tenez bon, et de ce que vous
» usez d'une prudence, qui n'aboutit ja-
» mais à aucun brin de complaisance,
» tant soit peu préjudiciable ni à la
» foi, ni à l'entière soumission au saint
» siége. »

XVII.
M. de Bre-
tonvilliers
éprouve
de son côté
la vertu de
M. de Lan-
tages.

Durant cette disgrâce, M. de Lantages
étoit retiré au séminaire de Saint-Sulpice, où, pour exercer encore sa patience,
et augmenter ses mérites, Dieu lui envoya une nouvelle croix, non moins pesante que la première. Elle lui vint de la
part de M. de Bretonvilliers, son supérieur : car, soit que M. de Bretonvilliers
n'eût point eu connoissance des menées
secrètes des sectaires et de leurs calomnies
auprès de l'évêque de Clermont ; soit

que, par une conduite que quelquefois
les supérieurs gardent envers leurs inférieurs pour éprouver leur vertu, il vou
lût seconder secrètement les desseins de
Dieu; il se montra un peu froid à l'égard
de M. de Lantages. Ainsi, quoique le
serviteur de Dieu fût l'un des plus anciens
du séminaire de Saint-Sulpice, M. de
Bretonvilliers sembloit n'en faire point de
cas. Il le laissoit à l'écart, ne lui communiquant aucune affaire, et il le pria même
de demeurer renfermé dans sa chambre,
sans se montrer au dehors. Comme M. de
Lantages étoit connu de tout ce qu'il y
avoit de plus considérable dans le faubourg Saint-Germain, et qu'on aimoit extrêmement à l'entendre prêcher, un grand
nombre de personnes de marque témoignèrent à M. de Bretonvilliers le désir
universel d'entendre M. de Lantages à la
paroisse de Saint-Sulpice. Mais chacun
étoit fort étonné de tirer pour toute réponse, qu'*il falloit laisser M. de Lantages
dans sa chambre.* A la fin, M. de Bretonvilliers se vit si fréquemment et si fortement importuné, qu'il ordonna à M. de
Lantages de prêcher le jour de la Tous-
saint de cette année 1675. Pour diminuer

cependant l'éclat de cette prédication, il
lui dit de la faire à la chapelle basse. Cette
chapelle, située sous le chœur, servoit les
jours de grandes fêtes pour la commodité
du peuple; et cette fois, il arriva tout le
contraire. Les personnes les plus qualifiées
de la paroisse, sachant que M. de Lantages devoit y prêcher, s'y rendirent en
foule, et la remplirent entièrement. Mais
leur joie n'eut plus de bornes, lorsqu'au
moment du sermon, elles évacuèrent
cette chapelle pour suivre le prédicateur,
obligé par M. de Bretonvilliers lui-même,
de prêcher dans la chaire de l'église: car
le prédicateur destiné pour la grande
église s'étant trouvé hors d'état de monter
en chaire, on vint prier M. de Lantages
d'aller aussitôt le remplacer. La beauté et
la solidité du discours répondirent à la joie
et à l'empressement de l'auditoire. Tous les
assistans furent si pénétrés de la grâce et
de l'onction que Dieu donna aux paroles
de son serviteur, qu'ils ne pouvoient ensuite se lasser de parler de ce discours.
Mais l'éclat de cette prédication rendit
M. de Bretonvilliers encore plus difficile.
Quelque désir qu'eussent ces illustres auditeurs d'entendre de nouveau M. de Lan-

tages, ils ne purent, malgré toutes leurs instances, fléchir la fermeté de M. de Bretonvilliers. Ils furent condamnés à en être privés, et M. de Lantages à garder le silence. Ce silence ne fut pas moins profitable au serviteur de Dieu, que ses prédications auroient pu être utiles aux paroissiens de Saint-Sulpice. Il demeura dans sa retraite jusqu'au commencement du Carême de l'année 1676, où les choses changèrent de face pour lui, comme nous le dirons, après que nous aurons fait connoître l'état du séminaire du Puy, durant les treize années que le serviteur de Dieu en fut absent.

Malgré l'absence de M. de Lantages, l'œuvre de la réforme, si heureusement commencée par le serviteur de Dieu, se maintint et s'étendit considérablement sous ses successeurs. Les exercices de religion continués fidèlement à Saint-Georges étoient une espèce de mission toujours ouverte, et entretenoient un grand nombre de personnes dans la pratique du bien et dans la ferveur. Par le moyen des catéchismes, formés sur le modèle de ceux de Saint-Sulpice, autant que les circonstances le permettoient, on renouvela, en

XVIII.
L'abbé Tronson renouvelle la paroisse de S. Georges.

15

peu d'années, l'esprit de la paroisse , et
bientôt celui de la ville entière. On fut redevable de ces fruits consolans à l'un des
directeurs du séminaire, l'*abbé de Saint-
Antoine*, dont l'humilité fit le caractère
principal, et qui, pour le salut d'une multitude d'ames, étoit devenu curé de la
paroisse Saint-Georges, à l'époque dont
nous parlons. Il étoit né d'une famille
distinguée selon le monde, appartenoit,
par sa mère, à la maison de Sève, et étoit
fils de M. Tronson, conseiller-d'État et se-
crétaire du cabinet de Louis XIII. La
faveur inséparable des familles attachées
à la personne du monarque, éleva bientôt
aux honneurs l'abbé de Saint-Antoine, et
le fit nommer aumônier du roi, aussi bien
que son frère, qui devint dans la suite supérieur général de Saint-Sulpice. Mais le
désir d'une vie modeste et cachée porta
M. Antoine Tronson à se retirer auprès de
M. Olier, qui l'envoya au Puy, avec M. de
Lantages, y gouverner le séminaire.
M. Tronson, d'abord directeur de ce séminaire, puis curé de Saint-Georges,
s'acquit dans ce dernier emploi la réputation d'un saint prêtre et d'un pasteur
tout dévoué au salut de son troupeau. Son

zèle tendre et compatissant, ses manières
nobles et aisées le rendirent particulièrement cher aux personnes de qualité, et
lui méritèrent de leur part une confiance
extraordinaire, surtout après le départ de
M. de Lantages. Il étoit si profondément
humble, qu'il eût voulu être entièrement
effacé du souvenir des hommes, et Dieu a
semblé prendre plaisir à l'exaucer, puisqu'il a permis que jusqu'à ce jour il soit
tombé dans l'oubli. M. Antoine Tronson
est l'un des ecclésiastiques qui ont rendu
au Velay les plus importans services, ayant
été le premier instrument dont la Providence s'est servie pour établir au Puy la
congrégation des demoiselles de l'*Instruction*. Comme cette congrégation s'est
formée en quelque sorte dans le séminaire,
qu'elle a toujours été dirigée par les prêtres de Saint-Sulpice, et que d'ailleurs elle
fut suscitée de Dieu pour avancer la réforme du diocèse du Puy, nous ne pouvons nous dispenser d'en faire connoître
ici les commencemens. L'histoire de sa
formation a été écrite par M. de Lantages,
dans la Vie de Mlle Martel, composée sur
les mémoires de M. Tronson; l'extrait
que nous allons faire de ces mémoires est

d'autant plus précieux, qu'il doit servir à rectifier quelques circonstances de cette relation, assez notablement altérées dans la Vie de M. Grosson (1). Mais l'histoire des premiers progrès de l'*Instruction* n'étant, à proprement parler, que celle de Mlle Martel, dont Dieu se servit pour commencer l'œuvre dont nous parlons, il est nécessaire de faire connoître auparavant cette fille admirable.

XIX.
Mlle Martel.

Anne-Marie Martel naquit au Puy, d'un avocat en la sénéchaussée de cette ville, le jeudi 11 août 1644. Elle fréquenta de bonne heure les catéchismes de Saint-Georges, sa paroisse, qu'administroient les directeurs du séminaire, et fut instruite des élémens de la doctrine chrétienne par M. Méthé, l'un d'eux, qui gouvernoit alors la cure. L'enfance d'Anne-Marie offrit quelques traits dignes de remarque. On rapporte que, pendant les troubles qui divisoient la ville du Puy au sujet des droits des évêques et des seigneurs de Polignac, elle se mit en devoir

(1) Cette observation ne doit surprendre personne, après que l'auteur de cette Vie déclare plusieurs fois, qu'il n'a eu pour la composer que des mémoires informes et peu exacts.

d'apaiser, toute petite enfant qu'elle étoit,
la colère de Dieu irrité contre les habitans de cette ville, et que, par une résolution bien extraordinaire dans une fille
de son âge, elle réunissoit ses compagnes
et les faisoit marcher en procession, portant elle-même un crucifix. Après avoir
demeuré quelque temps chez les religieuses
de Sainte-Catherine de Sienne au Puy,
elle revint dans la maison paternelle, et
continua, comme auparavant, de fréquenter la paroisse du séminaire. Elle
s'adressa toujours aux divers curés qui se
succédèrent, et enfin à M. Antoine Tronson, par le conseil duquel elle commença
l'œuvre de l'*Instruction*. « Cette œuvre,
» dit M. Tronson lui-même dans ses mé-
» moires, n'est pas l'effet d'un dessein
» prémédité, ni une entreprise prévue et
» concertée par les hommes. Quand on y
» donna commencement, on ne songeoit
» nullement que les choses en dussent ve-
» nir là où elles sont, on n'en avoit pas
» même la moindre pensée; et c'est assu-
» rément la Providence seule qui en a
» ainsi ordonné, ayant eu une fin dé-
» terminée dans ce que les hommes fai-
» soient sans en avoir eux-mêmes aucune. »

XX.
Premiers
commence-
mens des
Demoi-
selles de
l'*Instruction.*

Non loin des murs du Puy, on voit un village appelé Aiguille, où étoit un hôpital pour les personnes du sexe. M. Tronson y passant quelquefois, trouva dans cette maison un grand nombre de femmes et de filles si étrangères aux choses de la religion, qu'elles ignoroient même les premiers articles de la foi. Ayant remarqué que personne n'étoit chargé de les instruire, il lui vint en pensée de donner ce soin à Mlle Martel, sa pénitente, qui s'y rendit en effet, et y opéra des fruits étonnans. Encouragé par un succès qu'il ne s'étoit pas promis, M. Tronson chargea cette pieuse fille de travailler à l'instruction des jeunes personnes du faubourg de Saint-Laurent, qui, bien que dépendant de sa paroisse, en étoit néanmoins assez éloigné. Les travaux de Mlle Martel eurent encore ici les mêmes résultats. Elle assembla les filles de ce faubourg pour leur faire le catéchisme, et les disposer à leur première communion : c'étoit alors le temps du Carême de l'année 1668. Il fallut lui donner une compagne, et ensuite une autre, pour suffire à ce pénible travail. Mlle Martel se porta de là dans un autre quartier de la ville, où le bien se

m ultiplia encore avec plus de bénédictions. Bientôt elle gagna à Dieu un grand
nombre de jeunes ouvrières, à qui elle
persuada de vivre ensemble avec autant
de régularité que dans les communautés
les plus ferventes. Elle organisa leurs assemblées, leur donna des règles, et opéra
par ce moyen un renouvellement entier
dans les mœurs de la ville du Puy. Dans
le Velay, la plupart des personnes du sexe
de la classe indigente travaillent à la dentelle et ce métier en attirant un grand
nombre à la ville, elles se réunissent plusieurs ensemble dans des chambres, pour
y vivre et travailler en commun. Il étoit
indispensable, pour établir la réforme des
mœurs complète et solide, de pourvoir à
l'instruction et à la sanctification de cette
classe du peuple jusqu'alors entièrement
abandonnée. Le genre de travail de ces
personnes est de telle nature, que l'on
peut, sans l'interrompre, faire oraison,
garder le silence, chanter, écouter une
lecture, ou s'entretenir ensemble. Mlle Martel s'étant insinuée dans leurs assemblées,
essaya d'abord de leur faire observer un
règlement pour diviser et sanctifier leurs
travaux; et bientôt elle leur apprit la ma-

nière de s'occuper ainsi doublement pendant la journée. Le lever se faisoit à une
heure précise, et après la prière on va-
quoit durant une demi-heure à l'oraison,
qui étoit suivie de la sainte messe. Le reste
du jour étoit partagé avec autant de discernement que de variété. Chaque chose
avoit son temps : il y avoit une heure pour
la récréation, une heure pour le silence,
une heure pour chanter des cantiques et
réciter le chapelet à deux chœurs, une
heure pour entendre la lecture qu'une de
ces filles faisoit pour toute la compagnie.
Mlle Martel visitoit fréquemment toutes
ces ouvrières, et savoit communiquer son
zèle à celles qui, dans chaque réunion,
étoient préposées pour gouverner les autres. Elle consoloit celles ci, reprenoit
celles-là, les encourageoit toutes, et prioit
pour elles avec une ferveur qui ne se peut
exprimer.

XXI.
L'église du séminaire est le lieu de leur réunion. Zèle des directeurs pour cette œuvre.

Les dimanches et les fêtes, ces filles se
rendoient à l'église du séminaire pour s'y
confesser, et un grand nombre pour y
communier. Elles y entendoient la grand'-
messe et le prône, et étoient si affection-
nées à l'oraison, qu'on en voyoit plusieurs
y persévérer, durant toute la matinée,

dans la plus religieuse modestie. L'église de Saint-Georges étoit le lieu ordinaire de leur réunion, quoique le plus grand nombre de ces personnes demeurassent sur d'autres paroisses. Les jours de fêtes et les dimanches, plusieurs y venoient tout exprès de la campagne pour participer aux exercices. Ces dernières se rendoient à Saint-Georges avec tant d'empressement , qu'uniquement occupées de la nourriture de leur ame, elles sembloient oublier les besoins du corps les plus nécessaires, se contentant d'un peu de pain et de quelques fruits qu'elles portoient avec elles pour vivre le long du jour. Après les vêpres, un des prêtres du séminaire leur faisoit un catéchisme raisonné, interrogeant indistinctement tout le monde, comme il se pratiquoit à Saint-Sulpice. Ces réunions commençoient par le chant de pieux cantiques, toujours analogues au temps de l'année ou à la fête du jour; et le fruit qu'on en retiroit consisoit principalement dans des pratiques de dévotion pour passer saintement la semaine. Enfin, en sortant de l'église de Saint - Georges , chacune de ces filles alloit saluer la très-sainte Vierge à la

13*

cathédrale , et prendre sa bénédiction.

Il n'eût pas été possible qu'un petit
nombre de personnes suffît à tant de travaux. La divine Providence, toujours attentive à proportionner les moyens avec
les fins qu'elle se propose, associa bientôt
à Mlle Martel des compagnes pour seconder son zèle (1). Le grand-vicaire de l'é-

_____

(1) La première qui eut le dessein de s'unir à
Mlle Martel fut Mlle Catherine Félix, qui depuis son enfance lui demeura toujours insépara-
blement unie par les liens d'une sincère et inviolable charité. Elle avoit d'ailleurs l'avantage
d'être dirigée comme elle par M. Tronson, curé
de Saint-Georges; et cet habile directeur reconnoissant en elle les mêmes dispositions, l'appliqua à des occupations semblables. Il y porta
encore plusieurs autres jeunes personnes de bonnes
et honnêtes familles, qui s'étoient mises sous sa
conduite. Son digne vicaire, M. Grosson, dont le
principal caractère fut l'humilité et le zèle pour
le salut des personnes grossières, lui renvoyoit
toutes celles qui étoient un peu de condition, et
qui venoient s'adresser à lui, en leur disant :
« Allez à M. Tronson, qui est très-propre à con-
» duire les personnes de votre état, et a grâce
» pour les porter à Dieu. » M. Grosson avoit
lui-même un grand nombre de pénitentes qu'il engageoit aussi à se vouer à l'instruction des pauvres. Il conçut le désir d'en réunir plusieurs en
communauté, ou plutôt Dieu fournit lui-même

vêque s'empressa d'autoriser verbalement
une si sainte entreprise ; et M. de la Chétardie, directeur du séminaire, fit imprimer exprès, pour l'usage de ces demoiselles, des catéchismes, des cantiques,

à ces pieuses filles une occasion de pratiquer la
vie commune. La mère de l'une d'elles (Mme Félix), pour tirer quelques avantages de sa maison,
qui étoit spacieuse et fournie de meubles, eut la
pensée de prendre des filles en pension, et de
leur louer des chambres. Ce dessein, qu'elle
réalisa, eut un autre avantage qu'elle n'avoit
point prévu ; ce fut que toutes les compagnes de
Mlle Martel vinrent se réunir dans cette maison,
et formèrent bientôt une communauté, qui fut
une espèce de pépinière pour l'œuvre de l'*Ins-*
truction. C'étoit le rendez-vous de toutes ces
ouvrières évangéliques ; elles y formèrent un
grand nombre de maîtresses d'école pleines de zèle
pour l'instruction chrétienne des enfans. On y venoit faire des retraites de huit ou dix jours, et y
demeurer même des années entières, pour se
former à la méthode de *faire l'instruction.* On y
observoit un règlement dressé par M. Grosson,
qui fut chargé de conduire toutes ces filles. Mais
la communauté devenant tous les jours plus nombreuse, un seul confesseur n'étoit pas capable de
gouverner les consciences de tant de personnes,
et M. Tronson associa à M. Grosson plusieurs autres excellens prêtres formés au séminaire, tous
pleins de ferveur, et surtout hommes d'exemple
et d'oraison.

des méthodes pour faire oraison, pour se confesser, entendre la sainte messe, et enfin pour sanctifier toutes les actions de la journée. Les directeurs du séminaire leur fournirent encore de bons livres, simples et à la portée du peuple ; divers manuscrits, des instructions familières, toutes tendant à la pratique des choses les plus nécessaires, et entremêlées d'histoires également touchantes et instructives. Ces vertueuses filles se répandoient tous les jours dans les assemblées de la ville, des faubourgs, et des villages circonvoisins ; et les prêtres que M. Tronson avoit désignés s'y transportoient aussi de temps en temps pour maintenir l'ordre, et distribuer le pain de la parole. Le mercredi de chaque semaine, M. Tronson tenoit une réunion générale de toutes ces assemblées particulières, et faisoit une conférence sur ce qu'il savoit être plus important, soit à l'œuvre, soit aux personnes qui s'y étoient consacrées.

XXII.
Vertus
de
Mlle Martel.

Mlle Martel eut le partage le plus difficile des emplois qu'exerçoit cette troupe apostolique. Ce fut le soin des femmes qui demandoient l'aumône aux portes de la cathédrale, et qui, pour être si près d'un

lieu tant vénéré, n'en étoient pas plus
adonnées aux pratiques de la religion, la
plupart n'entrant pas même à l'église les
jours de dimanche. Elle embrassa avec
ardeur l'œuvre dont nous parlons, et il
ne falloit rien moins qu'une personne de
son caractère et de sa vertu, pour la
continuer comme elle fit, malgré les obstacles que rencontra son zèle. Pour parvenir à les lever, elle usa de mille com-
plaisances, et essuya toute sorte de re
buts. On la vit pendant long-temps conduire par les rues de la ville une pauvre
aveugle, afin de demander l'aumône avec
elle et pour elle : ce qui, comme il est
aisé de penser, lui attiroit les mépris des
personnes dépourvues de l'esprit du christianisme.. Tous les jours elle ne manquoit
pas d'aller trouver son aveugle, et de la
prendre sous le bras pour la conduire ainsi
de porte en porte. Elle faisoit d'autant
plus paroître en cela la pureté de son zèle,
et de son amour pour le prochain, qu'à
l'exemple de sainte Catherine de Sienne,
elle ne recevoit de cette aveugle ingrate,
que des reproches et de mauvais traitemens. « Je l'ai vue moi-même, pendant
» plus de huit ans, dit M. Tronson, porter

» quasi tous les jours un petit pot sous son
» tablier à d'autres pauvres dont elle s'é-
» toit chargée. » Mais la grâce lui fit surmonter efficacement toutes les répugnances de la nature; et, après avoir appris le
catéchisme à chacune de ces femmes en
particulier, elle les réunit pendant long-
temps, pour leur faire des lectures spirituelles suivies d'histoires sur chaque vice
et chaque vertu, très-propres à les toucher. Le fruit de ses travaux fut de les
déterminer à faire des confessions générales, et de leur inspirer l'amour de
l'oraison, si nécessaire aux personnes
souffrantes.

XXIII. *Courses apostoliques de Mlle Martel.* Cette fille admirable visitoit toutes les
assemblées d'ouvrières, avec un soin, un
travail et une assiduité, que la grâce de
l'esprit apostolique pouvoit seule lui communiquer. Nonobstant sa foible santé et
sa complexion délicate, elle faisoit ses
courses toujours à pied. L'hiver, on la
voyoit avec de gros et pesans sabots aller
dans la campagne, sans que ni les neiges,
ni le froid, si rude dans le Velay, fussent
capables de l'arrêter. Durant l'été, elle
souffroit la chaleur avec ce même esprit de
mortification, ne faisant jamais rien pour

éviter les rayons du soleil, quoique souvent elle suât à grosses gouttes. Comme
elle avoit besoin de presque toute la journée pour faire sa ronde, elle portoit avec
elle ses provisions, qui consistoient en un
morceau de pain sec, fort petit, et dont
même elle donnoit toujours quelque portion aux pauvres. En partant du Puy, elle
et sa compagne partageoient le chemin
qu'elles avoient à faire, en certaines sta-
tions, pendant chacune desquelles elles
méditoient dans un continuel et religieux
silence sur quelque mystère de la passion
et de la mort de Notre-Seigneur. Cette
sainte fille avoit un grand attrait à honorer
les fatigues et les voyages du Sauveur, et
particulièrement sa conduite à l'égard de
la Samaritaine, considérant *qu'il n'avoit
point dédaigné de faire lui-même l'instruction* (1) *à une pauvre pécheresse.* Étant ar-

___

(1) *Faire l'instruction* vouloit dire, dans le
langage de ces demoiselles, apprendre la doctrine
chrétienne, et la manière de vivre saintement ;
comme dans le style de M. Bourdoise, *faire la
cléricature*, signifioit apprendre à vivre cléricale-
ment. Le nom de *demoiselles de l'Instruction*,
qu'on donna d'abord à ces filles, leur est resté
depuis.

rivée au village, elle s'adressoit aux anges
gardiens, d'abord à celui du lieu, ensuite
à ceux des personnes à qui elle devoit parler; et à l'exemple de saint Dominique,
elle prioit Notre-Seigneur de ne pas abîmer
ce lieu à cause des péchés de sa servante.
Elle mourut en odeur de sainteté, à l'âge
seulement de vingt-huit ans, le 15 janvier 1673 (1).

(1) Mlle Martel fut éprouvée par divers genres
de souffrances qui ne firent qu'augmenter sa
vertu. Elle les endura avec des sentimens de joie
extraordinaire dans sa dernière maladie, en sorte
que le médecin ne put s'empêcher de lui en témoigner sa surprise, lui disant que, si on ne la
connoissoit pas, on la prendroit assurément pour
une personne aliénée. La sainte Eucharistie opéroit en elle des effets si admirables, que, pendant
une maladie ds neuf mois qu'elle fit, les médecins discernoient, en la voyant, les jours où elle
avoit reçu son créateur. Car alors il paroissoit sur
son visage un certain éclat, que l'on ne remar-
qnoit pas les autres jours. Elle profita de ses derniers momens pour encourager ses compagnes à
s'appliquer sans réserve à l'instruction des filles
pauvres; et l'une de celles qui l'entouroient lui
ayant dit de l'appeler à elle quand elle seroit au
ciel, *Non*, mon amie, lui répondit-elle, *il faut
encore travailler* pour N. S. Enfin, sentant s s
forces l'abandonner, elle se leva sur son séant,
soutenue par une de ses compagnes, et entra dans

Sa mort, au lieu d'éteindre dans le cœur
de ses coopératrices le zèle pour l'instruction des pauvres, ne servit qu'à l'enflammer davantage. Car, à peine eut-elle les
yeux fermés, qu'il se présenta à la communauté de ces filles un grand nombre
de jeunes personnes très-vertueuses, et
parfaitement capables de remplir tous les
emplois de l'*Instruction*. Six ans après la
mort de Mlle Martel, il y avoit au Puy
quinze assemblées de filles, et plus de
soixante-dix jeunes personnes de toute
condition, qui, à son exemple, se dévouè-

XXIV.
Progrès
étonnans de
l'*Instruction*.

un recueillement très-profond pour ne plus penser qu'à son dernier passage. Pendant que
M. Tronson lui suggéroit les actes que sa foiblesse
l'empêchoit de faire elle-même, elle tint toujours
ses yeux élevés au ciel, puis elle renversa sa tête
sur le bras de celle qui la soutenoit ; et, comme
son visage parut alors extrêmement beau, et qu'on
n'y voyoit aucune altération, on ne s'aperçut que
long-temps après qu'elle avoit rendu son ame à
Dieu Sa mort tira des larmes de dévotion de tous
ceux qui s'y trouvèrent présens ; et au lieu de cette
horreur secrète que fait éprouver la vue d'un cadavre, chacun s'empressoit de la toucher, de la
baiser ou d'avoir quelque chose qui lui eût servi.
Aussi son convoi fut si solennel par l'affluence
générale, qu'il ressembloit plutôt à une procession
qu'à une cérémonie de deuil.

rent à la sanctification des personnes de
leur sexe. Les jours de dimanches et les
fêtes, ces demoiselles se partageoient en
douze ou quinze troupes, et alloient dans
la ville et dans la campagne instruire un
très-grand nombre de filles et de femmes
de tout âge, qui s'assembloient dans des
granges quelquefois jusqu'au nombre de
deux cents. Les fruits que Dieu donnoit
à leurs travaux les firent appeler dans un
grand nombre de paroisses. Elles parcou-
roient successivement les villages, de-
meurant en chacun d'eux autant de temps
qu'il étoit nécessaire pour instruire parfaitement jusqu'à la plus petite fille. Elles
y enseignoient leurs feuilles de catéchisme,
y apprenoient à faire la prière du matin et
du soir, à recevoir dignement les sacremens, à dire le chapelet, à travailler en
commun en sanctifiant le travail par de
petits exercices de piété. Dans chaque village, elles choisissoient deux ou trois filles
des plus capables, qu'elles dressoient pour
servir de maîtresses aux autres. Elles se
répandirent de la sorte dans tout le diocèse du Puy, et avec tant d'activité, que
dans l'espace de quatre ou cinq ans, elles
parcoururent presque la moitié des pa-

roisses, et que plusieurs de ces filles en avoient évangélisé plus de cinquante, et toujours avec un égal succès. « Je connois » des villages entiers, dit à ce sujet » M. Tronson, dont les habitans ne dai- » gnoient seulement pas regarder leur » curé quand il les alloit visiter, et qui » néanmoins sont si parfaitement changés » depuis que ces bonnes filles y ont passé, » que, du moment que le curé paroît, ils » sortent tous au-devant de lui, s'assem- » blent dans des granges pour entendre » son exhortation, et le vont conduire bien » loin, lui parlant toujours des choses de » Dieu, et de leur salut. » Les hommes mêmes demandoient avec instance qu'on les laissât du moins à la porte des lieux où les femmes et les filles étoient assemblées, protestant qu'ils s'y tiendroient avec toute sorte de respect et en silence. « Souvent » j'ai vu de mes yeux dans ces montagnes, » continue M. Tronson, jusqu'à des cen- » taines de garçons et d'hommes à la porte, » pour écouter attentivement. Une fois je » trouvai dans un village fort éloigné de » l'église un garçon bien sage qui faisoit » l'instruction et la prière du soir et du » matin à tous les villageois et villageoi-

» ses du lieu ; et surpris de sa modestie et
» de sa retenue, je lui demandai qui lui
» avoit appris tout ce qu'il savoit : il me
» montra les feuilles imprimées des filles
» de l'*Instruction*, me disant que ces de-
» moiselles avoient passé par là, il y avoit
» deux ans, et lui avoient appris la doc-
» trine chrétienne, en sorte que, faute de
» plus habile, il l'enseignoit lui-même aux
» autres. »

LIVRE SIXIÈME.

M. de Lantages retourne au Puy; nouveaux travaux que Dieu couronne par de nouvelles tribulations. Construction du séminaire du Puy; autres persécutions qui viennent fondre sur le séminaire et sur M. de Lantages.

———

Lorsque le bruit se fût répandu que M. de Lantages ne devoit plus retourner à Clermont, et qu'il étoit sans emploi au séminaire de Saint-Sulpice, les habitans du Puy, et principalement les ecclésiastiques, mirent tout en œuvre pour l'attirer de nouveau dans leur ville. Une multitude de personnes intéressées à son retour faisoient dans cette vue et de concert de ferventes prières. Les grands-vicaires et M. de la Chétardie ayant engagé M. de Béthune, évêque du Puy, à le réclamer auprès du supérieur-général de Saint-Sulpice, ce prélat, zélé pour les

I.

M. de Lantages revient au Puy.

intérêts de Dieu et pour le bien de son
diocèse, accueillit de grand cœur cette
proposition. Il fut ravi de ménager le retour d'un homme dont il connoissoit suffisamment le mérite et la vertu , par la
haute réputation que ses œuvres et ses
grands exemples lui avoient acquise dans
le pays , et qui étoit même allié à sa famille (1). Il en écrivit à M. de Bretonvilliers , au commencement du Carême
de l'année 1676. Sa lettre étoit pressante,
et marquoit d'une manière très-obligeante
l'estime qu'il faisoit de M. de Lantages ,
et le désir qu'il avoit de le voir retourner
au Puy. M. de Bretonvilliers , alors entièrement éclairci sur l'affaire de Clermont , et d'ailleurs plein de respect pour
M. de Béthune , s'empressa d'accorder
sans délai à ce prélat ce qu'il souhaitoit
avec tant d'ardeur. Il s'y prêta d'autant
plus volontiers, que M. Le Breton , chargé de la supériorité du séminaire du Puy,
vint à Paris sur ces entrefaites , et pria
lui-même M. de Bretonvilliers de l'en dé-

(1) Henri de Béthune , comte de Selles, frère
de l'évêque du Puy, avoit épousé Marie Anne
Dauvet, fille de Catherine de Lantages , dame de
Vitry.

charger pour la donner à M. de Lantages.
L'évêque ayant donc connu les favorables
dispositions du supérieur de Saint-Sulpice,
eut la bonté d'écrire encore à M. de Lantages lui-même, pour l'inviter à venir finir
ses jours dans son diocèse, et aux pieds
de la très-sainte Vierge. » Je suis bien
» aise, disoit-il, d'attirer ce saint homme
» ici, et que le dépôt de son corps y de-
» meure toujours. »

En conséquence, M. de Lantages reçut
ordre d'aller au Puy pour en gouverner
le séminaire durant trois ans; car, selon
la pratique alors usitée, le supérieur-
général de Saint-Sulpice ne donnoit leur
mission aux supérieurs de province, que
pour cet espace de temps. Le saint prêtre
partit de Paris au mois de mai, et arriva
au Puy vers les fêtes de la Pentecôte. En
entrant dans la ville, il alla de nouveau
se mettre sous la protection de la très-
sainte Vierge dans l'église cathédrale. Ce ne
fut pas un petit sujet de consolation pour
un enfant de Marie aussi dévoué à cette tendre mère, et qui, dans ce même lieu où il
étoit si souvent en esprit, avoit autrefois
reçu d'elle tant de faveurs. Il seroit difficile d'exprimer la sensation de joie que

l'arrivée de M. de Lantages fit éprouver à
toute la ville et au diocèse du Puy, quoiqu'il y eût plus de douze ans qu'on l'avoit
perdu de vue. L'allégresse étoit universelle;
l'évêque fut le premier à faire paroître la
sienne par les marques d'amitié dont il le
combla; tout le clergé s'empressa aussi de
le visiter; et chacun se réjouissoit de sa
présence, comme s'il fût descendu du ciel
pour demeurer parmi eux.

II.
M. Tronson,
élu supé-
rieur de
Saint-Sul-
pice, nom-
me M. Le
Breton à la
cure de
Saint-Geor-
ges.

Les directeurs du séminaire, qui l'a-
voient demandé avec tant d'ardeur auprès
de Dieu et des hommes, gagnèrent le plus
à son retour. Aussi leur joie sembloit-elle
n'avoir point de bornes. Elle ne tarda pas
cependant à faire place à la plus profonde
affliction, causée par la perte du supérieur-
général de Saint-Sulpice, M. de Bretonvilliers étant mort le 13 de juin de cette année
1679, c'est-à-dire quelques jours seulement
après l'arrivée de M. de Lantages au Puy. Le
choix que l'on fit pour remplacer M. de
Bretonvilliers parut adoucir les justes regrets que causoit sa perte; car il étoit difficile de lui donner un successeur plus
recommandable que M. Louis Tronson,
frère de l'abbé de Saint-Antoine, et qui
mérita dans cette place une confiance si

générale, qu'il fit en quelque sorte la réputation de Saint-Sulpice. Dès que
M. Tronson eut été nommé supérieur général, il donna le gouvernement de la
paroisse de Saint-Georges à M. Le Breton,
en remplacement de l'abbé de Saint-Antoine, que ses infirmités obligèrent de se
retirer à Paris. M. Le Breton, après avoir
été douze ans supérieur du séminaire du
Puy, fit voir qu'il savoit encore mieux obéir
que commander aux autres. Son union avec
M. de Lantages, au lieu de s'affoiblir en
cette rencontre, devint au contraire plus
forte et plus étroite qu'auparavant. Ils se
confessoient l'un l'autre, et vivoient dans
une amitié si cordiale, que l'on ne savoit
ce qu'il falloit admirer davantage, de la
déférence de M. de Lantages pour M. Le
Breton, ou de la soumission de ce dernier à M. de Lantages. Cette union répandoit dans le séminaire, et même dans
toute la ville, une grande édification, et
donnoit lieu de dire que le proverbe n'est
pas toujours vrai, que *deux soleils ne peuvent briller ensemble.*

M. de Lantages, à peine rendu à la
ville et au diocèse du Puy, fut sollicité par
l'évêque de continuer à remplir, comme

III.
M. de Lan-
tages re-
prend ses

14

auparavant, les fonctions du saint ministère. Il étoit difficile que le serviteur de
Dieu pût s'y refuser, dans un temps où
les bons ouvriers étoient si rares; et les
besoins si pressans. Aussi M. Tronson.
supérieur de Saint-Sulpice, ne balança
point à se rendre aux désirs de l'évêque,
et pria M. de Lantages d'y condescendre
de son côté. Ce dernier reprit donc les
prédications qu'il avoit faites autrefois à
Saint-Georges, et à cause de la longue in-
terruption, il fut obligé comme il disoit
lui-même, *de les faire sur frais nouveaux.*
Ce ne fut pas sans de nouvelles bénédictions, car, pendant l'espace de dix-huit
ans qu'il les continua, on ne cessa de s'y
rendre avec le même empressement que
la première fois; et, quoique dans un si
grand nombre d'années, il ne pût éviter
de traiter de temps en temps les mêmes
matières; il parloit avec tant de grâce et
d'onction, que chacun étoit toujours plus
touché en l'écoutant. Il reprit pareillement
l'usage où il étoit, avant son départ pour
Clermont, de faire tous les lundis l'oraison mentale à haute voix et à genoux,
dans la chaire de l'église Saint-Georges.
Son dessein, en attirant ainsi les fidèles à

cet exercice public, étoit de leur rendre familière la pratique de l'oraison;
ils s'y affectionnèrent tellement, qu'ils
venoient de tous les quartiers de la
ville, et que l'église étoit toujours remplie comme aux sermons des plus célèbres prédicateurs. Le nombre des années
ne diminua point le zèle des grands et des
petits pour cet exercice. On remarquoit
même d'une manière sensible les fruits
continuels de sanctification qu'il produisoit, principalement en ce que les sujets
qui y avoient été traités servoient ensuite
de matière à des entretiens édifians dans
beaucoup de compagnies. M. de Lantages
ne crut pas aussi devoir refuser ses services à la communauté naissante des *demoiselles de l'Instruction*, tant parce qu'elle
s'étoit formée dans le séminaire, que par
la recommandation que M. de Béthune
lui fit d'en prendre un soin particulier,
lorsque ce prélat en donna le gouvernement aux prêtres de Saint-Sulpice, par
une ordonnance expresse.

M. de Lantages, à l'exemple de l'abbé
de Saint-Antoine, réunit toutes les se-
maines les demoiselles de l'*Instruction* et
leur fit des conférences. Il continua de la

IV.
Il prend la
conduite des
*demoiselles
de*

sorte jusqu'à ce que l'épuisement de sa
santé ne lui permettant plus de les assem-
bler si souvent, il se réduisit, par le
conseil de M. Tronson, à les réunir une
fois chaque mois. Ce jour-là, il les
communioit, et leur adressoit un entretien familier pour les animer à la pratique
de leurs devoirs. Il avoit encore la charité
d'écouter leurs difficultés et leurs peines;
et Dieu donnoit à ses paroles tant de persuasion et de douceur, qu'en même temps
qu'elles portoient la confiance dans les
consciences les plus timides, elles rame-
noient tous les esprits à un même avis.
Comme il s'efforçoit de procurer de tous
ses moyens l'avancement de ces filles, et
d'attirer sur leurs utiles travaux de nouvelles bénédictions, il eut dessein de les
lier à Dieu par un vœu simple de chasteté
perpétuelle. M. de Béthune, avec qui il
en conféra, n'approuva pas seulement ce
dessein, il voulut encore présider lui-
même à la cérémonie, et recevoir les
vœux dans la chapelle de l'évêché. La
supériorité de M. de Lantages fut pour les
demoiselles de l'*Instruction* l'occasion d'un
redoublement de zèle et de ferveur; et elle
doit être considérée avec raison comme

l'époque la plus célèbre de l'histoire de leur société. Les retraites surtout produisirent des effets étonnans sous la conduite de l'homme de Dieu.

Ces retraites, où il se faisoit un concours extraordinaire, s'ouvroient chaque année, vers les fêtes de la Pentecôte, en faveur des femmes et des filles de la classe indigente. Nous ne saurions en donner une idée plus exacte, qu'en rapportant ici une relation de ces exercices, présentée à M. de Béthune, témoin lui-même et coopérateur du bien qu'ils produisirent.

« Nous dirons un mot sur la dernière
» retraite (ce sont les termes de la rela-
» tion), et on laissera à juger du fruit
» que ces exercices ont fait depuis qu'on
» les pratique, par celui qui a été tout
» visible il n'y a que quelques mois. On
» reçut dans la maison des filles de l'*Ins-
» truction* soixante-dix filles en retraite;
» et comme elle n'en put pas contenir da-
» vantage, il y en eut encore plus de cent
» qui se logèrent dans les maisons voisi-
» nes, où elles ne se rendoient que pour
» prendre leurs repas et passer la nuit. Un
» égal nombre d'autres filles de la ville,
» sans quitter la table de leurs parens,

» faisoient aussi la retraite, et demeuroient
» tout le jour avec les premières pour s'u-
» nir à leurs exercices. Enfin, un très-
» grand nombre d'autres personnes ve-
» noient aussi assister aux lectures et aux
» exhortations, en sorte que la salle où
» on les assembloit renfermoit de quatre
» à cinq cents retraitantes.

    » De décrire leur simplicité, leur doci-
» lité, les grâces que Dieu leur faisoit,
» cela n'est pas assurément possible; mais
» il est constant qu'on ne pouvoit rien voir
» de plus admirable, ni de plus édifiant,
» et qui fît mieux connoître que le royaume
» de Dieu est pour les pauvres, que de
» considérer une troupe semblable de
» bonnes villageoises, pour la plupart
» dans un tel esprit de retraite et de re-
» cueillement, qu'on n'en voit pas davan-
» tage dans les communautés ecclésiasti-
» ques et régulières, même au temps de
» leurs exercices, quelque réformées qu'el-
» les soient : ces saintes filles entrant
» d'exercice en exercice, comme de sanc-
» tuaire en sanctuaire et de ravissement
» en ravissement; tant elles trouvoient
» belle chaque chose, et en étoient tou-
» jours comme de nouveau ravies.

» Voici le règlement qu'elles observoient
» durant ces jours. Elles faisoient en com-
» mun la première oraison du matin, qui
» duroit une heure. Ensuite elles alloient
» à la sainte messe avec modestie et re-
» cueillement, marchant deux à deux
» comme en une dévote procession. Leur
» nombre étoit si grand, que les premières
» étoient déjà dans l'église du séminaire,
» lorsque les dernières n'étoient pas en-
» core sorties de la maison. Après la sainte
» messe, qu'elles entendoient avec une
» grande religion, elles alloient saluer la
» très-sainte Vierge dans son église, puis
» revenoient à la maison pour le déjeûné.
» Une fille de l'*Instruction* leur faisoit une
» lecture spirituelle, qu'elle leur expli-
» quoit familièrement, en leur donnant
» la liberté de proposer leurs doutes et
» leurs difficultés, et leur répondant si
» bien, qu'elles avouoient que cet exer-
» cice étoit celui qui les touchoit davan-
» tage, et duquel elles tiroient aussi plus
» de fruit.

» La lecture étant finie, un prêtre ve-
» noit leur faire un entretien sur divers
» sujets importans, et sur les questions
» qu'elles lui proposoient là-dessus. Il

» leur parloit fréquemment de la médita-
» tion, et de la manière de bien faire cet
» exercice; après quoi elles faisoient leur
» seconde oraison. A onze heures, on les
» réunissoit pour l'examen particulier, où
» on lisoit des formules d'examens faits
» exprès pour elles, et qu'elles entendoient
» avec beaucoup de satisfaction: ces bonnes
» filles aimant extrêmement qu'on leur
» ouvrît les yeux sur leurs défauts, et qu'on
» *épluchât* bien toutes leurs actions, comme
» elles disoient elles-mêmes. Au sortir de
» là, on alloit dîner; et pendant le repas,
» on lisoit la vie de M. Le Nobletz. La
» récréation se passoit presque toute en-
» tière à chanter des cantiques et à les
» apprendre par cœur, à parler de la mé-
» ditation, du sujet de l'entretien ou de
» l'examen, et de diverses matières qui
» édifioient ces filles. sans les appliquer
» trop sérieusement; car la manière sim-
» ple et naïve dont elles faisoient elles-
» mêmes leurs demandes en ôtoit tout le
» sérieux, et empêchoit qu'on ne se fati-
» guât trop l'esprit. Après la récréation,
» elles s'assembloient pour dire à deux
» chœurs le chapelet, les litanies et quel-
» ques autres prières vocales. Ensuite une

» fille de l'*Instruction* faisoit la lecture du
» soir, de la même manière qu'on avoit
» fait celle du matin. Ce qui étoit suivi
» d'une exhortation et d'une seconde orai-
» son. » Durant ces exercices, M. de Lantages sembloit se surpasser lui-même.
« Il éprouvoit, disent les mémoires du
» temps, une surabondance de consola-
» tions, en se voyant environné de ces
» ames innocentes, affamées de la parole
» de vie ; et il allumoit par ses prédications
» une telle ferveur dans leurs cœurs, qu'il
» en étoit lui-même surpris, et disoit,
» dans son étonnement : Ces filles font
» leur retraite à feu et à sang. »

Les succès des filles de l'*Instruction*
firent naître de tout côté le désir d'en
attirer quelques-unes, pour établir des
maisons sur le modèle de celle du Puy.
On en fit partir pour Saint-Vincent de
Brignon, Craponne, Yssingeaux, Saint-
Rambert. Les évêques voisins ayant fait la
même demande pour leurs diocèses, M. de
Béthune consentit seulement à recevoir à
la communauté du Puy les personnes de
ces pays qui voudroient être formées aux
divers ministères de l'*Instruction*. Dans
l'espace de sept années, on en reçut plus

VI.
Propagation
de
l'*Instruc-
tion.*

14*

de quatre cents, qui furent toutes rendues capables d'élever les autres et de les instruire. Il en vint des diocèses de Montpellier, de Rodez, de Clermont, de Lyon, de Vienne, de Valence, de Mende et de Viviers. L'évêque de ce dernier diocèse fut plus heureux que les autres; car, par l'entremise de M. Couderc, supérieur de son séminaire, il obtint trois personnes de la maison du Puy, qui travaillèrent à Nozières, et qui, dans l'espace d'une année, y laissèrent des témoignages durables de leur piété et de leur zèle.

VII.
Cette œuvre est traversée. M. de Lantages en prend la défense.

L'ennemi de tout bien ne pouvoit voir long-temps ces heureux succès, sans mettre tout en œuvre pour en arrêter le cours. Il se forma en effet contre l'*Instruction* une conjuration qui auroit dû la détruire sans ressource, si les efforts des hommes pouvoient renverser l'ouvrage de Dieu. Ce qui doit paroître bien étrange, c'est que cette violente tempête fut suscitée par ceux mêmes qui auroient dû l'apaiser; elle eut pour auteurs des religieuses, des religieux, et des prêtres de la ville du Puy. Ils disoient hautement, que faire le catéchisme dans des granges et des écuries, c'étoit profaner la parole de Dieu; et qu'il

étoit d'ailleurs très-dangereux de confier
à des filles l'enseignement de la doctrine
chrétienne, les hérétiques s'étant servi du
même moyen pour introduire leurs erreurs. M. de Lantages entreprit de répondre à ces déclamations; et, pour empêcher le scandale des foibles, il se résolut
même à défendre en chaire celles que l'on
ne craignoit pas de calomnier ainsi publi-
quement. Il montra, avec beaucoup de
force et de justesse, qu'il n'y avoit point
d'irrévérence à annoncer aux hommes la
parole de vie, dans les mêmes lieux où le
Verbe, la parole incréée, avoit daigné
naître pour leur salut; ni aucun inconvénient à permettre que des filles enseignas-
sent en particulier et hors de l'église une
formule de catéchisme, reçue de la main
de leurs supérieurs ecclésiastiques, et
qu'elles avoient sans cesse sous les yeux.

Afin de fermer la bouche à ces censeurs
téméraires. il composa contre eux un
écrit dogmatique et raisonné. C'est une
exposition savante de ce qu'il y a de plus
précis et de plus curieux sur cette matière, dans la tradition et l'histoire ecclésiastique. Après avoir établi, conformément à la doctrine de saint Thomas,

VIII.
Il compose
un écrit
à ce sujet.

que les femmes peuvent enseigner aux
autres les devoirs de la vie chrétienne,
quand elles le font en particulier, M. de
Lantages établit l'antiquité de cette pratique. Il fait observer, d'après l'interprète
chaldéen, que c'étoit l'occupation particulière de Marie, sœur de Moyse, chez
les Juifs; et que dans l'église chrétienne
on trouve un grand nombre d'exemples
semblables. A l'appui de ces exemples, il
cite les endroits de saint Paul, où cet
apôtre recommande les saintes femmes
qui avoient travaillé avec lui à l'œuvre de
l'Évangile; ceux de l'Épître aux Philip-
piens, où il est dit que les noms de ces
personnes sont écrits au livre de vie;
ceux de l'Épître aux Romains, où il est
parlé de Phébé, employée au ministère
de l'Église; les exemples de Marie, de
Tryphène, de Tryphose et de Perside;
ceux des femmes zélées dont il est parlé
dans la première aux Corinthiens, qui
suivoient les apôtres en qualité de sœurs,
et qui, selon la remarque des Pères, ex-
pliquoient en particulier aux personnes du
sexe ce que les apôtres avoient enseigné
en public. Le serviteur de Dieu apporte
encore l'exemple des diaconesses de la

primitive Église, qui instruisoient les femmes pour les disposer au baptême, et qui, selon le quatrième concile de Carthage, devoient être elles-mêmes parfaitement instruites, afin d'apprendre aux pauvres filles de la campagne à recevoir dignement ce sacrement, et à vivre saintement pour en conserver le fruit.

Si nous en croyons les monumens de l'histoire, continue M. de Lantages, ce fut une fille qui convertit à la foi les Espagnols : Ingonde et Théodelide procurèrent, l'une la conversion des Goths en Espagne, l'autre celle des Lombards en Italie. Un peuple entier, les Ibériens qui habitoient au-delà de la mer Noire, dut la sienne, au temps de Constantin, à une jeune esclave chrétienne, qui, par ses discours, ses vertus, et ses miracles, devint l'apôtre de cette nation.

Telle est en substance l'apologie dont nous parlons. Nous avons cru devoir en rendre ainsi compte, afin de montrer que les premiers travaux des *demoiselles de l'Instruction* n'étoient point nouveaux dans l'Église ; et que, si Dieu suscita ces filles pour travailler au salut d'une multitude d'ames, c'étoit afin de donner à ces temps

de réforme générale, un nouveau caractère de ressemblance avec les premiers
temps du christianisme.

M. de Béthune prit à son tour leur défense, et il convenoit, comme évêque,
qu'il le fît avec autorité. Il réprimanda
sévèrement ceux qui osoient blâmer leur
institut et leurs écoles, et déclara qu'attaquer ces filles ce seroit lui faire injure à
lui-même, puisqu'elles ne faisoient rien
que de son aveu. Il affecta même de leur
témoigner plus d'estime qu'auparavant ;
et le récit que nous allons faire montrera
combien il avoit de raisons d'en user de la
sorte.

Deux demoiselles de l'*Instruction* étant
allées dans une paroisse du diocèse du Puy
pour disposer les enfans à la première
communion, l'une d'elles reçut pour sa
nourriture une salade que quelqu'un lui
avoit apprêtée tout exprès de sa main.
Aussitôt après l'avoir mangée, elle éprouva
des agitations violentes. Comme ses incommodités augmentoient, on la ramena
au Puy, où les médecins soupçonnèrent
la jeune personne d'être possédée. Ce
soupçon augmenta lorsqu'on l'entendit,
elle qui n'avoit jamais connu que le patois

de ses montagnes, parler très-bien latin, et avec une grande facilité. Elle fit bientôt une multitude d'autres choses extraordinaires, toutes de plus en plus surprenantes, et qu'après des examens juridiques on regarda comme des signes manifestes de possession. On pria beaucoup pour la délivrance de cette fille; et comme, en l'exorcisant, on interrogeoit le démon : Je ne parlerai, répondit-il, que sur le tombeau d'Anne-Marie Martel qui me brûle et me tourmente cruellement. Cette réponse surprit étrangement tout le monde; mais on fut bien plus étonné encore, lorsque, sur le tombeau de cette sainte fille, le démon déclara en latin et en français, « que » celui qui avoit préparé la salade l'avoit » mise dans le corps de cette fille, par » dépit de ce qu'elle *faisoit l'instruction.* » L'esprit malin confessa encore plusieurs fois, « qu'Anne-Marie Martel avoit obtenu » miséricorde, qu'elle étoit grande dans » le ciel, et que Dieu vouloit se servir des » compagnes de cette sainte fille pour » continuer l'œuvre de l'*Instruction.* »

Cette possession, qui fut l'occasion d'une multitude de conversions, porta M. de Béthune à travailler sans relâche à

la sanctification de ses diocésains, après
une retraite que ce prélat vint faire au
séminaire. Le motif de cette retraite fit
trop de bruit dans le public, pour le passer ici sous silence.

Durant les exorcismes, le démon déclara que Dieu l'obligeoit d'avertir quelques personnes de faire une retraite, et
de la faire sans délai. Comme on lui eut
commandé de nommer ces personnes, le
premier nom que le démon prononça fut
celui de l'évêque, qu'il exprima en latin.
Il nomma encore plusieurs autres personnes inconnues à la possédée, et dont
le choix seul fut pour le prélat, qui n'i-
gnoroit pas leurs dispositions intérieures,
une preuve manifeste que l'avertissement
venoit de Dieu. Jugeant d'ailleurs qu'on
devroit toujours avoir égard à un avis si
salutaire, de quelque part qu'il vînt, l'é-
vêque se rendit au séminaire pour y faire
une retraite, malgré les bruits auxquels
cette résolution de sa part alloit donner
lieu. « J'ai bien de la joie de la disposition
» de votre illustre retraitant, écrivoit là-
» dessus M. Tronson à M. de Lantages.
» C'est avoir envie tout de bon de se
» faire saint. Nous prierons Notre-Sei-

» gneur qu'il bénisse sa retraite et ses ré-
» solutions. » Le prélat parut en effet
avoir conçu dans cette retraite un grand
zèle pour sa sanctification et celle de ses
peuples. La lecture de la Vie de Mlle Martel lui inspira des sentimens de dévoue-
ment à l'égard de Dieu, et un ardent désir de le faire connoître et servir dans son
diocèse. Il voulut même que les *demoiselles
de l'Instruction* le précédassent dans les
missions qu'il résolut de donner, afin
qu'elles préparassent les personnes de
leur sexe à recevoir la grâce de ces exercices.

Pendant que l'évêque faisoit la retraite
dont nous venons de parler, la mort affreuse d'un ecclésiastique de marque,
sourd au même appel de la miséricorde
divine, jeta dans tous les cœurs ces ter-
reurs salutaires dont Dieu se sert quelquefois pour commencer la conversion des
ames. Ce fut l'abbé de Monastier, d'une
des premières familles d'Auvergne. Le
luxe de ses habits, la richesse de ses ameu-
blemens, la délicatesse de sa table, et l'ensemble de sa conduite, étoient, dans un
homme de sa profession, un sujet de
scandale et de murmures universels pour

X.
Mort af-
freuse de
l'abbé de
Monastier.

les peuples de ces contrées. Il avoit été nommé par la possédée pour faire sans délai une retraite au séminaire ; mais malheureusement un cercle de personnes mondaines, que cet abbé avoit sans cesse à sa table, eurent trop d'empire sur son esprit. Malgré ses promesses, le mercredi des Cendres, jour marqué pour la retraite, il s'excusa de venir au séminaire, disant qu'il ne vouloit pas être la fable du monde, ni se donner en spectacle au public ; et il ajouta qu'il feroit sa retraite à la mi-carême. M. de La Chétardie, affligé de cette résistance, se rendit plusieurs fois chez lui, pour le presser de ne pas différer davantage : tout fut inutile. Le huitième jour de la retraite, l'abbé prit médecine. Ce jour-là on joua et on se réjouit beaucoup chez lui ; le soir il donna des rafraîchissemens à des demoiselles de la ville, et le reste de la soirée se passa encore dans le jeu, les ris et les divertissemens. Mais le moment de la justice divine étoit arrivé, et l'ange du Seigneur avoit déjà le bras levé pour frapper le coupable. Car, ce jour-là même, lorsque la compagnie se fut retirée, sur les dix heures et demie du soir, comme il alloit

se mettre au lit, et qu'il n'y avoit là
qu'une femme ; tout à coup il tombe sans
mouvement et sans connoissance, demeure
étendu sur le carreau plusieurs heures,
nu de la tête aux pieds ; et expire dans cet
état.

Le sentiment d'effroi qui glaça tous les
cœurs, fut encore augmenté par les circonstances de cette mort affreuse. A peine
eut-il expiré, qu'on pilla ses amas d'argent,
sa vaisselle, ses meubles, ses riches habits,
ses tapisseries, toutes ses provisions si
exquises et si abondantes, jusqu'à sa montre, sa bague et son bonnet de nuit. Le
corps fut exposé par terre dans une salle
basse : un simple drap mortuaire, une
croix de bois, deux chandeliers de cuivre
faisoient tout l'appareil des funérailles.
On avoit d'abord mis sous la tête de ce
mauvais riche un coussin dont la doublure
renfermoit encore des jeux de cartes ; mais
ce coussin fut aussi enlevé, et remplacé
par une botte de foin, avec laquelle on
porta le corps en terre. Chacun fut d'autant plus frappé, que c'étoit le propre
jour où l'on récitoit à l'église l'évangile du
mauvais riche, et que celui dont nous
parlons fut réduit, par un juste jugement

de Dieu, à n'avoir pas seulement la sépul-
ture du Lazare. Lorsqu'on alloit descendre le corps dans le caveau, la bière échap-
pant des mains des porteurs, et tombant
par divers sauts, alla se briser au fond de
ce caveau, sans qu'on s'occupât d'inhu-
mer autrement le corps; et enfin, pendant la nuit, on enleva jusqu'au linceul
et à la chemise qui couvroient ce misérable cadavre.

XI.
M. de Lan-
tages com-
pose la 3e et
la 4e parties
de son
Catéchisme.

Cependant, au milieu de ses nombreuses
occupations, M. de Lantages trouvoit assez de temps pour composer des ouvrages
de piété et de doctrine. Il avoit déjà publié à Clermont la première et la seconde
parties de son *Catéchisme de la foi et des
mœurs chrétiennes*, adopté par l'évêque de
cette ville. Au Puy, il continua cet ouvrage, et en composa la troisième et la
quatrième parties. Son intention étoit d'offrir aux curés du diocèse un livre où ils
pussent puiser le fonds des instructions
qu'ils sont obligés de faire aux fidèles,
et à ceux-ci des moyens de s'avancer dans
la pratique des vertus. A mesure que M. de
Lantages écrivoit cet ouvrage, il envoyoit
chaque cahier à M. Tronson, selon la
pratique constante de Saint-Sulpice.

« L'on a toujours cru, disoit M. Tronson,
» qu'il étoit important, pour éviter bien
» des inconvéniens, de ne rien imprimer
» dans les provinces, que l'on n'eût vu
» auparavant à Paris; et, quoique l'on pût
» bien s'en passer en beaucoup d'occa-
» sions, et sur de certaines matières où
» il n'y a rien à craindre, il seroit quel-
» quefois plus difficile d'y remédier en
» d'autres plus délicates, à moins que
» d'en faire une règle générale. » Il écrivoit vers le même temps: « Il ne nous
» faut point dispenser de cette règle, que
» M. de Bretonvilliers nous a recomman-
» dé, avant sa mort, d'observer très-exac-
» tement. » M. de Béthune fut si satisfait
du *Catéchisme* de M. de Lantages, qu'il
l'adopta pour son diocèse.

Si on devoit juger du mérite d'un catéchisme, par l'estime que les fidèles en
font, il faudroit convenir que celui de
M. de Lantages étoit un des meilleurs qui
existoient à l'époque où il fut publié. On
l'imprima successivement à Clermont, à
Lyon et au Puy. Il se répandit tellement
dans les familles du diocèse du Puy, que
l'imprimeur de cette ville avouoit que le
débit de cet ouvrage suffisoit seul pour

entretenir sa famille. Ce *Catéchisme* dif-
fère de la plupart des autres ouvrages de
même nom, en ce que, n'en ayant point
la sécheresse, il est si rempli de réflexions
pieuses et touchantes, qu'il ne le cède
point aux livres spirituels les plus onc-
tueux. La manière dont M. de Lantages
le composoit explique assez la raison de
cette différence; car son *Catéchisme* n'é-
toit que le fruit de son oraison. Une personne l'ayant prié pendant long-temps de
lui dire quelque chose de ce qui l'occupoit
dans ce saint exercice, une fois qu'elle
l'en pressoit extrêmement, M. de Lantages
lui répondit d'une voix basse, et comme
en hésitant s'il lui révèleroit le secret de
son cœur : « Vous me demandez tant mon
» oraison, vous n'avez qu'à lire mon *Ca-
» téchisme*. Dieu m'a donné à l'oraison
» tout ce que cet ouvrage contient. »

XII.
Le serviteur
de Dieu
tombe ma-
lade.

Les travaux de M. de Lantages ne tardèrent point à affoiblir peu à peu sa santé.
M. Tronson, craignant de le voir succom-
ber, le pria de ne pas se charger de tant
d'occupations, mais de les partager entre
ses confrères, de manière que personne
n'en souffrît. Cette recommandation l'empêcha apparemment de continuer à com-

poser les conférences du diocèse. M. de
La Chétardie, qui lui avoit succédé dans
cet emploi, en demeura encore chargé
après le retour du serviteur de Dieu au
Puy. Après les corrections faites à Paris,
M. Tronson prioit cependant M. de Lantages de revoir lui-même ce travail; et
quelquefois ce dernier s'autorisoit de ce
commandement pour donner plus de dé-
veloppement aux matières. « Vous avez
» très-bien fait, lui écrivoit un jour
» M. Tronson, de rompre bras et jambes
» aux conférences de M. de Saint-Côme :
» je suis assuré qu'elles en iront plus
» droit. »

Aux occupations ordinaires de M. de
Lantages, déjà trop multipliées pour sa
foible santé, vinrent se joindre les travaux
d'une mission que M. de Béthune voulut
procurer à sa ville épiscopale, afin de
disposer les habitans à gagner un jubilé
universel que le pape Innocent XI avoit
accordé à la chrétienté. L'homme de Dieu
prêcha durant ce temps avec beaucoup
d'onction, de ferveur, et avec des fruits
extraordinaires. Mais à la fin il succomba
à tant de fatigues, et essuya coup sur coup
plusieurs maladies très-sérieuses, dont on

ne dit rien à M. Tronson, pour lui épargner les plus justes sujets d'alarmes. Lorsque celui-ci eut appris l'état d'épuisement où M. de Lantages étoit réduit, il lui écrivit en ces termes: « Je ne puis vous con-
» seiller, lorsque vous serez guéri, de re-
» prendre tout ce que vous faisiez avant
» votre maladie. Car enfin, quand on vient
» sur l'âge, les forces s'affoiblissent, quoi-
» que le cœur ne s'affoiblisse pas. Les
» prônes tous les dimanches, l'oraison
» publique tous les lundis, les sujets d'o-
» raison, et les répétitions que l'on en
» fait, l'entretien des jeudis à une com-
» munauté de filles, avec toutes les autres
» choses qu'il faut faire dans le sémi-
» naire; ce n'est pas trop pour votre zèle,
» mais c'est trop assurément pour vos
» forces. Je sais que vos anciennes con-
» noissances, et la disposition du prélat
» qu'il faut ménager, vous peuvent quel-
» quefois engager à des emplois du dehors,
» et que vous ne vous y portez pas de
» vous même. Mais vous me permettrez
» bien de vous ouvrir mon cœur, et de
» vous découvrir le sujet de ma crainte.
» Votre santé nous est trop chère pour
» vous le céler. Je crains que, dans les

» occasions où il paroîtra un fruit consi-
» dérable, le zèle ne vous emporte, et que
» ces occasions ne reviennent souvent.
» C'est ce que je me sens obligé de vous
» dire, par l'intérêt que je dois prendre au
» bien du séminaire et à votre conserva-
» tion, que je regarde, dans les conjonc-
» tures présentes, comme inséparables
» l'une de l'autre. Ainsi, pour l'amour
» de Notre-Seigneur et pour le bien de son
» œuvre, conservez-vous. »

Sur ces entrefaites, M. de La Chétardie, qui s'étoit acquis au Puy l'estime et la vénération publiques, fut obligé de partir pour Bourges; et on envoya, pour le remplacer, M. Charles Bayle, du diocèse de Lyon. En annonçant ce dernier à M. de Lantages, M. Tronson lui écrivoit que le séminaire du Puy n'auroit qu'à se féliciter d'avoir acquis ce nouveau directeur, attendu qu'il pouvoit s'y rendre *utile en bien des manières*. L'événement justifia son attente, car M. Bayle fit des intérêts de cette maison les siens propres, et éleva une partie des bâtimens à ses frais, comme nous le dirons dans la suite. M. Tronson lui écrivoit à lui-même, en lui donnant cette mission: « Je ne doute pas que les

XIII.
Départ de
M. de La
Chétardie.

15

» bénédictions de la très-sainte Vierge,
» qui y sont abondantes, ne vous fassent
» éprouver les avantages qu'il y a de tra-
» vailler dans un lieu qui lui est si particu-
» lièrement consacré. La conduite douce,
» sainte et très-charitable de M. de Lan-
» tages vous y sera aussi d'un grand se-
» cours; et vous reconnoîtrez assurément
» bientôt que vous n'aurez rien perdu
» pour avoir changé de demeure. »

XIV.
Attentions
de M. Tron-
son pour
M. de Lan-
tages, dont
il prolonge
la mission.

Par les suites du procès le plus injuste,
dont il étoit la victime, M. de Lantages
cessa, vers cette époque, de toucher le
revenu de son bénéfice. Ne pouvant plus
alors, comme il avoit toujours fait, payer
sa pension au séminaire du Puy, ni celle
de son domestique, il voulut, pour n'être
pas à charge à la maison, qui étoit extrêmement pauvre, se priver de beaucoup
de choses nécessaires. M. Tronson, informé de la conduite de M. de Lantages,
craignit que sa délicatesse en ce point
n'achevât de ruiner sa santé, et se crut
obligé de lui écrire plusieurs lettres pour
le prier d'en agir autrement. « Quoi qu'il
» en arrive de votre affaire, lui écrivoit-
» il, ne vous laissez manquer de rien. Il
» y a assez d'autres mortifications à por-

» ter dans le lieu où vous êtes. Nous char-
» gerons M. Bayle d'avoir soin de vos be-
» soins. Mais je vous supplie, pour l'a-
» mour de Notre-Seigneur, de l'en croire
» un peu sur ce chapitre. Car, en vérité,
» j'aurois toujours sans cela quelque peine,
» et je ne puis me résoudre à m'en rap-
» porter à vous dans une matière où votre
» zèle fait que je vous tiens trop suspect.
» La maison de Saint-Sulpice n'est pas
» riche; mais par la miséricorde de Dieu,
» elle a suffisamment de quoi pourvoir aux
» besoins de ses enfans, et jamais ils ne
» ne lui seront à charge. »

Nous avons vu que M. de Bretonvilliers
avoit envoyé M. de Lantages supérieur au
Puy, pour l'espace de trois ans. Lorsque
ce terme fut expiré, M. Tronson prorogea
la supériorité de M. de Lantages, et lui
écrivit en ces termes : « En vous marquant
» trois années de supériorité, M. de Bre-
» tonvilliers n'a pas voulu priver ensuite
» le séminaire du Puy des bénédictions
» qu'il reçoit par votre ministère, et sous
» votre conduite; mais il en a agi de la
» sorte pour observer un ordre dont vous
» connoîtrez assez l'importance, et dont
» il n'a pas cru se pouvoir dispenser.

» C'est dans cette vue que je vous prie de
» vouloir bien continuer à travailler
» comme par le passé, et de porter
» encore trois années le joug que Dieu
» vous a imposé, en attendant qu'il de-
» mande autre chose de vous. J'espère
» qu'il bénira enfin vos désirs pour le
» bâtiment, et que vous n'aurez pas le
» désagrément de vous voir toujours logés
» dans une maison qui tombe. »

XV.
Besoin ur-
gent de bâtir
le séminaire
du Puy.

En effet, le besoin de bâtir étoit extrême à cette époque. Nous avons vu que,
pour pouvoir habiter sans danger les masures de Saint-Georges, M. de Lantages
avoit été obligé, dès son arrivée au Puy,
d'en étayer la plus grande partie; lorsqu'il vint au Puy pour la seconde fois, il
trouva ces bâtimens dans le même état où
il les avoit laissés, ou plutôt il les trouva
plus ruineux encore. Ce n'est pas que,
durant son absence, on ne se fût donné
bien des mouvemens pour bâtir; mais les
difficultés étoient toujours renaissantes.
M. de Bretonvilliers, afin de les lever par
sa présence, étoit venu deux fois au Puy,
résolu de construire le séminaire à ses dé-
pens; ses voyages n'eurent d'autre effet
que de montrer plus à découvert les diffi-

cultés de cette entreprise. M. de Lantages, rendu au diocèse du Puy, continua ses poursuites avec le même zèle ; et néanmoins les obstacles sembloient s'accroître à mesure qu'il mettoit plus d'ardeur à les aplanir. C'étoit l'accomplissement visible de la prophétie faite aux prêtres de Saint-Sulpice, « qu'avant de s'établir au Puy, » ils rencontreroient beaucoup d'opposi- » tions. » Aussi, malgré les épreuves très-dures et très-longues où il plut à la Providence de le mettre le reste de sa vie, M. de Lantages, qui s'attendoit à être traversé en toutes manières, ne perdit jamais rien de sa parfaite confiance en Dieu pour le succès de cette œuvre.

XVI.
M. Olier avoit désiré de fixer le séminaire à S. Georges.

L'église où avoit été fixé le séminaire est dédiée à saint Georges, apôtre du Velay, dont le corps y repose. Dans le dernier séjour qu'il fit au Puy, M. Olier procura l'élévation de ce saint corps, depuis long-temps sans honneur ; et par respect pour ces reliques, il pria M. de Lantages de ne jamais quitter l'église qui les renfermoit, quelque local avantageux qu'on lui offrît ailleurs, quoique cette église fût sans revenu, et qu'elle tombât en ruines. Dieu ayant suscité M. Olier

pour donner à l'Église une nouvelle génération d'hommes apostoliques, lui avoit
imprimé une vénération profonde pour les
premiers apôtres de notre foi. Ce saint
homme les révéroit comme autant de
sources de l'esprit ecclésiastique, qui,
par eux, devoit se répandre sur le clergé ;
et il croyoit que dans le ciel, où ils rè-
gnent, ils conservent toujours pour leurs
peuples, et surtout pour les pasteurs qui
les gouvernent, un sentiment de tendresse
et de spéciale prédilection. Voyant, donc
le séminaire de Notre-Dame du Puy, occuper l'église dédiée à ce saint évêque, il
jugea, par une de ces vues profondes,
fruit ordinaire de ses communications
avec Dieu, que cette communauté ne devoit point être fixée ailleurs, afin qu'autour des reliques de l'apôtre du Velay,
tous ces jeunes lévites se remplissent
abondamment de l'esprit des saints et des
apôtres. Tel fut le motif qui porta M. Olier
à faire à M. de Lantages la recommandation dont nous parlons. Dès ce moment,
M. de Lantages n'eut jamais plus d'autre
projet à l'égard du séminaire. Il auroit
cru priver cet établissement de la bénédiction de Dieu, et de celle d'un homme

qu'il honoroit comme un saint, s'il se fût écarté de cet ordre. C'est pourquoi il s'y tint constamment attaché, et souffrit à cause de cela une persécution d'autant plus sensible, qu'elle lui venoit de la part de quelques personnes d'autorité, qu'il respecta toujours comme ses maîtres.

Après bien des contradictions dont le détail fatigueroit le lecteur, on renonça enfin au projet de transférer le séminaire; et on fut d'avis de le bâtir à Saint-Georges. Ce dessein, cependant, fut pour le serviteur de Dieu une source de nouvelles épreuves, suscitées tantôt par l'évêque lui-même, et tantôt par le chapitre de la cathédrale. Durant ce temps, M. de Lantages étoit obligé de demeurer dans ses bâtimens ruineux, et le projet de bâtir étoit ajourné sans fin. Les besoins ne pouvoient être plus urgens, puisque ces vieilles masures, étayées depuis plus de vingt-cinq ans, ne se soutenant que par artifice, donnoient de jour en jour les plus vives alarmes, surtout quand il faisoit de grands vents. « Je ne sais quel est » le dessein de Dieu sur ce séminaire de » la très-sainte Vierge, écrivoit M. Tronson à M. de Lantages; mais, s'il le

XVII.
Difficulté de bâtir le séminaire à S. Georges.

» maintient au milieu de tant de besoins,
» il fera bien paroître que c'est son ou-
» vrage. Je ne puis néanmoins qu'espérer
» en sa bonté, et avoir confiance qu'il
» donnera des moyens pour ne pas laisser
» périr une œuvre qui n'a été entreprise
» que pour lui et pour la gloire de sa
» Mère. Je crois qu'il faut faire pour cela
» quelques prières particulières : car cette
» grâce mérite bien qu'on la demande.
» Nous ferons ici quelque neuvaine, et
» nous nous unirons à ce que vous ferez
» de delà, pour obtenir de sa bonté ce
» qu'il voit être nécessaire pour l'accom-
» plissement de ses desseins. »

XVIII.
Le chapitre
de la
cathédrale
se déclare
contre le
projet
de l'évêque.

Il y avoit alors, entre l'évêque du Puy
et son chapitre, un grand procès sur la
juridiction et les préséances. Il s'agissoit
de déterminer si l'évêque devoit être
conduit à son trône par ses bedeaux ou
non; si les chanoines devoient continuer
à avoir la mitre, à entonner les antiennes,
ou si cet honneur n'appartenoit pas aux
assistans de l'évêque; s'il falloit donner
aux chanoines trois coups d'encensoir
comme à l'évêque, ou deux seulement,
et plusieurs autres points de même importance. Comme l'évêque avoit dessein d'u-

nir le séminaire à une collégiale, le chapitre de la cathédrale mit opposition à
cette union, et l'évêque arrêta tous les
projets de bâtir.

Ceux qui ne savoient pas le fond des
choses attribuoient ces lenteurs à M. de
Lantages, et disoient que c'étoit un homme
sans résolution. Lorsqu'on lui répétoit à
lui-même ces bruits, il ne s'en troubloit
point; et au lieu d'en découvrir la vraie
cause, il répondoit avec une humilité
touchante : *Hélas! ce sont mes péchés qui
mettent obstacle à cette œuvre.* Durant ces
délais, plusieurs personnes, résolues de
contribuer aux frais du bâtiment, furent
surprises par la mort avant d'avoir pu exécuter leurs pieux desseins; ce qui, réduisant M. de Lantages à ne compter plus
que sur la Providence, lui attira les mépris et les dédains de ceux de qui il dépendoit. Écrivant un jour à une personne
de qualité qui l'honoroit de sa confiance :
« Nos nouvelles, lui disoit-il, sont tou-
» jours maigres pour le temporel. Il y a
» aussi peu de disposition à nous bâtir,
» qu'il y en avoit il y a vingt ans, quoique
» le besoin que nous en ayons s'augmente
» tous les jours. On nous a toujours à

XIX.
Durant ces
épreuves,
M. de Lan-
tages ne perd
rien de sa
confiance en
Dieu.

15*

» quelque dédain, parce que l'on ne nous
» voit point d'argent. Notre consolation
» est que Dieu s'est plus déclaré pour les
» pauvres que pour les riches, et que nous
» croyons et espérons bientôt l'éternité,
» où le rideau sera tiré sur bien des choses.»
M. de Lantages, uniquement fort du secours de Dieu, ne montra jamais le moindre empressement d'acquérir des biens à
sa communauté, même dans le temps où
elle en étoit si dépourvue. Il laissa perdre
plusieurs occasions de la doter très-avantageusement, et refusa un riche prieuré,
pour ne vouloir pas se prêter, vis-à-vis de
certaines personnes, à quelques complai-
sances que sa conscience n'approuvoit pas,
quoiqu'il l'eût pu faire sans péché. Ayant
reçu une somme de mille écus qui prove-
noit des arrérages de sa pension, il la donna
aussitôt à l'ancien prieur d'Alleyras, pour
liquider les obligations que le séminaire
avoit contractées lors de l'union de ce bénéfice. Cette générosité étoit alors d'autant plus remarquable dans le serviteur de
Dieu, que personne ne lui en conservoit
aucune reconnoissance. « Je vois, lui écri-
» voit M. Tronson, que vous ne voulez
» rien épargner pour vous faire *thesaurum*

» *non deficientem in cœlis...* C'est une cha-
» rité bien grande, que de soulager la
» pauvreté de votre séminaire; et je ne
» doute pas que la manière chrétienne et
» généreuse dont vous le faites n'attire
» de Dieu de grandes bénédictions sur
» vous et sur l'œuvre qu'il vous confie... »
Il ajoutoit ces paroles, pour l'animer à
porter généreusement ses épreuves : « Il
» faut continuer à faire l'œuvre de Notre-
» Seigneur, comme lui-même a fait jus-
» qu'à la mort l'œuvre de son Père, c'est-
» à-dire au milieu de la pauvreté, de
» l'humiliation et des croix. » Ces sentimens furent toujours ceux de M. de Lantages. Malgré le risque continuel d'être
écrasé sous le séminaire, le serviteur de
Dieu se montroit sans cesse semblable à
lui-même, c'est-à dire toujours calme et
plein de confiance au secours de la très-
sainte Vierge. Cette confiance lui com-
muniquoit même une gaieté charmante,
toutes les fois qu'il parloit de la bonne
fortune de sa communauté. « Pour l'exté-
» rieur, écrivoit-il, nous sommes en paix
» et en santé dans notre citerne sèche et
» crevassée, où notre petite troupe de
» soutanes va toujours son train, expéri-

» mentant les bénédictions de la divine
» Mère. » Il disoit dans une autre lettre:
« Nous vivons ici d'espérance, de désirs
» et de gémissemens devant Dieu, qui
» nous tient toujours dans notre pauvreté,
» au milieu de tant d'obstacles. »

XX.
Ferveur du
séminaire au
milieu de
ces
épreuves.

La conduite que Dieu gardoit sur le séminaire du Puy durant ce temps est digne
de remarque; la ferveur et la régularité
n'y avoient jamais été plus parfaites. « Il
» me semble, écrivoit M. Tronson à M. de
» Lantages, que, si la maison est dépour-
» vue des biens du monde, elle est bien
» riche en grâces et en bénédictions du
» ciel. J'espère que l'abandon et le déta-
» chement des sujets qui la composent, la
» rendront plus utile à la gloire de Dieu
» et au service de son Église, que tous les
» honneurs de la terre... Pourvu que Dieu
» Notre Seigneur continue à vous rendre
» riches en grâces et en bons sujets, vous
» aurez de quoi supporter en patience la
» pauvreté de la maison... J'ai bien de la
» joie du succès de votre ordination; si
» avec cela vous pouviez avoir un logement
» raisonnable, il y auroit de quoi se con-
» soler du froid qu'on vous fait, et de la
» manière dure dont on agit. Mais peut-

» être qu'une partie des bénédictions que
» Dieu verse sur votre séminaire est atta-
» chée à cet état d'abjection. Il faut s'a-
» bandonner à la Providence, prier beau-
» coup, et attendre en paix ses ordres. »
M. de Lantages lui ayant fait part du succès d'une retraite pastorale qui avoit sur-
passé ses espérances : « J'ai bien de la
» joie, répondoit M. Tronson, des béné-
» dictions que Dieu a données à la retraite
» de messieurs vos curés. Nous le prierons
» de les continuer dans les suivantes, et
» nous lui demanderons qu'il joigne aux
» rosées du ciel les bénédictions de la terre,
» autant qu'il est nécessaire pour l'ac-
» complissement de ses desseins : *Det vobis*
» *abundanter de rore cœli et de pinguedine*
» *terræ.* C'est le souhait ardent de celui
» qui est tout à vous. »

Cependant, l'opposition de M. de Béthune à laisser commencer les bâtimens,
et la crainte d'être écrasé sous les ruines
de ceux qu'on habitoit, firent prendre à
M. Tronson la résolution d'acheter incessamment la maison du doyenné pour y
transférer le séminaire. Car le prélat étoit
si fortement prononcé, qu'on croyoit inutile d'essayer de le faire changer de réso-

XXI.
La paix est
conclue en-
tre l'évêque
et le chapi-
tre du Puy.

lution. « Il faut, disoit M. Tronson, s'a-
» dresser plutôt à celui qui a les cœurs
» entre ses mains. Si Mgr l'évêque prend
» d'autres vues, on pourra bien dire:
» *Hæc mutatio dexteræ Excelsi.* » Quoique des personnes très-puissantes, et surtout la duchesse d'Uzès, eussent fait
toutes sortes de propositions au prélat,
elles n'avoient pu rien gagner sur son esprit. M. Tronson n'attendoit plus ce changement que de la très-sainte Vierge, et
engageoit les directeurs du séminaire du
Puy à avoir recours à elle pour l'obtenir.
« C'est un séminaire, écrivoit-il, dédié
» particulièrement à la très-sainte Vierge,
» et qui est sous sa protection. Si elle
» change l'esprit du prélat, et qu'il vous
» laisse bâtir, ce sera un coup de grâce.
» Il faut tout attendre de la bonté d'une
» si bonne mère. » Le 17 janvier, croyant
qu'il ne pouvoit laisser plus long-temps
les directeurs exposés au péril d'être
écrasés sous les ruines de leurs masures, il
leur écrivit de nouveau d'acheter le doyenné. Mais déjà celle qu'on ne cessoit d'invoquer avoit aplani tous les obstacles. Car
la veille, le 16 janvier 1686, l'accord
avoit été conclu entre M. de Béthune et

son chapitre., en vingt-trois articles signés de part et d'autres , dont le vingtième faisoit disparoître toutes les oppositions à la construction des bâtimens si long-temps désirés.

La joie du peuple, à la nouvelle de ce concordat, éclata d'une manière si vive, qu'on joignit une réjouissance publique aux actions de grâces qu'on en rendit à Dieu. M. de Lantages ne savoit comment témoigner sa reconnoissance à la très-sainte Vierge ; et il s'empressa d'écrire à ses amis pour les prier de l'aider à la remercier. « La bonté que Dieu vous donne » pour ce petit séminaire de la très-sainte » Vierge , écrivoit-il à la duchesse d'Uzès , » fera que vous serez bien aise d'apprendre » dre que monseigneur notre prélat et son » chapitre, se sont accommodés entièrement » ment sur tous leurs différends ; et tout » cela est si réel et effectif, que nous travaillons » vaillons actuellement en diligence à la » démolition de la vieille église de Saint- » Agrève , dont la place et les matériaux » sont destinés à nous bâtir. Je vous supplie » plie très-humblement , madame , de » nous aider à en remercier la divine Providence. » vidence. Si nous sommes reconnoissans

» envers la bonté de Dieu, de ce commen-
» cement de miséricorde, j'espère qu'il
» nous la fera entière. »

M. de Lantages, malgré la sage lenteur qu'il savoit mettre dans les affaires, fit voir qu'il étoit en état de les pousser vigoureusement. Par sa grande activité, toutes choses furent prêtes pour poser la première pierre au commencement de septembre 1686. Il assigna, pour faire cette cérémonie, un jour de l'octave de la Nativité de la très-sainte Vierge, qui fut le 9 de ce mois, et pria M. de Béthune d'y présider. Pendant que le prélat posoit la première pierre, M. de Lantages, par humilité, se tenant un peu retiré à l'écart, répandoit son cœur en actions de grâces. Mais l'évêque ne le voyant pas auprès de lui, le chercha des yeux, et le fit approcher, pour le garder, par honneur, à côté de sa personne. Le serviteur de Dieu, qui fuyoit ainsi l'éclat, mit cependant de la pompe et une certaine magnificence dans cette cérémonie. Il voulut faire par là une sorte de triomphe à la très-sainte Vierge, à la protection de laquelle il rapportoit le bon succès de cette œuvre; et il fit élever sa statue sur la porte principale, afin de

faire connoître à tout le monde la fonda-
trice et la reine de cet établissement.
Lorsqu'on commença à bâtir le séminaire,
M. de Lantages n'avoit encore entre les
mains qu'une somme de quatre mille livres, provenant des libéralités de M. de
Bretonvilliers. Mais sa parfaite confiance
en la très-sainte Vierge lui fit toujours espérer fermement que cette puissante pro-
tectrice viendroit à son secours. Il ne fut
pas trompé dans son attente : car à Paris,
dès qu'on eut connoissance de l'accord
fait entre M. de Béthune et son chapitre,
plusieurs des amis de M. de Lantages,
dans la vue de l'obliger, déposèrent entre
les mains de M. Tronson des sommes considérables, pour être employées à la bonne
œuvre. Au Puy, plusieurs personnes se
piquèrent d'une égale générosité; et tous
ces bienfaiteurs mirent la condition que
leurs dons reviendroient à Saint-Sulpice,
en cas que le séminaire du Puy fût
ôté à cette compagnie. Par le moyen de
ces secours, quoique ni l'évêché, ni le
chapitre, ni la ville, ne contribuassent en
rien aux frais de l'édifice, M. de Lantages
bâtit presque tout le séminaire sans faire
jamais aucun emprunt. Dieu suscita tou-

jours, pour l'aider, plusieurs personnes riches, à qui il inspiroit de contribuer à cette
bonne œuvre, à mesure qu'on avoit besoin
de leurs charités; et ces dons arrivoient en
effet si à propos, qu'on ne discontinua
point de bâtir. M. Bayle, l'un des directeurs, avoit été chargé par M. de Lantages de conduire les travaux. Le zèle qu'il
fit paroître pendant tout le temps qu'ils
durèrent, et les libéralités dont il l'accompagna constamment, le font vivre encore
dans la mémoire des ecclésiastiques du
Puy. « On ne peut assez reconnoître les
» soins que vous avez pris pour le bâti-
» ment, que nous devons regarder comme
» votre ouvrage, lui écrivoit M. Tronson.
» Je vois, par la lettre que vous avez
» écrite à M. Bourbon, que votre bâtiment
» s'avance. C'est un effet de vos libérali-
» tés, de votre vigilance et de vos soins. »

M. de Lantages ne fit jamais paroître
moins d'empressement à procurer des
fonds au séminaire, que dans cette circonstance. Au plus fort des travaux, et
lorsqu'il se trouvoit presque sans argent,
une personne de qualité voulant donner
une somme assez considérable pour être
employée au bâtiment, il fit difficulté de

l'accepter toute entière , et il engagea
cette personne à en donner un quart à
une autre communauté de la ville , quoiqu'elle n'y fût tenue par aucun titre; ce
qu'elle fit cependant par obéissance. Plus
le saint prêtre mettoit sa confiance en
Dieu , plus aussi Dieu se montroit attentif
à l'assister en toutes rencontres. On vit
les soins de cette paternelle providence
dans un événement assez remarquable par
sa singularité, pour trouver place dans
cette Vie. Le bâtiment du séminaire étant
presque entièrement achevé, M. de Lantages fut fort en peine de trouver dans le
pays des quartiers de pierre assez grands
pour les marches de l'escalier dont les
murs étoient déjà construits. Sur ces entrefaites, M. d'Urfé, doyen de la cathédrale , eut la pensée de faire chercher une
source d'eau , et fit creuser à une grande
profondeur dans ses terres, derrière la
maison du doyenné. Mais , au grand étonnement de tout le monde, au lieu de
l'eau qu'il cherchoit, il trouva des quartiers de pierre, tous de la longueur et de
la largeur qu'il les falloit pour l'escalier.
Il fut ravi de faire un tel présent à M. de
Lantages ; et ce dernier le fut encore plus

de cette attention de la divine Providence envers lui ; car il tenoit la chose pour surnaturelle, surtout en considérant que le nombre des degrés se trouva si juste pour achever entièrement l'escalier, que, s'il eût fallu un seul quartier de pierre de plus, on n'auroit pas su où le prendre.

Lorsque le nouveau séminaire étoit sur le point d'être achevé, et qu'on attendoit le retour du printemps pour y mettre la toiture, la Providence permit que le feu prît à l'ancien. On ne sait d'autre circonstance de cet incendie, sinon que personne n'y périt ; mais la maison étant si vieille, et toute étayée depuis trente-six ans, on doit présumer qu'il fut considérable. Nous pouvons le conclure d'une lettre de M. Tronson, dans laquelle il engageoit M. de Lantages et les siens à se prémunir contre les incommodités du froid, qu'ils ressentirent plus vivement à la suite de l'incendie. « Nous ne manquèrons pas » de remercier Dieu, lui dit-il, de ce que » *non estis consumpli, et in medio ignis non* » *estis æstuati.* Mais je crains que le froid » auquel cet incendie vous a exposé, ne » vous ait causé quelque incommodité, » qui, jointe au Carême, pourroit avoir

» des suites fâcheuses. Vous ne devez rien
» négliger pour les prévenir ; car votre
» santé est encore nécessaire à la maison ,
» et vous la devez ménager. » Dès que
l'hiver fut passé, M. Bayle posa la toiture
du nouveau bâtiment, et fit travailler avec
tant d'activité à mettre en état l'intérieur,
qu'on l'habita au commencement des
exercices de l'année 1692. « Je ne m'é-
» tonne pas, lui écrivoit M. Tronson, qu'il
» vous reste peu de fonds ; mais je m'é-
» tonne de ce que vous en ayez eu assez
» pour avancer si fort cet ouvrage, que
» je regarde comme l'ouvrage de votre
» zèle et de votre charité. J'espère que
» Notre-Seigneur vous en récompensera ,
» et vous donnera bonne part à tous les
» biens qui se feront dans cette maison.
» C'est à lui à soutenir cet établissement,
» qui n'a été entrepris que pour sa gloire ,
» et sous les auspices de sa très-sainte
» Mère ; et à défendre ceux que l'on ne
» persécuteroit que parce qu'ils travaillent
» avec désintéressement à une œuvre si
» sainte. »

Afin de ne pas interrompre ce que nous
avions à dire touchant la construction du
bâtiment, nous avons différé jusqu'ici de

XXIII.
Nouveaux
éclats de

faire connoître les nouvelles persécutions qui vinrent fondre sur le séminaire, et dont veut parler M. Tronson. Le calme que procura le concordat du chapitre et de l'évêque du Puy ne fut pas de longue durée pour M. de Lantages; et il sembla que Dieu n'avoit opéré la réunion des esprits, que pour donner à son serviteur la facilité de lever tous les obstacles qui, depuis si long-temps, avoient retardé la construction du séminaire. Car, un an après l'accord dont nous avons parlé, la tempête se forma de nouveau contre M. de Lantages, et se déchargea sur lui avec plus de violence que jamais. Une dame de qualité, qui faisoit beaucoup parler d'elle au Puy, fut obligée, par une lettre de cachet, de sortir incontinent de la province. Cette dame, extrêmement irritée de voir son nom flétri par suite de cette mesure rigoureuse, sut inspirer les mêmes sentimens d'indignation à M. de Béthune. Celui-ci jugea que le coup ne pouvoit venir que d'une autre dame très-puissante à la cour, la duchesse d'Uzès; et, comme la duchesse étoit sous la direction de M. de Lantages, le prélat fit tomber sur le serviteur de Dieu tout le poids de son

ressentiment, le regardant comme l'agent
principal qui avoit sollicité cet ordre de
la puissance royale. M. de Lantages étoit
cependant si éloigné d'y avoir pris la
moindre part, que, dès que l'évêque lui
eut fait connoître son mécontentement,
il ne lui vint pas même à la pensée que ses
rapports avec la duchesse d'Uzès pussent
en être la cause. Après avoir examiné devant Dieu sa conduite, ne trouvant rien
qui eût pu indisposer ainsi le prélat contre
lui, il écrivit à M. Tronson, afin que ce
dernier l'aidât à porter, comme avoient
fait les saints, la nouvelle croix que la
Providence lui envoyoit. « Il est fâcheux,
» lui répondit M. Tronson, que le prélat ait
» du chagrin, et qu'il vous regarde comme
» en étant les auteurs. Mais, puisque
» vous n'en sauriez découvrir le sujet, ni
» par conséquent y remédier, vous ne
» pouvez qu'attendre en paix et en silence
» ce que la Providence en ordonnera, et
» ce que Dieu demandera de vous, lors-
» qu'il permettra que ce mystère se déve-
» loppe. »

Le mystère ne tarda pas cependant à
être connu, et même à se répandre dans
le public. Alors, par le mouvement d'un

zèle qui n'étoit point réglé par la prudence, la duchesse, soupçonnée d'avoir
provoqué la sentence, apprenant les discours qu'on tenoit sur son compte, vint
hardiment trouver l'évêque pour se justifier, et lui déclara qu'après tout, elle n'a-
voit point agi en cela sans conseil. Ce mot
acheva de perdre M. de Lantages, et ne
laissa plus de doute dans l'esprit du prélat, que ce conseil n'eût été provoqué par
le serviteur de Dieu. Un ecclésiastique,
des amis du saint prêtre, ayant entendu
ce colloque, et craignant que l'impression
qu'il produiroit sur le cœur de l'évêque
n'attirât quelque grande croix à M. de
Lantages, alla sur-le-champ rapporter à
celui-ci ce qui venoit d'arriver, et lui
représenta avec émotion le tort qu'il s'é-
toit fait à lui-même de donner un tel conseil. L'homme de Dieu, sans paroître
ému à ce récit, répondit avec sa tranquillité accoutumée: « Non, je n'ai point
» donné ce conseil, et j'ai bien garde d'en
» donner de semblables. » Il faut donc,
repartit cet ecclésiastique, que vous alliez
incontinent vous justifier, sans quoi le
mal ne fera que s'aigrir davantage, et assurément vous en souffrirez beaucoup.

« Je le vois bien, lui dit le saint prêtre
» avec un grand air de douceur et de paix ;
» mais je laisse à Dieu de me justifier. Ma
» personne, ma vie, mon bonheur, ma
» réputation, tout est entre ses mains ; il
» en disposera selon qu'il lui plaira : »
et après qu'il eut dit ces paroles, il se mit
à parler de toute autre chose, avec autant
de calme qu'auparavant. Il fut néanmoins
regardé comme l'auteur de tout le mal,
et traité avec plus de rigueur encore que
ne l'avoit été la personne au sujet de laquelle on excitoit cette tempête contre
lui. Car on lui fit connoître que, pour se
conformer aux désirs de l'évêque, il devoit s'abstenir désormais de confesser à
l'église de Saint-Georges, et que même il
feroit fort bien de demeurer renfermé
dans sa chambre. On engagea aussi les
autres directeurs à se borner aux fonctions
du dedans. On en usa de même à l'égard
du curé, M. de Fons, qui avoit travaillé
dans la paroisse de Saint-Georges, avec
un zèle et un désintéressement si apostoliques, que, plus d'un siècle après, sa
mémoire y étoit encore en bénédiction.
On obligea M. de Lantages de faire transférer dans un autre séminaire ce saint

prêtre, l'ami le plus tendre qu'il eût au
monde; et on donna la cure à un ecclésiastique qui n'étoit pas de la compagnie
de Saint-Sulpice, M. Giraud, ancien curé
de Saint-Agrève, que M. Tronson nomma
pour le bien de la paix. A cause de M de
Lantages, on interdit de la confession deux
autres ecclésiastiques des plus vertueux du
diocèse; et le serviteur de Dieu fut aussi
obligé de renvoyer le vicaire de Saint-
Georges, qui ne méritoit pas assurément
cette disgrâce. « Il seroit fâcheux, écri-
» voit M. Tronson, de perdre votre vi-
» caire; mais il vaudroit encore mieux le
» perdre, que de vous faire, pour ce sujet,
» de nouvelles affaires avec votre prélat. »
M. Bayle eut aussi sa part de cette bour-
rasque, malgré son zèle et ses abondantes
charités pour la construction du séminaire. « Nous sommes bien reconnoissans
» de tout ce que vous faites, et avec un si
» bon cœur, pour la perfection de cet ou-
» vrage, lui écrivoit M. Tronson, afin de
» le consoler. Nous savons que le pays
» produit toujours beaucoup de croix.
» J'espère que Notre-Seigneur, pour vous
» récompenser dès ce monde de votre
» charité, vous en fera faire un bon usage,

» et qu'elles ne serviront qu'à augmenter
» votre zèle pour son service. » Enfin,
pour n'épargner aucun de ceux qui approchoient M. de Lantages, on obligea
les séminaristes du diocèse d'aller faire
leur séminaire ailleurs ; ce qui fut si sévèrement exécuté, qu'il n'en resta plus
que trois, venus probablement de diocèses
étrangers.

Lorsque M. Tronson eut appris la dé-
sertion du séminaire par la retraite des
séminaristes, il chargea M. Leschassier
d'écrire de sa part aux directeurs du Puy,
étant alors trop incommodé pour le faire
lui-même, et lui remit un projet de lettre
en ces termes : « En quelque disposition
» que soit le prélat, il faut toujours que
» nos messieurs aillent leur train sans se
» plaindre. Quand ils n'auroient que trois
» séminaristes, il ne faut point qu'ils se
» relâchent de leur exactitude et de leur
» ferveur. La croix qu'on leur impose at-
» tirera bénédiction sur les autres, s'ils
» la portent en silence et en paix. Ils en
» auront moins de travail, et n'en auront
» pas moins de mérite devant Dieu. Il faut
» tâcher de mériter, par cette voie, que
» Dieu apaise la tempête. »

XXIV.
Résignation
de M. de
Lantages du-
rant ces
épreuves.

Ces sentimens furent la règle invariable de M. de Lantages, et sa vertu ne
brilla jamais d'un plus grand éclat qu'au
milieu de ces tribulations. Il les supporta
constamment avec un patience héroïque,
et sans même rien perdre de sa gaieté accoutumée. Quoiqu'il n'eût plus que trois
séminaristes, il continua tous les exercices de la communauté avec la même exactitude et la même fidélité qu'auparavant;
et quand on lui demandoit pourquoi il les
pratiquoit toujours pour si peu de monde.
« Dans ma pauvreté, répondoit-il agréa-
» blement, je suis empressé comme une
» poule qui n'a plus que trois poussins. »
Lorsque l'orage étoit le plus soulevé contre lui, une personne lui ayant demandé
ce qu'il disoit à Dieu dans ces occasions si
dures à la nature, il lui répondit : « Je
» m'élève en esprit à Dieu, lui disant:
« *Mon Dieu, je vous dis sur cela ce que le*
» *cœur de Jésus-Christ et celui de sa sainte*
» *Mère vous disent.* » Il ajouta: « Ce sont
» eux qui savent dire à Dieu ce qu'il faut;
» et puis, je dis encore : *Dieu soit béni.*»
Il pria cette personne de répéter pour lui
ces paroles, et avec plus de ferveur qu'il
ne le faisoit lui-même, l'assurant que ces
tribulations dissipoient son esprit.

Il fut aussi très-sensible à l'éloignement de M. de Fons, l'un des directeurs, qu'on fit partir du Puy à cause de lui; mais, dans cette privation, il surmonta encore la nature avec tant de courage, qu'il n'en parut rien au dehors. Une personne qui savoit combien le serviteur de Dieu chérissoit cet aimable confrère, lui demanda si son éloignement ne l'avoit point affligé. « Hé! pourquoi? lui répondit » M. de Lantages; nous ne nous aimons » qu'en Dieu et pour Dieu; que nous importe, d'être loin ou proche, pourvu que » nous accomplissions sa très-sainte vo- » lonté? Nous savons que nous nous » trouverons à la fin, dans notre grand » rendez-vous, pour une éternité entière; » n'en est-ce pas assez? ». Puis il ajouta, en s'adressant à cette personne: « J'ai » beaucoup de charité pour vous; mais, » si Dieu vous vouloit à cent lieues d'ici, je » serois le premier à hâter tout à l'heure » votre voyage pour vous faire obéir. »

Quoique l'opposition qu'on témoignoit au serviteur de Dieu fût toujours la même, son inaltérable patience ne se démentit jamais. La vue qu'il avoit de son néant, et le désir de satisfaire à la justice divine,

XXV.
Sa conduite à l'égard de ceux qui le persécutent.

lui faisoient recevoir en esprit de pénitence les froideurs, les rebuts, et les
mépris des personnes d'autorité de qui il
dépendoit. Pendant les six années qu'il
eut à porter cette disgrâce, il ne cessa de
leur rendre toutes sortes de devoirs comme
auparavant. Il abordoit M. de Béthune
avec beaucoup de respect et d'humilité,
et lui parloit avec des paroles si tendres,
qu'on eût dit que c'étoit un enfant qui
s'adressoit à son père. Il observoit, et faisoit observer très-exactement par ses inférieurs, les ordonnances de ce prélat; et il
étoit si attentif à lui faire rendre toute
sorte d'honneurs, que, de tous les ecclésiastiques du diocèse, il passoit justement
pour celui qui respectoit le mieux son
évêque. Un jour, une dame de qualité
parlant à ce prélat d'un ton de voix un peu
élevé, lorsque l'évêque se fut retiré, le
serviteur de Dieu ne manqua pas de faire
la correction à cette dame, en lui disant
que cette façon de parler étoit tout-à-fait
contraire au respect qu'elle devoit à une
personne qui lui tenoit la place de Jésus-
Christ. Il ne pouvoit souffrir les moindres
murmures au sujet de la conduite qu'on
tenoit à son égard; et il étoit lui-même

très-exact à garder là-dessus un profond
silence. Sa Vie nous offre plusieurs traits
admirables de sa délicatesse en ce point.
Une personne de grande autorité ayant
éloigné un séminariste des saints ordres,
pour des raisons de politique, et l'ayant
privé par là d'un bénéfice considérable,
la famille du jeune homme fut extrêmement mortifiée de cette disgrâce, ainsi
que M. de Lantages, qui avoit toujours
été parfaitement content du sujet. Alors
un homme de qualité de la ville du Puy,
indigné de l'injustice dont on usoit à l'é-
gard du séminariste, vint trouver la personne qui en étoit l'auteur, et lui en fit
de vives plaintes; mais, ce que l'on aura
de la peine à croire, la personne dont
nous parlons rejeta l'odieux de cette conduite sur le saint prêtre, qui étoit présent,
et dit, en le montrant de la main : « Cela
» est vrai; prenez-vous-en à mon père que
» voilà. » Extrêmement surpris d'un reproche qu'il méritoit si peu, M. de Lantages fut cependant assez maître de lui-
même pour ne point laisser échapper une
seule parole, et essuya, sans se plaindre,
la honte de cette calomnie, quelques reproches qu'elle lui attirât des principaux

de la ville. Car ceux-ci, prenant son silence pour un aveu, blâmèrent hautement sa conduite et le séminaire. Un des
directeurs s'étant plaint à M. Tronson des
bruits que l'on faisoit courir à cet égard
sur leur compte : « La calomnie que l'on
» publie se dissipera assez d'elle-même,
» lui répondit ce dernier ; et vous êtes
» tous assez connus dans le pays, pour
» n'y être pas regardés comme des gens
» qui, pour avoir des bénéfices, écartent
» des ordres ceux qui les possèdent. » Un
jour que le gouverneur de la province de
Languedoc étoit arrivé au Puy, M. de Lantages lui ayant été rendre visite, le gouverneur le pria de se trouver le lendemain
à sept heures du matin, à son hôtel pour
le confesser. Le saint prêtre ne manqua
pas de s'y rendre ; mais, pour le mortifier, en lui ôtant cette occasion de parler
seul avec le gouverneur, qui tenoit la
place du Roi dans la province, un quart
d'heure avant le temps marqué, une personne d'autorité envoya un religieux qui
confessa le gouverneur. M. de Lantages,
ignorant cette intrigue, trouva à la porte
de la chambre la personne qui avoit envoyé le religieux ; et celle-ci, passant et

repassant devant lui, disoit tout haut :
« M. le gouverneur est occupé, il se con-
» fesse. » Le serviteur de Dieu, durant ce
temps, se tenoit à côté de la porte, recueilli en Dieu, et sans changer de contenance, jusqu'à ce que ce bon religieux
étant sorti, il entra. Alors le gouverneur,
comprenant d'où étoit parti le coup, dit
à M. de Lantages, que pour ne pas contredire cette personne d'autorité, il n'a-
voit pas voulu déjouer ce manége; après
quoi il l'assura de son estime, lui promit
sa protection pour le séminaire, et plein
de vénération pour ce saint homme, il le
quitta en se recommandant instamment à
ses prières.

M. de Lantages aima toujours sincèrement les personnes qui mirent sa patience
à l'épreuve; et quoiqu'il ne fût point payé
de retour, il en usoit avec elles d'une manière si ouverte, qu'on eût dit, à le voir,
qu'il traitoit avec ses plus familiers amis.
« Jésus notre divin maître, disoit-il, veut
» que nous apprenions de lui à être doux;
» que nous soyons comme de petits enfans
» et des agneaux, c'est-à-dire, les images
» de sa douceur, aussi bien que de sa pu-
» reté. » M. Guyton, son successeur dans

XXVI.
Comment il
se surmon-
toit lui-
même dans
les affronts.

16*

la supériorité du séminaire du Puy, a
rendu ce témoignage à la conduite du serviteur de Dieu, durant cette disgrâce.
« Il avoit une douceur et une patience
» incomparables. Il fut fort maltraité, et
» en grande compagnie, par une personne
» de condition. Ces mauvais traitemens
» ont été fréquens, sans que jamais il ait
» paru s'en ressentir tant soit peu. C'étoit
» un vrai agneau. Ceux qui étoient té-
» moins de cette patience, étoient saisis
» d'admiration, et ne pouvoient se lasser
» de parler d'une modération si grande. »
Ce n'étoit pas néanmoins sans se faire à
lui-même une grande violence, que M. de
Lantages pratiquoit ainsi la patience et la
douceur, étant d'un naturel très-sensible.
Aussi disoit-il quelquefois en confiance à
ceux qui connoissoient sa position : « Cette
» personne nous fait faire un peu de pé-
» nitence. » Mais, comme il ne paroissoit
rien au dehors des peines que le serviteur
de Dieu éprouvoit au-dedans, et qu'il se
montroit toujours également content et
satisfait, on lui demanda un jour, si, dans
son intérieur, il n'avoit point d'émotion
contre celui qui lui donner à portoit toutes ses croix. Il se mit alors à sourire

avec une douceur angélique; et parce
que la vertu qui fait pardonner les offenses
n'empêche pas de les sentir, il dit ces paroles: « Si j'avois un sermon à faire sur
» celle matière, je serois bien éloquent;
» mais il ne faut pas dire un mot. » Un
des directeurs du séminaire, qui le voyoit
de près dans le détail de sa conduite, a
écrit de lui : « On l'a ouï gémir dans les
» sujets d'humiliation dont il n'a pas
» manqué: il paroissoit qu'il ressentoit
» vivement le coup; mais aussitôt il se
» mettoit à dire quelque plaisanterie; il y
» ajoutoit un petit mot de Dieu, et demeu-
» roit en paix, parlant toujours en bonne
» part de ceux qui lui donnoient lieu de
» se plaindre. » Si on empoisonnoit ses
actions les plus saintes, ou qu'on vînt lui
répéter quelque calomnie qu'on faisoit
contre lui; au lieu de se justifier, ou d'accuser ses calomniateurs, il se contentoit
de dire à ceux qui lui faisoient ces rapports : « Je ne veux de réputation qu'au-
» tant qu'il m'est nécessaire pour rendre
» à Dieu les services qu'il exige de moi.
» Je suis persuadé qu'il m'en conservera
» autant qu'il m'en faut pour cela; et, si
» la Providence permet qu'elle me soit

» entièrement ôtée, ce sera une marque
» qu'il ne veut plus de mes services, et
» alors je demeurerai en paix. » Il disoit
ces paroles d'un air paisible et joyeux,
qui étoit une preuve parlante de sa confiance en Dieu et de son parfait désintéressement. Il faut attribuer l'empire
qu'il avoit sur tous les mouvemens de son
cœur, à l'exercice continuel de la sainte
présence de Dieu qui lui étoit habituelle,
et à ses fréquens retours vers Dieu; car il
avoit la pratique de ne rien faire d'un peu
considérable, sans se mettre auparavant
à genoux pour invoquer Notre-Seigneur
et sa très-sainte Mère.

XXVII.
Respect des
peuples pour
le serviteur
de Dieu per-
sécuté.

Malgré tout ce qu'on put répandre d'o-
dieux contre le saint prêtre, l'estime qu'on
avoit de sa personne n'éprouva aucune
diminution. Partout on le regardoit comme
un saint, et ses disgrâces sembloient donner à sa vertu un caractère plus touchant
et augmenter l'affection des peuples. Cette
estime, qui eût pu être pour d'autres une
sorte de consolation, lui étoit un sujet de
peine plus sensible que les mépris dont on
payoit ses services. Un jour ayant reçu
des marques extraordinaires de respect :
« On ne me connoît pas, dit-il, on me

» croit tout autre que je ne suis; » et en
disant ces paroles, il étoit touché jusques
aux larmes. Il étoit cependant difficile
que les peuples en agissent autrement à
son égard, puisque les miracles qu'il opéroit de temps en temps, justifioient et
devoient augmenter de plus en plus la vénération publique pour sa personne. Aussi,
dans les courses qu'il continua toujours
de faire pendant ses vacances, s'empres-
soit-on d'avoir quelque chose qui lui eût
appartenu, pour s'en servir contre les
maladies. Dans ce dessein, une pauvre
femme ayant ramassé de ses cheveux lorsqu'on le rasoit, éprouva la vertu de cette
relique en diverses rencontres. Comme il
lui survint un ulcère très-envenimé, qui
la tenoit courbée, et lui causoit de vives
douleurs, elle eut la pensée de faire une
neuvaine dans sa chambre, où son mal
l'obligeoit de rester. En récitant tous les
jours les prières de sa neuvaine, elle
tenoit les cheveux de M. de Lantages appliqués sur sa plaie, invoquant avec ferveur le serviteur de Dieu; et le neuvième
jour son ulcère se trouva miraculeusement
guéri.

Durant presque tout le temps de la dis-	XXVIII.
							L'Instruc-

tion partage la disgrâce du séminaire. grâce de M. de Lantages, la correspondance de M. Tronson avec le séminaire du Puy fut interrompue, ou peut-être ne jugea-t-on pas convenable d'insérer dans les registres rien de ce qui intéressoit la personne offensée. Une lettre de M. Tronson au doyen du Puy nous montre jusqu'à quel point l'esprit du prélat étoit aigri : « Dans l'état où sont les affaires, lui di » soit-il, le remède est difficile; et à moins » que Dieu ne s'en mêle bien particuliè- » rement, il n'y a guère d'espérance que » les hommes y réussissent. Il ne faut pas » épargner les prières. Quand les choses » sont désespérées, c'est le temps où » Dieu fait souvent ses meilleurs coups. »

Mais les momens de Dieu étoient encore éloignés, et au lieu de se dissiper, l'orage ne fit que se grossir davantage. Les *demoiselles de l'Instruction*, à l'établissement desquelles M. de Béthune avoit pris autrefois tant de part, furent aussi enveloppées dans la disgrâce de M. de Lantages. Leur société étant l'ouvrage du séminaire, devoit naturellement en partager le sort, aussi bien que la confrérie des demoiselles de l'Enfant-Jésus, auxquelles on fit défense expresse d'enseigner les en-

fans. Les *demoiselles de l'Instruction* ne
furent pas traitées d'abord avec autant de
rigueur; mais elles ne cessèrent d'être
éprouvées à leur tour, tout le temps que
dura le ressentiment de M. de Béthune,
ou plutôt tant que ce prélat vécut. Après
avoir eu à essuyer toute sorte de mauvais
traitemens de la part de la dame dans la
maison de laquelle elles demeuroient, ces
demoiselles se virent obligées d'abandonner cette maison; et elles auroient été
sans aucun asile, si M. d'Urfé ne leur eût
offert le doyenné, qu'elles acceptèrent
avec l'agrément de M. Lantages. Alors,
pour se conformer aux désirs de M. de Béthune, M. de Lantages cessa de diriger
ces filles: « Le zèle du prélat pour cette
» congrégation parut s'affoiblir, dit l'au-
» teur de la *Vie* de M. Grosson; ces filles,
» sans être coupables, furent sévèrement
» punies, par la défense qui leur fut faite
» de se conduire par Messieurs du sémi-
» naire, et par l'ordre qu'elles reçurent de
» donner leur confiance à des religieux
» respectables qu'on leur indiqua. » Mais,
comme M. d'Urfé avoit aussi participé à
la disgrâce de M. de Lantages, à cause de
ses liaisons avec le séminaire, on crut

que ces demoiselles devoient sortir de la
maison du doyenné, pour ne pas provoquer davantage contre elles le ressentiment de l'évêque; ce qui eût pu causer la
ruine de leur congrégation. Toutefois,
on sembla s'être jeté, sans l'avoir prévu,
dans le péril qu'on vouloit éviter; car, en
quittant le doyenné, l'*Instruction* se trouva
sans aucun asile. M. de Lantages étoit
d'avis que chacune de ces demoiselles se
retirât chez ses parens; mais, comme elles
témoignoient beaucoup de répugnance à
prendre ce parti, il les divisa en deux
corps, pour les loger dans deux maisons
séparées et fort incommodes. Là elles eurent beaucoup à souffrir, étant réduites à
manquer des choses les plus nécessaires à
la vie; mais la bénédiction de Dieu les
suivit partout, et se manifesta même sur
elles plus sensiblement, à mesure que la
faveur des hommes les abandonna davantage. Durant ce temps, le serviteur de
Dieu ne négligea rien pour aider ces filles
à supporter leurs rudes épreuves. Au fort
de la tempête, il fut obligé d'interrompre
les assemblées de chaque mois, ainsi que
les retraites annuelles, quoique M. de
Béthune assurât souvent qu'il ne vouloit

point s'opposer à l'œuvre de Dieu. Lorsque les temps devinrent un peu plus favorables, M. de Lantages essaya de rétablir ces exercices, et donna la retraite dans chacune des deux maisons que l'*Instruction* occupoit. Néanmoins tout se fit secrètement, parce que l'évêque avoit témoigné qu'il n'agréoit pas les assemblées nombreuses. Peu après, M. de Béthune, par une résolution (1) bien contraire à tout ce qu'il avoit fait auparavant pour ces mêmes filles, leur fit par un huissier défense expresse d'enseigner les enfans.

Cependant le séminaire, toujours presque également dépourvu de séminaristes, ne laissoit pas de se maintenir dans une parfaite régularité sous la conduite de M. de Lantages. « C'est pour moi une » consolation fort grande, écrivoit M. Tronson à ce dernier, que nonobstant le pe- » tit nombre de vos séminaristes, les exer- » cices vont toujours leur train, et que les » règlemens sont aussi bien observés, que » si la maison étoit remplie. Souvent on se » relâche quand on n'a pas de monde; et

XXIX.
M. de Lantages compose ses *Instructions ecclésiastiques,*

(1) L'auteur de la *Vie* de M. Grosson en rapporte les motifs.

» il me semble que c'est une marque bien
» grande de la pureté d'intention de ceux
» qui travaillent, et de leur fidélité à
» Dieu, que de travailler toujours avec
» le même cœur. Qu'il soit béni à jamais
» de toutes les grâces qu'il vous fait sous
» les auspices de la très-sainte Vierge. »

M. de Lantages, destiné de Dieu à
travailler à sanctifier le prochain, trouva
dans cette croix qui le sanctifioit lui-
même, une nouvelle occasion de procurer
la sanctification des autres. Ce fut de
consacrer les loisirs de cette disgrâce à
écrire des ouvrages pour les ecclésiastiques. Il s'en ouvrit à M. Tronson, et lui
témoigna avec modestie qu'il emploieroit
son temps d'une manière plus avantageuse au clergé, si, au lieu de rédiger les
conférences du diocèse, il pouvoit continuer un ouvrage déjà commencé, et qu'il
publia dans la suite sous le nom d'*Instructions ecclésiastiques*. Pour ne laisser
point échapper une occasion si favorable,
de rendre profitable à l'Église la science
et les talens du serviteur de Dieu, M. Tronson lui écrivit de donner à un autre directeur le soin de composer les conférences
diocésaines. « Je crois que vous feriez très-

» bien de vous en décharger, lui disoit-il;
» votre temps seroit, à mon avis, plus utile-
» ment employé à des sujets d'oraison, et à
» l'ouvrage dont vous me parlez, et votre
» travail seroit d'un fruit plus étendu. »
Ce qu'il marque du talent de M. de Lantages à composer des sujets d'oraison, doit
être une preuve sans réplique de son mérite dans ce genre de travail. « Il y a
» long-temps, lui dit-il, que l'on souhaite
» que vous puissiez vous y appliquer. L'on
» est persuadé que vous avez pour cela un
» talent particulier, et que vous donnez
» un tour et un air de dévotion à vos sujets
» d'oraison, que l'on ne trouve pas dans
» les autres. Ce seroit un grand secours
» pour ceux qui viendront après nous, de
» trouver des matériaux tout préparés.
» Comme il pourra y avoir un jour des
» supérieurs ou directeurs qui n'auront
» pas peut-être une si grande facilité de
» parler, il seroit beaucoup à craindre
» que l'on se contentât dans la suite de lire
» des sujets d'oraison, si l'on n'avoit pas
» dans la maison des matières disposées
» de manière que ceux que l'on mettroit
» dans l'emploi s'en pussent servir aisé-
» ment. C'est ce qui a fait souhaiter à

» ceux qui voient par expérience com-
» bien il est avantageux de donner des
» sujets d'oraison de vive voix, d'en avoir
» ici pour toute l'année, et d'en avoir
» trois ou quatre cours : l'un sur les maxi-
» mes chrétiennes et les vérités de l'Évan-
» gile ; l'autre sur les vices et les vertus ;
» le troisième sur les matières ecclésias-
» tiques, et le quatrième sur toutes les
» actions de la vie. Ce seroit un ouvrage
» bien étendu ; mais je ne crois pas qu'on
» en pût faire de plus utile pour la mai-
» son. On y verroit le premier esprit du
» séminaire, et par ce moyen on le con-
» serveroit aisément, en observant tou-
» jours la même conduite, et en y ensei-
» gnant les mêmes maximes. Je prie
» Notre-Seigneur de vous en faire con-
» noître l'importance, et de vous donner
» attrait pour y contribuer de votre
» part. »

M. de Lantages entreprit donc ce travail, et chargea M. Le Feugueulx de continuer les conférences. Mais comme il
avoit beaucoup plus d'attrait pour ces
nouvelles occupations, il eut des regrets
continuels de s'être déchargé des conférences du diocèse, et d'avoir témoigné à

son supérieur le désir de s'occuper à d'autres travaux. La crainte de ne faire en cela que sa volonté propre, l'affligeoit sans cesse, et étoit pour lui un sujet de peine plus grand que n'auroit été la rédaction de ces conférences et de tout autre ouvrage entièrement contraire à son attrait. Une personne de confiance lui ayant un jour découvert quelque sujet qu'elle avoit de craindre la sévérité des jugemens de Dieu. « Et moi, lui dit M. de Lanta-
» ges, si je me laissois aller à mes pensées,
» je me désespèrerois en vue de mes in-
» fidélités. Hélas! ajouta-t-il, je ne fais
» rien purement pour Dieu; je me re-
» cherche partout, et ne fais que me con-
» tenter; je sais bien secouer le joug
» lorsque quelque chose me déplaît. »
Cette personne, extrêmement surprise de l'entendre parler de la sorte, le pria instamment de lui découvrir les infidélités qui l'allarmoient si fort; et à la fin M. de Lantages avoua que le désir d'achever ses *Instructions ecclésiastiques*, l'avoit porté à demander d'être déchargé des conférences, afin de donner plus de temps à l'autre ouvrage de son goût et de son choix. Mais la suite fit voir que ce changement

d'occupation, plus utile à la sanctification
du clergé, étoit très-agréable à Dieu,
dont il procura efficacement la gloire (1).
Par une conduite de la Providence qu'on
ne sauroit trop admirer, M. de Lantages
fit encore plus de bien dans sa retraite,
qu'il n'en eût fait au milieu de tous les
emplois du séminaire. Ses instructions,
au lieu de se terminer à ceux qui les auroient écoutées, lui ont survécu à lui-
même; et l'excellent ouvrage où elles sont
renfermées sera comme une voix élo-
quente qui apprendra à jamais à tous les
aspirans au sacerdoce les vertus qui peuvent les rendre dignes de ce sublime état.
Aussi M. Tronson, dès qu'il eut reçu,
d'après la règle dont nous avons parlé, les
premiers cahiers manuscrits des *Instructions ecclésiastiques*, s'empressa d'en-

(1) Il paroît que les sujets d'oraison sont
perdus aujourd'hui; au moins n'avons-nous encore rien pu recouvrer de ce travail. Nous possé-
dons les deux premiers volumes de ses *Instructions ecclésiastiques*, que M. de Lantages livra à
l'impression, et qui nous font justement regretter
les autres ouvrages de lui, que nous n'avons plus,
surtout le *Traité des vertus des prêtres* que la
mort ne lui permit pas d'achever, et qui devoit
servir de troisième volume aux *Instructions.*

courager M. de Lantages à poursuivre ce
travail. « Nous les avons reçus avec beau-
» coup de joie, lui écrivoit-il, et je crois
» que le temps que vous donnez à les ache-
» ver sera très-utilement employé pour
» l'Eglise. » Il lui mandoit une autre fois :
» Je souhaite que Dieu vous donne assez
» de force et de santé pour achever cet
» ouvrage ; car je ne crois pas que vous
» puissiez rien faire de plus utile pour le
» clergé. »

Un autre fruit de ce travail fut de faire
rentrer le saint prêtre dans les bonnes
grâces de l'évêque, ou au moins d'être
comme le gage de l'amitié que le prélat
parut lui rendre alors. M. de Béthune fut
sensible à l'honnêteté que lui fit M. de
Lantages, de lui soumettre son ouvrage
avant de le donner au public. Il le lut
avec satisfaction, désira qu'il fût imprimé ; et enfin, pour donner à ses ecclésiastiques une preuve authentique de la
justice qu'il rendoit au zèle du saint prêtre, il fit mettre à la tête des *Instructions
ecclésiastiques* un mandement adressé au
clergé du diocèse du Puy, où il s'exprimoit en ces termes : « Nous exhortons de
» tout notre cœur nos ecclésiastiques à la

XXX.
Change-
ment de
M. de Bé-
thune.

» lecture de cet ouvrage, qui leur doit être
» cher, puisqu'il est expressément fait
» pour eux, et tout destiné à leur utilité.
» S'ils le lisent d'un esprit docile, et avec
» un vrai désir d'y puiser de nouvelles lu-
» mières sur leurs obligations, et une nou-
» velle ardeur pour les remplir dignement,
» il y a sujet d'espérer qu'ils en tireront
» un fruit considérable. Nous nous-pro-
» mettons que, s'ils pratiquent comme ils
» doivent ce qu'ils y auront appris, l'édi-
» fication qu'ils donneront au peuple ré-
» tablira dans les esprits la vraie idée du
» saint clergé, et y fera renaître l'estime
» et la vénération que chacun doit à ce
» sacré corps, pour croître unanimement
» dans l'édification de celui de Jésus-
» Christ, avec lequel nous devons avoir
» tous un même esprit et une même
» vie. »

Les ecclésiastiques du diocèse du Puy,
qui durant la disgrâce de M. de Lantages
n'avoient cessé d'admirer sa patience et sa
résignation, éprouvèrent une joie extraordinaire en apprenant les dispositions de
M. de Béthune à son égard. La joie de
M. Tronson n'étoit pas moins légitime :
« Le changement des dispositions du pré-

» lat envers son séminaire, mandoit-il à
» M. de Lantages, m'a donné de la joie;
» il y a apparence que cela vous attirera
» plus d'ecclésiastiques , et que vous
» aurez plus de matière à exercer votre
» zèle. »

17

LIVRE SEPTIÈME.

Dernières années de M. de Lantages ; sa sainte
mort; nouveaux miracles qui le rendent célèbre.

———

I.
**Vieillesse
infirme de
M. de Lan-
tages.**

L'AGE et le travail, joints à de fréquentes
maladies, avoient considérablement affoibli la santé du serviteur de Dieu, naturellement délicate. Il fut encore éprouvé
dans sa vieillesse par diverses infirmités,
et surtout par une toux très-opiniâtre,
qui, pendant les dix ou douze dernières
années de sa vie, ne lui donnoit aucun
relâche. « Ma toux et moi sommes si bien
» ensemble, disoit-il avec un air aimable
» et joyeux, que nous ne nous quitterons
» qu'au tombeau. » Quoique cette toux
l'empêchât souvent de dormir la nuit, il
ne laissoit pas, étant plus que septuagé-

naire, de se lever avant la communauté,
d'arriver le premier à l'oraison, et de suivre tous les autres exercices de la journée.
Il en usoit de même dans ses autres infirmités, à moins qu'elles ne l'obligeassent
de garder le lit; et jamais, dans aucune
circonstance, on ne l'entendit se plaindre
ni du mal, ni des remèdes, ni du peu de
soin qu'on pouvoit mettre à le servir. Il
avoit une foiblesse d'estomac extraordinaire, dont il éprouvoit coustamment les
effets depuis l'âge de vingt-trois ans, à
cause des austérités qu'il pratiqua à cet
âge : cette infirmité le faisoit doublement
souffrir au temps du Carême, en le mettant presque toujours dans l'impuissance
de jeûner. Une année, ayant voulu se
roidir contre son mal, et jeûner le Carême entier, il tomba dans un tel état de
foiblesse, que tout le monde désespéra
entièrement de sa vie, et qu'on ne le regardoit plus que comme un moribond,
ou plutôt comme une victime de la pénitence.

Ne pouvant ordinairement jeûner durant ce temps, il tâchoit d'y suppléer le
reste de l'année en jeûnant le vendredi et
le samedi de chaque semaine, lorsque sa

II.

Pénitence et
travaux de
sa vieillesse.

santé le lui permettoit. Mais, pour prendre ses repas quand les autres pratiquoient
le jeûne, il étoit obligé de se faire à lui-
même de grandes violences, et il appeloit
cela *vivre à la huguenote.* Comme il s'en
plaignoit à M. Tronson, celui-ci répondit
agréablement : « Votre vie à la huguenote
» m'édifie, car je ne doute pas qu'elle ne
» soit l'effet d'une obéissance qui sera
» plus agréable à Dieu que ne seroit votre
» jeûne. » Malgré ses infirmités, il ne laissoit pas de mortifier son corps par de
rigoureuses disciplines, des ceintures de
fer et d'autres instrumens de pénitence,
qu'il tenoit cachés autant qu'il pouvoit.
Dans cette vue, il cessa de se donner la
discipline, de peur d'être entendu par
ceux qui logeoient auprès de lui, lorsque,
par la nécessité des circonstances, il fut
obligé d'habiter une chambre de l'ancien
bâtiment, dont les cloisons n'étoient formées que de planches. Alors, il se contenta de porter sur ses reins une ceinture
de fer armée de pointes très-aiguës, en se
plaignant néanmoins à Dieu de n'avoir
pas d'autres moyens de satisfaire à sa justice.

III.
Sa charité

Mais si les années avoient diminué les

forces du serviteur de Dieu, elles n'affoi- envers les pauvres.
blirent jamais son zèle ni sa charité pour
le prochain. Il avoit un cœur si compatissant aux misères d'autrui, qu'il ne pouvoit voir souffrir personne sans souffrir
lui-même, et qu'il étoit toujours dans
cette disposition de l'apôtre : *Quis infir-
matur, et ego non infirmor?* Afin d'être
plus en état de soulager les malheureux,
il ne prenoit de son revenu que la somme
absolument nécessaire pour sa subsistance
et celle de son domestique; tout le reste
il le distribuoit aux pauvres honteux. Il
leur donnoit même, dans de pressantes
nécessités, les choses qui lui étoient le
plus nécessaires. Ainsi pendant un hiver
très-rigoureux, on s'aperçut qu'il portoit
des souliers presque sans semelles, s'étant
privé, en faveur des pauvres, de ceux
qu'on lui avoit donnés pour son propre
usage, durant cette saison. Une autre
fois, qu'on lui avoit apporté une soutanelle neuve, il crut qu'un pauvre vieillard, à qui il faisoit donner à dîner tous
les samedis au séminaire, en l'honneur
de la très-sainte Vierge, auroit plus besoin
que lui de cet habit, pour se garantir du
froid. Il le conduisit secrètement dans sa

chambre, et lui donnant la soutanelle, il
l'engagea à la mettre par-dessous un vieux
vêtement gris, afin que de la sorte cette
charité demeurât inconnue. A quelque
temps de là, M. de Lantages ayant demandé
une autre soutanelle à la personne chargée de lui acheter ses habits ; celle-ci fort
surprise, voulut savoir ce qu'étoit devenue
la neuve. *Ne vous en mettez point en peine,*
lui répondit le saint prêtre, d'un ton grave
et sérieux, *faites seulement ce que je vous
dis.* Cette réponse, au lieu d'arrêter la
curiosité d'une femme, ne devoit servir
au contraire qu'à la rendre plus vive et
plus impatiente. A force de questions et
de recherches, la personne dont nous
parlons apprit enfin d'un des domestiques
du séminaire, que ce pauvre avoit paru
porter sous ses vêtemens quelque chose de
noir ; et s'étant aussitôt rendue chez le
pauvre, elle tira la vérité de sa bouche,
et lui fit raconter comment la chose s'étoit
passée. Mais ne pouvant souffrir que cet
homme portât un habit d'ecclésiastique,
elle reprit la soutanelle, après l'avoir
payée à ce pauvre, de l'argent de M. de
Lantages, et la rapporta au serviteur de
Dieu, en lui disant le prix qu'elle en avoit

donné. Celui-ci, croyant qu'on ne l'avoit
pas payée autant qu'elle valoit, augmenta
encore la somme donnée au pauvre; et par
une mortification plus admirable que sa
charité, il reprit pour son usage l'habit
que cet homme tout couvert de vermine
avoit ainsi dépouillé, et s'en servit depuis,
malgré sa répugnance naturelle pour tout
ce qui blessoit tant soit peu la propreté.
C'étoit dans ce même esprit de charité,
qu'il donnoit souvent à de pauvres prêtres
ses soutanes, ses chapeaux, ses collets,
ses chemises, ses habits, et généralement
tout ce qui étoit à son usage. Il quittoit
tout pour servir les moindres prêtres de
la campagne ; leur disoit toujours quelque
chose d'agréable pour les égayer, et supportoit leurs défauts avec une patience
qui trouve peu d'exemples. Un ecclésiastique lui ayant pris un volume de Bréviaire, M. de Lantages lui dit avec douceur : « Je crois, monsieur, que ce livre
» m'appartient, car voilà le second tome. »
C'est justement le tome qui me manquoit,
répondit l'autre; là-dessus il emporta le
livre, et ne le rendit plus. M. de Lantages, surpris de ce procédé, se mit à rire,
et il rioit toujours de très-bon cœur en ra-

contant cette aventure. Un jour qu'il n'a-
voit point d'argent sur lui, une pauvre
femme l'aborda dans une rue de la ville
du Puy, et lui exposa sa misère : l'homme
de Dieu ne pouvant se résoudre à la renvoyer sans lui rien donner, se souvint
qu'il avoit des lunettes dont la garniture
étoit d'argent. Alors les tirant de sa po-
che, il les remit à cette femme, et lui dit
de les aller vendre pour en garder le prix;
ce qu'elle fit aussitôt, en le comblant de
bénédictions.

IV.
Son amour
pour la pau-
vreté et la
vie cachée.

Cet amour pour les pauvres lui inspiroit un grand attrait pour la pauvreté. Il
se retrancha son domestique dans sa vieillesse, et se priva encore de plusieurs services que l'âge sembloit lui rendre indispensables. Quand les pauvres l'abordoient
pour lui demander l'aumône : « Hélas ! mes
» amis, leur disoit-il, je suis un pauvre
» comme vous. » Il prenoit plaisir à dire,
en mille occasions, qu'il ne possédoit
rien, pour faire concevoir de lui-même
une opinion peu avantageuse. Il le répétoit même si souvent, qu'une personne
de confiance se crut obligée de l'engager à
s'épargner cette confusion, en lui repré-
sentant qu'il y avoit très-peu de gens ca-

pables d'apprécier le motif de sa conduite,
et que, dans le rang qu'il occupoit, il
devoit éviter de s'attirer le mépris des
foibles. Ces actes d'humiliation étoient
d'autant plus méritoires au serviteur de
Dieu, qu'ayant le cœur naturellement
grand et généreux, la pauvreté et le mépris lui inspiroient ce sentiment d'horreur, dont il est difficile de se défendre à
ceux que la naissance semble avoir élevés
au-dessus du reste des hommes. Il ne disoit jamais rien de sa famille, ni d'aucun
de ses parens, parce qu'étant illustres
dans le monde, ils auroient pu lui donner
à lui-même quelque considération. Un de
ses amis a assuré que, durant quarante
ans, il ne l'entendit parler qu'une seule
fois de ses proches, et encore par un
motif de charité, et dans des termes humilians. Il avoit aussi la pratique de ne
point parler du tout de soi, hors des circonstances que nous avons remarquées.
« Notre vanité et la démangeaison de par-
» ler de nous-mêmes sont si grandes, di-
» soit-il, que nous aimons mieux en dire
» du mal, que de n'en rien dire. » Ce
désir de vivre ignoré, lui fit toujours considérer comme une très-pesante croix la

haute estime qu'on avoit de sa personne.
Dans ce même esprit, il refusa constamment de laisser peindre son portrait, quelques prières que les directeurs du séminaire lui en fissent, et malgré les adresses
et les ruses du peintre chargé de cette
commission. Pour surprendre son humilité par un pieux artifice, une personne
eut dessein de faire faire un tableau de la
très-sainte Vierge, et de mettre à ses
pieds M. de Lantages, persuadée qu'il ne
pourroit refuser d'être représenté dans un
sujet et une attitude si conformes aux inclinations de son cœur. Comme on lui eut
demandé son sentiment sur ce tableau, le
serviteur de Dieu, soupçonnant le piége
qu'on vouloit tendre à sa modestie, répondit avec un visage grave et sérieux :
« Vous pouvez faire peindre ce tableau ;
» mais ne pensez pas à m'y donner une
» place, car je n'ai jamais voulu souffrir
» par le passé de me laisser peindre, et je
» le souffrirai encore moins à présent. »
Alors, pour adoucir dans l'esprit de cette
personne ce que son refus pouvoit avoir
de plus mortifiant, il lui dit, en se servant
des paroles de saint Paulin à Sulpice-Sé-
vère : « Quel portrait voudriez-vous donc

» avoir de moi? ce n'est pas assurément
» celui de l'homme terrestre, mais bien
» celui de l'homme spirituel. Et celui-ci,
» oserois-je vous le donner ? Je rougirois
» de me peindre tel que je suis, et je n'ose
» me peindre tel que je ne suis pas.
» D'ailleurs, ajouta M. de Lantages,
» l'homme nouveau n'est point encore
» achevé; vous entendez bien que je
» veux dire, avec le Sage, qu'il ne
» faut pas louer l'homme avant sa mort. »

Le serviteur de Dieu avoit cru s'apercevoir, dans sa vieillesse, que le démon
tente d'amusement ou d'impatience les
personnes âgées, et fait tous ses efforts
pour les porter à l'un ou à l'autre. « Je
» l'ai remarqué pour moi-même, disoit-
» il, et je vois qu'il tâche ou de me faire
» perdre le temps, ou de m'exciter à
» l'impatience; et je m'en défie beaucoup.»
En effet, il veilloit continuellement sur
lui-même, pour ne perdre point la moindre partie de son temps, et pour se conserver toujours dans la paix, la douceur
et la patience. Il trouvoit une particulière
satisfaction à répéter souvent ces paroles
de saint Paul : *Dominus dirigat corda nos-
tra in charitate Dei, et patientia Christi;*

V.
Son admira-
ble pa-
tience.

et il étoit facile de remarquer les effets
qu'elles produisoient sur son cœur dans
tous les événemens. Lorsqu'on oublioit de
lui donner les choses dont il avoit besoin,
ou qu'il étoit obligé de les attendre plusieurs heures dans sa chambre, par la négligence des domestiques, il se contentoit
de dire : « Si ce n'étoit que je sers encore
» plus mal le bon Dieu, je me fâcherois
» contre eux. » On l'a fait quelquefois attendre long-temps à la porte du séminaire;
et quoiqu'il en fût souvent incommodé, à
cause de la foiblesse de son tempérament,
jamais on ne l'entendit proférer la moindre parole d'émotion. « Il y a si long-
» temps, disoit-il, que Dieu m'attend, et
» qu'il frappe à la porte de mon cœur,
» sans que je lui ouvre, que je mérite bien
» d'attendre un peu ici en esprit de péni-
» tence. » Quand il voyoit quelqu'un disposé à se troubler : « Ah, mon Dieu! di-
» soit-il, ne nous inquiétons de rien, et
» n'inquiétons jamais personne. » C'étoit
ce qu'il pratiquoit lui-même en toute occasion. Il eut à souffrir durant plusieurs
années les railleries et les mépris d'un des
domestiques du séminaire, jusque-là qu'il
disoit lui-même à ses plus familiers : « Ce

» bon homme abrégera mes jours. » Cependant, quoiqu'il pût le renvoyer d'un
seul mot, il voulut, à l'exemple de saint
Martin, dissimuler et se taire, pour ne
désobliger pas quelqu'un qui désiroit être
servi par ce domestique. Ce qui est plus
admirable encore, il le supportoit avec
beaucoup de charité, lui rendoit tous les
services possibles, parloit de lui en bonne
part, et ne vouloit point qu'on le blamât.
Lorsque l'on résistoit à sa volonté, il se
confondoit d'avoir résisté lui-même à
celle de Dieu. Si quelqu'un venoit à le
traiter avec mépris : « Je ne dois pas trou-
» ver cette conduite étrange, se disoit-il
» intérieurement, puisque moi misérable
» ai bien eu l'audace de mépriser mon
» Dieu. » On a écrit de lui, qu'on ne l'a
jamais vu parler avec émotion, sinon, à
l'exemple de Notre-Seigneur, contre ceux
qui profanoient le temple de Dieu, ou
lorsqu'il reprenoit les vices en chaire.
Hors de là, il ne respiroit que la douceur,
ayant pour maxime de ne s'offenser de
rien, et de n'offenser jamais personne.
Un domestique, qui l'avoit servi l'espace
de douze ans, dit un jour : « Mon maître
» est un vrai saint. Il fait bon le servir : en

» douze ans, je ne l'ai pas vu une seule
» fois chagrin, de mauvaise humeur, ou
» avoir la moindre impatience. Jamais il
» ne se fâche de rien, quoi que je lui
» fasse ; il est toujours dans la même éga-
» lité d'esprit, toujours en paix, toujours
» dans la modestie, seul aussi bien qu'en
» compagnie ; il me parle avec douceur ;
» il prend tout ce que je lui donne pour
» son usage, sans y trouver à redire. »
Quoique M. de Lantages sentît vivement
les offenses, il n'en laissoit jamais rien
paroître au dehors, ni dans ses paroles,
ni dans ses gestes, ni dans ses actions,
ayant acquis, par un travail opiniâtre et
par le secours de la grâce, un empire
absolu sur tous les mouvemens de la partie
inférieure de son ame. Un jour, une personne vint se plaindre à lui de quelqu'un
qui les avoit offensés l'un et l'autre ; et le
coupable étant entré dans le même moment, le serviteur de Dieu reçut ce dernier avec tant de bienveillance et de cordialité, que l'autre personne en demeura
toute étonnée, ne sachant à quoi attribuer une telle réception. Mais elle com-
prit bientôt que M. de Lantages en avoit
usé de la sorte, pour lui donner à elle-

même l'exemple de la conduite qu'elle devoit tenir en cette rencontre. Une occasion où M. de Lantages faisoit paroître sa
patience, étoit quand on le pressoit trop
pour prendre quelque chose qu'il ne
croyoit pas devoir accepter. Après avoir
dit deux ou trois fois : « Je vous en suis
» reconnoissant; je n'en ai nullement be-
» soin; » si on continuoit à le presser, il
répondoit d'un ton plein de fermeté et de
douceur : « Je ne veux rien prendre, mais
» priez Dieu qu'il me prenne; » et répétoit
la même chose autant de fois qu'on le
pressoit, sans donner pour cela aucun signe d'impatience. Enfin, dans toutes les
occasions, grandes et petites, sa patience
sembloit être invincible, et le faisoit triompher de tout avec un amour égal pour la
souffrance et la mortification. Il tâchoit,
dans ses paroles ou dans ses lettres, d'inspirer aux autres les mêmes sentimens.
Écrivant à une personne, « La croix, lui
» disoit-il, va partout, pour faire que l'a-
» mour de nous-mêmes le cède à l'amour
» de Dieu; » et à un de ses amis : « Nous
» n'aurons jamais la paix du cœur, que
» quand nous mettrons notre sagesse,
» notre piété et notre dévotion à tenir

» notre volonté, toujours et en tout, sou-
» mise à celle de Dieu. Nous avons une
» éternité entière pour goûter Dieu, et
» être à notre aise dans son sein. Quand
» notre petit reste de vie mortelle se pas-
» seroit tout entier à manger de l'absinthe
» pour l'amour de Dieu, ce ne seroit pas
» trop pour témoigner à ce grand tout un
» peu de force d'amour; il faut que l'a-
» mour sanctifie toutes nos croix. Notre
» cœur se chagrine des moindres con-
» tradictions, l'amour-propre ne voulant
» être choqué en rien; mais, avec l'amour,
» le chagrin n'est jamais bien foncier,
» ni de durée. »

On ne pouvoit faire un plus sensible
plaisir au serviteur de Dieu, que de lui
dire qu'on avoit surmonté quelque ressentiment ou quelque répugnance. Un jour,
un de ses amis vint lui rapporter, qu'ayant
été écarté autrefois d'une charge considérable par une personne qui s'opposoit à
ses desseins, il avoit contribué à faire
mettre dans cette charge la même personne, par reconnoissance pour ce service qu'il en avoit reçu; M. de Lantages,
ravi au récit d'une action si généreuse, ne
put s'empêcher de dire à cet ami, que

tous les miracles qu'il auroit pu faire ne
l'auroient jamais autant édifié, et il le
quitta en se recommandant instamment
à ses prières. « Quand sera-ce, disoit-il
» avec ardeur, que nous ne nous sentirons
» plus de nous-mêmes, et que nous nous
» laisserons fouler aux pieds. Il faut faire
» une bonne fois une pilule de toutes les
» humiliations, des abjections et des mé-
» pris, et l'avaler tout d'un coup. Jusqu'à
» ce que nous en soyons parvenus là,
» nous pouvons dire que nous n'avons en-
» core rien fait dans la vertu. »

Cependant le serviteur de Dieu sentoit
de plus en plus ses forces diminuer, et ses
infirmités s'accroître. A l'âge d'environ
soixante-dix ans, il s'étoit plaint, comme
d'une chose fort nouvelle pour lui, d'a-
voir des distractions à l'oraison et au saint
autel, avouant que, jusqu'alors, il n'a-
voit jamais rien éprouvé de semblable.
Mais ayant remarqué que ces foiblesses
d'esprit lui revenoient: « Je n'en suis plus
» surpris, dit-il; je vois que cela vient du
» grand âge, qui, affoiblissant la tête, ne
» lui permet pas une si continuelle appli-
» cation; c'est un effet de l'infirmité hu-
» maine, qu'il faut supporter avec pa-

VI.
Fidélité de
M. de Lan-
tages au
règlement
du sémi-
naire.

» tience. » L'affoiblissement de ses forces
ne diminuoit en rien l'ardeur de son zèle;
car, au lieu de dèmeurer dans sa chambre, il se rendoit ponctuellement à tous
les exercices de la communauté, sous prétexte qu'une conduite opposée eût pu
être un sujet de scandale pour les séminaristes. Son grand attrait pour le saint
exercice de l'oraison, et l'amour de la
ponctualité au règlement, le portoient,
nonobstant son grand âge, à se lever tous
les jours à quatre heures, et à suivre la
communauté, au milieu même de l'hiver
le plus rude, et en passant par un couloir (1) et une salle très-froide. Pendant
l'oraison, il demeuroit toujours à genoux,
appuyé sur un petit bâton; quelquefois il
joignoit les mains, d'autres fois il les élevoit un peu; souvent il lui échappoit de
soupirer; et ces divers mouvemens, dont
il ne pouvoit se défendre, touchoient infiniment les assistans. M. Tronson, pour
calmer les inquiétudes de M. de Lantages
sur les mauvais exemples qu'il auroit cru
donner en n'assistant pas aux exercices,
lui écrivoit : « Un supérieur de séminaire,

(1) Ce couloir étoit ouvert à cette époque.

» qui est tout le jour dans sa chambre,
» toujours prêt à écouter ceux qui vien-
» nent et à leur répondre, toujours fidèle
» à faire ce qu'il peut selon l'état où Dieu
» le met, donne toujours un assez bon
» exemple. Si votre toux n'a point de plus
» mauvaises suites que de vous empêcher
» de faire le Carême, d'aller le matin à
» l'oraison, et de vous obliger de garder
» la clôture, nous nous en consolerons.
» Car, ni l'inobservance du Carême, ni
» votre absence de l'oraison du matin,
» n'empêcheront pas le fruit de vos paro-
» les, assez soutenues d'ailleurs par vos
» exemples. Et quant à l'obligation de
» demeurer toujours dans votre chambre,
» je crois que c'est une des choses qui
» peut faire le plus de bien à la commu-
» nauté, puisqu'elle servira à vous con-
» server plus long-temps pour elle. Cepen-
» dant, ne négligez rien de tout ce que
» vous croirez vous pouvoir soulager,
» quand ce ne seroit que par amour pour
» le séminaire de la sainte Vierge, auquel
» vous voyez que votre présence est en-
» core nécessaire. » Comme le serviteur
de Dieu avoit toujours quelque crainte de
donner mauvais exemple à sa commu-

nauté, en ne se trouvant point avec elle à
l'oraison, M. Tronson, pour calmer ses
inquiétudes, lui écrivoit qu'il ne devoit
point s'en mettre en peine, tout le monde
connoissant assez son état; et que d'ailleurs on dispenseroit toujours aisément
de cet exercice tous ceux qui y auroient
assisté aussi long-temps, et qui auroient
autant travaillé que lui.

VII.
Ses désirs de
la mort.

M. de Lantages retiré dans sa chambre,
où l'obéissance le tenoit renfermé, plus
encore que ses infirmités et ses souffrances, ne soupiroit que pour le ciel. Plus il
approchoit de sa fin, plus on voyoit naître
en lui le désir de quitter le lieu de son pélerinage. Lorsque, dans les visites qu'on
venoit lui rendre, on lui disoit, comme
on dit quelquefois aux malades, que peut-
être il ne mourroit pas si-tôt, il témoignoit toujours ne point prendre plaisir à
ce langage. « Hé! pourquoi voulez-vous
» que je tarde d'aller voir Dieu notre
» père? » disoit-il à ces personnes; et là-
dessus il les entretenoit du bonheur des
saints, mais d'une manière si touchante
et si persuasive, qu'il les remplissoit elles-
mêmes de dégoût pour la vie d'ici-bas, et
de mépris pour ses frivoles jouissances.

Le désir qu'il avoit de mourir saintement,
le portoit à ne laisser sortir aucune des
personnes qui le visitoient, sans s'être recommandé instamment à leurs prières, et
les avoir suppliées de demander pour lui
une bonne mort. Il en usoit pareillement
à l'égard des personnes à qui il écrivoit.
Dans une lettre à des religieuses : « Je
» vous commets, disoit-il, et vous députe
» auprès de Notre-Seigneur, pour m'ob-
» tenir de sa bonté infinie que son divin
» amour me prépare à mourir chrétien-
» nement. Faisons en sorte, avec la grâce
» de Dieu, écrivoit il à une personne, que
» par le sincère amour de sa bonté infi-
» nie, et par nos pauvres petits services,
» nous nous trouvions ensemble pour ja-
» mais dans le sein de Dieu, notre père
» céleste. Ce sera là que notre société
» n'aura plus à craindre ni la perte du
» temps, ni l'amusement, ni aucun autre
» défaut qui la puisse rendre imparfaite,
» ni aucun accident qui en diminue le
» souverain bonheur. » Et il ajoutoit :
« Je vous supplie de demander à Notre-
» Seigneur qu'il me fasse prononcer plu-
» sieurs fois le jour, avec de vrais senti-
» mens de foi, d'espérance et d'amour,

» le dernier article du *Credo* : *Et vitam*
» *æternam. Amen.* » La grâce d'une bonne
mort étoit, en effet, l'unique objet de
ses vœux : il la demandoit surtout par
l'intercession de la très-sainte Vierge , en
récitant fréquemment la Salutation. angélique , et en prononçant, avec un goût
et une confiance extraordinaires , ces paroles que l'Église n'a pas ajoutées en vain
à celles de l'ange : *Sainte Marie, mère de*
Dieu, priez pour nous, maintenant et à
l'heure de notre mort.

VIII.
Son amour
pour Dieu.

A mesure que M. de Lantages approchoit du terme de sa carrière, son amour
pour Dieu devenoit toujours plus ardent.
Il disoit quelquefois dans le transport de
son ame : « Mon Dieu, je n'aspire point à
» la jouissance des biens que vous avez
» répandus sur vos créatures ; j'ai soif de
» la source de vie qui est en vous, je ne
» veux plus de petites gouttes de plaisirs,
» mais le torrent de vos divines délices
» dont vous abreuvez vos enfans dans vo-
» tre sein. Non , mon Dieu, je ne veux
» point de ces contentemens qui ne font
» qu'effleurer les cœurs ; j'aspire à la joie
» que vous goûtez en vous-même , et j'at-
» tends d'y être plongé et consumé pour

» jamais. » Il composa, sur le désir du ciel, un cantique qui ne représente pas moins vivement les ardens désirs de son cœur pour la céleste patrie. Il n'y avoit que l'amour divin qui pût inspirer à ce saint vieillard, dans l'état de foiblesse et de langueur où l'âge et les infirmités sembloient l'avoir réduit, des sentimens si beaux :

O quand viendra-t-elle cette heure,
Qui doit m'ouvrir ma céleste demeure!
Quand au sein de mon Dieu me verrai-je jeté?
   Que je meure, et qu'avec les anges,
    Je chante d'un cœur dégagé
     Ses divines louanges!

   Cieux, où l'amour a son empire,
Vers vos saints feux nuit et jour je soupire;
Quand me recevrez-vous, empire de l'amour!
   Sainte flamme, ardeur ravissante,
    Tire mon cœur de ce séjour
     Où rien ne le contente!

   Oui, vous aimer, mon Dieu, mon père,
Est sur tout bien ce que mon cœur espère;
Sans cesse vous aimer fera tout mon bonheur.
   Que je brûle, et qu'enfin mon ame,
    Pour mieux contenter sa langueur,
     Se perde en votre flamme!

Cet amour pur et ardent lui auroit fait souhaiter de mourir martyr. « Qu'il est » fâcheux de finir sa vie dans un lit , parmi » les remèdes de la pharmacie , disoit-il à » ceux qui le visitoient. Ne seroit-il pas » mille fois plus agréable de le faire parmi » les roues et les gibets , pour le soutien » de la foi, et l'amour de Notre-Seigneur? » Il employoit ses derniers momens à la continuation des *Instructions ecclésiastiques*, quoiqu'il eût l'assurance de ne pouvoir les finir. Depuis plusieurs années , il étoit dans cette persuasion. Il l'avoit même fait connoître à une personne de confiance , avant qu'il commençât le premier volume de cet ouvrage : « Si j'en avois le temps, » lui dit-il , je ferois un troisième volume » sur les vertus des prêtres; mais la mort » me préviendra avant d'avoir pu l'ache- » ver. » Lorsqu'en effet il eut terminé et publié les deux premiers volumes , cette même personne l'ayant engagé à composer le troisième : « De quoi me serviroit- » il de le commencer, lui répondit M. de » Lantages, puisque je ne l'achèverois » pas. — Dieu vous donnera peut-être » assez de temps, ajouta-t-elle. — Non, » lui répondit-il avec assurance, je ne le

» finirois pas. — Il n'importe, lui répli-
» qua cette personne; ne laissez pas d'y
» mettre toujours la main. » Il obéit pour
éviter la perte du temps, qu'il craignoit
beaucoup dans sa vieillesse. Au commencement de décembre 1693, il se donna la
peine, malgré ses infirmités, d'aller voir
la personne dont nous venons de parler.
« Mon troisième volume, lui dit-il, est
» enfin commencé, et j'en suis à la mort
» des bons prêtres. » Ensuite dans les
transports de cet amour ardent, qui con-
sume les saints à la fin de leur course, il
se mit à parler de la récompense ineffable
que Dieu leur réserve dans le ciel. Mais
il le fit d'un ton si enflammé, et dit des
choses si ravissantes, que cette personne
croyant le serviteur de Dieu sur le point
de quitter la terre pour entrer lui-même
en possession de cette béatitude, se sentit
attendrie par la crainte de le perdre, et
durant ce temps elle ne savoit que lui répéter ces paroles : « Ah ! mon père, ne me
» laissez pas; emmenez-moi avec vous. »
Plus il s'animoit à lui découvrir la grandeur de la félicité des saints, plus elle le
pressoit de ne la pas laisser sur la terre. Le
saint prêtre parloit toujours avec de nou-

18

velles ardeurs sans lui rien répondre, et
il continua encore long-temps à parler de
la sorte.

IX.
Comment il
attendoit la
mort.

Diverses prédictions que M. de Lantages
avoit faites de sa mort tenoient tout le
monde dans l'appréhension ; et ce qui se
passa au couvent de la Visitation, au mois
de février suivant, rendit plus affligeante
encore et plus fondée la crainte de le perdre bientôt. Car, ayant confessé une religieuse de ce monastère, au lieu de la
congédier après la confession, selon sa
coutume, il attendit qu'elle se retirât
d'elle-même ; et, lorsqu'elle s'en alloit,
il lui dit ces paroles : « Adieu ; tenez-vous
» à votre petit devoir, dans le recueille-
» ment, l'humilité, la charité et l'obéis-
» sance. » Cet adieu, et les pressentimens
qu'on avoit déjà, donnèrent à la religieuse
le mouvement de lui demander sa bénédiction. M. de Lantages voulut voir ensuite
la communauté pour la dernière fois ; et
après avoir parlé des dispositions pour gagner le Jubilé qui alloit s'ouvrir à Pâque,
et dont il traduisoit la bulle, il tomba sur
le bonheur d'être assuré, dans les communautés, de faire constamment la volonté de Dieu. « Ah, mes filles, leur dit-il,

» que vous êtes heureuses de savoir ce que
» vous devez faire tout le long du jour
» pour accomplir cette volonté sainte!
» Vous n'avez qu'à suivre votre règle; et
» moi, j'ai sujet de craindre de ne con-
» noître pas toujours cette divine volonté,
» et de faire la mienne propre. Hélas! le
» monde se trompe beaucoup sur mon
» compte, parce que je jase, et que Dieu
» donne quelque onction à mes paroles;
» mais je vous assure que cela n'est que
» sur le bout de mes lèvres. Priez Dieu, je
» vous conjure; priez-le que je ne meure
» pas hypocrite. » Il prononça ces dernières paroles avec le sentiment d'un cœur
profondément et sincèrement pénétré de
sa misère, et les répéta un grand nombre
de fois, toujours du même ton.

Depuis ce jour, les infirmités de ce saint
vieillard augmentèrent de plus en plus. Il
ne se plaignit point pour cela, et ne laissa
pas, autant qu'il put, de suivre ses exercices ordinaires; il sortoit même de temps
en temps. Mais la veille de l'Annonciation
ayant été fort incommodé la nuit, il prit
ce redoublement pour un dernier avertissement de sa mort prochaine. Quoiqu'il
fût accablé par le mal, et dans une ex-

trême foiblesse, il voulut dire encore une
fois la sainte messe, le jour de l'Annonciation, et il ne put l'achever qu'avec
beaucoup de peine et d'efforts. Ce jour-
là, il envoya chez les religieuses de la Visitation pour demander des prières, afin
de lui obtenir une bonne mort. Il faisoit
aussi la même demande aux autres communautés qu'il hônoroit de sa confiance;
et le même jour, il écrivit à la mère de la
Vierge, prieure de Sainte-Catherine de
Langeac, une lettre conçue en ces termes, et qui fut apparemment la dernière :

» Je vous supplie, ma très-chère mère,
» que ni vous, ni votre communauté, ne
» tiriez de mon retardement à vous écrire
» aucune autre conséquence, sinon que
» ma grande vieillesse me rend tout pesant
» et engourdi; que mon chétif esprit s'oc-
» cupe beaucoup de peu d'affaires; et que
» je tâche d'achever un écrit sur des ma-
» tières ecclésiastiques, qui demande tout
» mon temps : c'est la principale cause de
» la vie retirée et solitaire que je mène
» dans ma chambre, au coin de mon pe-
» tit feu. Vous pensez que, dans l'âge où
» je suis, on n'est pas sans incommodités;

» et les miennes sont en grand nombre.
» J'en ai qui vont et viennent, mais la
» toux fait mon principal et continuel
» exercice. Pour l'intérieur, je ne vois en
» moi qu'indévotion et lâcheté. J'ai un
» très-grand besoin d'être recommandé à
» la miséricorde de Dieu, sur la fin de
» ma course. Quand vous êtes en oraison,
» devant notre arche divine et notre ado-
» rable propitiatoire (le très-saint Sacre-
» ment), je vous conjure de mendier
» pour moi comme il faut. Je fais la même
» demande à toute la maison de la bien-
» heureuse mère Agnès. »

Quelque diligence que M. de Lantages eût faite pour achever son livre des vertus sacerdotales, il n'en put venir à bout, comme il l'avoit prédit: car, après avoir décrit la mort des saints prêtres, il fut obligé de l'interrompre pour en laisser un modèle dans la sienne propre. L'inflammation de poitrine qui le travailloit depuis long-temps étant devenue beaucoup plus forte, le vendredi 26 mars 1694, le serviteur de Dieu connut qu'il touchoit à sa fin ; et le lendemain s'étant trouvé plus mal encore, il demanda les derniers sacremens de l'Église. Sur le soir, M. Le

X.
Il reçoit les derniers sa-cremens. Visites qu'on lui fait.

Feugueulx, l'un des directeurs du séminaire, le confessa, et de l'avis du médecin, on différa jusqu'au dimanche matin à lui porter le saint Viatique, qu'il reçut avec une dévotion extraordinaire. Les jours suivans, la ferveur du malade sembla augmenter le mal; et pendant que ce saint vieillard édifioit tout le monde, lui seul déploroit sans cesse sa lâcheté et son peu d'amour pour Dieu. Le curé de Saint-Pierre-la-Tour l'étant venu visiter, le trouva recueilli en Dieu, son crucifix devant lui, et tout abîmé dans la pensée de l'éternité. Comme il se fut approché du lit du malade, celui-ci lui dit, en lui tendant la main: « Mon cher ami, priez » Dieu pour moi; car, dans l'état où je » suis, je me sens vide de toute dévotion. » Quelque temps après, le chapelain de la Visitation vint le voir de la part des religieuses, pour lui témoigner l'affliction qu'elles avoient de sa maladie; et lui dit qu'elles faisoient pour lui une neuvaine à saint François de Sales. « Remerciez-les » bien de ma part, répondit M. de Lanta-» ges; mais recommandez-leur instam-» ment de demander pour moi une bonne » et sainte mort. » Tous ceux qui approchoient de sa personne ne pouvoient le voir, ni l'entendre, sans être extrêmement édifiés de sa patience et de sa profonde humilité. Deux autres ecclésiastiques étant venus lui rendre visite : « Messieurs, leur » dit-il, nos plus grands sujets de peine à » la mort, sont les services mêmes que » nous avons cru rendre à Dieu durant la » vie, et qu'il faut alors examiner de plus » près. On doit craindre la vanité dans les » sermons, l'amour-propre à la sainte » messe et aux divins offices. Hélas! on » ne fait rien parfaitement; on se recher- » che partout. » Sur le soir du lundi, se sentant extraordinairement oppressé, il demanda l'Extrême-onction, et la reçut dans les dispositions les plus saintes et les plus touchantes. Cette nuit, il eut une at- taque si violente, que M. Bayle et M. Le Feugueulx, croyant qu'il alloit expirer, lui firent la recommandation de l'ame. Ce- pendant, le malade revint un peu à lui, et sur le matin, il témoigna désirer la bénédiction de l'évêque. Le prélat l'ayant su, se rendit aussitôt à ses désirs; et dès que le serviteur de Dieu le vit entrer, il lui dit ces paroles: « Monseigneur, suis- » je trop téméraire d'avoir osé vous don-

» ner la peine de venir ici? Je l'ai fait,
» monseigneur, pour demander très-hum-
» blement pardon à votre Grandeur de
» tous les scandales que j'ai donnés à vo-
» tre diocèse, depuis que vous m'avez fait
» l'honneur de m'y souffrir; ensuite pour
» vous supplier très-humblement de con-
» tinuer à protéger ce séminaire, comme
» vous avez toujours fait; et enfin, pour
» vous demander votre bénédiction. »
Alors, M. de Lantages, qui étoit assis sur
une chaise, vouloit se mettre à genoux;
l'évêque l'en empêchant, lui donna sa
bénédiction, et se retira ému jusqu'aux
larmes.

Peu après que M. de Béthune fût sorti,
l'abbé de Polignac, oncle de l'ambassadeur en Pologne, et très-affectionné à
M. de Lantages, vint aussi le visiter, et
s'étant mis à genoux à ses pieds, lui demanda sa bénédiction en fondant en larmes (1). M. de Lantages, parfaitement

---

(1) L'auteur de l'*Avertissement* mis à la tête
de la *Vie de la mère Agnès*, page VI, dernière
édition, en rapportant, d'après les mémoires de
la mère Gauchet, que l'*abbé de Polignac demanda la bénédiction de M. de Lantages*, ajoute,
par manière d'explication, que cet abbé étoit le

humble jusqu'à la fin, vouloit se mettre
lui-même à genoux pour prier la très-sainte
Vierge de bénir cet abbé, selon qu'il avoit
coutume de faire en pareil cas; mais il
cessa ses efforts lorsqu'on lui représenta
que son état de souffrance et de foiblesse
ne lui permettoit plus d'en user ainsi.

Sur les deux ou trois heures après midi,
le confesseur des religieuses de la Visitation vint, de la part de cette communauté, portant un grand reliquaire où
étoient renfermées d'insignes reliques de
saint François de Sales, qui, jusqu'alors,
n'étoient sorties qu'une seule fois du couvent. L'un des directeurs, M. Le Feugueulx, revêtu du surplis et de l'étole, les
reçut et les présenta ensuite à M. de Lantages, pour les lui faire vénérer. Celui-ci,
qui étoit alors au lit, se leva sur son séant,
se découvrit la tête, et se tint profondément recueilli devant ce saint dépôt. Le
désir des religieuses étoit d'obtenir pour

cardinal de Polignac. Mais à cette époque ce dernier étoit en Pologne, où il avoit été envoyé en
qualité d'ambassadeur, au milieu de l'année précédente 1693, et d'où il ne revint que l'année 1698, lorsque le Roi l'exila dans son abbaye
de Bonport.

18*

leur communauté la bénédiction de M. de
Lantáges avant qu'il mourût; et craignant
que, dans l'accablement où ils étoient, les
directeurs du séminaire ne songeassent
pas à la demander pour elles, elles chargèrent leur confesseur d'aller, en leur
nom, la recevoir lui-même du malade.
M. de Lantages étant demeuré quelque
temps en silence et les yeux élevés, comme
s'il eût été prendre cette bénédiction dans
le sein de Dieu, dit avec cette douce
onction qui accompagnoit ses paroles :
« Oui, je leur souhaite toutes les bénédic-
» tions du ciel. » Alors, le confesseur
s'étant mis à genoux, lui demanda encore
cette grâce pour lui-même; et après l'a-
voir reçue, il se retira plus touché, et
plus porté à Dieu par la vue de ce saint
vieillard prêt à quitter la terre, qu'il n'eût
pu l'être par les plus vives exhortations.
Ce jour-là, un grand nombre de personnes
de la ville, entre lesquelles étoit M. de La
Tour-Maubourg, vinrent aussi recevoir la
bénédiction de M. de Lantages. Une foule
de monde abordoit sans cesse au séminaire; et, comme les États du Velay devoient se tenir le lendemain 31 de mars,
la noblesse de la campagne, qui arrivoit,

sè joignant à celle de la ville, fit un concours si continuel et si édifiant, que le séminaire sembloit être un lieu de pardon et d'indulgence. Un spectacle plus touchant encore termina cette journée. Sur le soir, M. Le Feugueulx conduisit processionnellement les séminaristes, en silence et en surplis, à la chambre de M. de Lantages, et le pria de leur donner sa bénédiction avec quelques paroles d'adieu. M. de Lantages, ramassant le petit reste de ses forces, dit en latin à cette famille éplorée et réunie autour de lui, que le mot de séminaire venant de celui de *semer*, ils doivent avoir grand soin de semer dans leurs cœurs la vraie crainte de Dieu, et toutes les vertus chrétiennes et ecclésiastiques. L'extrême peine qu'il avoit à parler l'ayant empêché d'en dire davantage, il leur donna sa bénédiction. Lorsque les séminaristes se furent retirés, le saint prêtre retint les directeurs dans sa chambre, les embrassa l'un après l'autre, et leur demanda pardon à chacun des mauvais exemples qu'il croyoit leur avoir donnés.

Son union continuelle à Dieu lui fit désirer avec ardeur de recevoir encore une

XI.

Sa résignation dans ses souffrances.

fois Notre-Seigneur dans la sainte communion; ce qui lui fut accordé après minuit, à l'entrée du mercredi. Le pain de vie sembla avoir calmé pour un temps la violence du mal; car ce jour-là M. de Lantages se porta un peu mieux, et les médecins conçurent même quelque espérance de sa guérison. Néanmoins son extrême oppression ne lui permettant pas de demeurer toujours au lit, il se faisoit aider à se lever de temps en temps, et demeuroit assis sur une chaise. Comme il souffroit aussi beaucoup dans cette position, il voulut essayer de faire le tour de sa chambre à l'aide de deux personnes; et il avoit déjà fait quelques pas, lorsque le médecin étant entré, lui dit qu'il ne falloit pas marcher. Alors ce parfait obéissant se dirigeant du côté de sa chaise, *Retournons à notre croix*, dit-il à ceux qui le soutenoient; et il vint incontinent se rasseoir, sans achever le tour qu'il avoit commencé. L'égalité de son esprit étoit admirable au milieu de ses douleurs; on étoit étonné de le voir se posséder constamment comme il faisoit, et pratiquer à la lettre cette parole de saint Paul: *Gaudete in Domino semper*. Il étoit toujours occupé de Dieu, et répétoit souvent ces paroles avec les sentimens d'une tendre affection : *Recordare, Jesu pie, quòd sum causa tuæ viæ; ne me pendas illâ die.* Sentant de temps en temps son cœur attaqué par de petites défaillances, il pria un de ses amis de lui faire apporter d'un vin particulier pour se fortifier dans ces momens. Mais le serviteur de Dieu en ayant pris quelques gouttes, ne voulut plus qu'on lui en présentât, disant : « Cette boisson est » trop délicate; Notre-Seigneur a refusé de » boire sur la croix. » La pensée du Sauveur souffrant ne s'effaçoit pas de son esprit; c'étoit comme un tableau qu'il avoit sans cesse devant les yeux pour y conformer tous les sentimens de son cœur. Aussi rien n'édifioit autant que la manière dont il recevoit et enduroit ses souffrances. Lorsque les douleurs devenoient plus aiguës, on l'entendoit dire ces paroles : *Exurge, Domine; adjuva nos;* d'autres fois, étendant les bras, il disoit amoureusement à Dieu : *Pater, in manus tuas commendo spiritum meum;* et encore : *Domine Deus meus.* Mais son recours le plus ordinaire étoit vers la très-sainte Vierge, qu'il invoquoit souvent, en lui disant avec l'accent de la plus douce confiance :

> *Maria, Mater gratiæ,*
> *Mater misericordiæ,*
> *Tu nos ab hoste protege,*
> *Et horâ mortis suscipe.*

Comme on le voyoit souffrir beaucoup, quelqu'un lui suggéra ces paroles du saint pape Pie V : *Seigneur, augmentez la douleur et la patience : adde dolorem, adde et patientiam.* Il répondit : «Pour la patience, » oui ; mais pour l'autre, je n'ai pas le » courage de la demander ; je suis entre » les mains du bon Dieu, il fera de moi ce » qu'il jugera à propos : que sa volonté soit » faite. »

XII.
Sa mort.

Il passa le reste de ce jour comme les précédens, dans une union continuelle avec Dieu, lui faisant souvent le sacrifice de sa vie, et acceptant la mort avec de grands sentimens de pénitence. Sur le soir, il pria qu'on lui lût, dans la *Vie de la Mère des Séraphins*, ce qu'il avoit écrit de la mort, et des actes propres à y disposer ; et durant cette lecture, « Est-il » donc possible, dit-il en soupirant, qu'au-

» trefois j'aie eu tout cela dans mon esprit,
» et qu'à présent je l'aie si peu dans le
» cœur ? » Comme les directeurs avoient
veillé le saint malade les deux nuits précédentes, et qu'on le voyoit disposé à prendre quelque repos, ils jugèrent qu'ils pouvoient se retirer un peu de temps dans
leurs chambres. Ils le quittèrent donc, après
dix heures du soir, en recommandant aux
deux domestiques de garde, de venir les
avertir au premier changement qu'ils re-
marqueroient en lui. M. de Lantages re-
posa doucement jusqu'après minuit. Alors
s'étant éveillé, il prit un bouillon, et aussitôt il entra dans une petite sueur qui
étoit celle de la mort. Se sentant extrêmement oppressé, il dit à ses servans de
le changer de situation; et l'un d'eux lui
demandant comment il vouloit qu'on le
mît : « Comme tu te l'imagineras, lui ré-
» pondit-il, car je ne sais plus ce que je
» veux. » Ce domestique, s'apercevant
qu'il étoit toujours plus mal, alloit appeler
les directeurs; mais M. de Lantages l'en
empêcha : « Non, non, dit-il; ils ont veillé
» deux nuits, peut-être que cela passera.
» Faisons mieux, ajouta-t-il, récitez le
» *Pater*, l'*Ave* et le *Credo*. » Il les récita

intérieurement avec eux, et répondit toujours *Amen*. Ses gardes lui disant qu'ils
savoient encore les *Litanies de la très-
sainte Vierge*, il les pria de les réciter, répondit jusqu'à la fin, *Ora pro nobis*, et dit
Amen, quand ils eurent achevé l'oraison.
Voyant alors qu'il baissoit, et s'éteignoit
d'un moment à l'autre, comme un flam-
beau qui touche à sa fin, ils se retirèrent
auprès du feu pour délibérer s'ils iroient
appeler les directeurs du séminaire; et à
peine s'étoient-ils éloignés de lui, qu'ils
entendirent changer sa manière de respi-
rer. Pendant que l'on court pour avertir
les directeurs, l'autre s'approchant du
mourant, lui présente le crucifix à baiser,
et lui dit avec émotion : « Notre-Seigneur
» est mort pour nous, monsieur; mainte-
» nant, il vous fait part de ses souffrances,
» pour vous faire bientôt jouir de sa gloire.»
A quoi M. de Lantages répondit avec peine
ces paroles : *Amen, amen, amen;* et à
l'instant, il entra en agonie. M. Guyton
et les autres directeurs arrivèrent bientôt;
mais le mourant avoit déjà perdu la parole, et ils eurent seulement la consolation de se trouver tous présens, lorsqu'il
rendit son ame à Dieu. Il expira d'une

manière si douce et si paisible, qu'à peine purent-ils s'en apercevoir. Ce fut le jeudi, 1er avril 1694, entre une et deux heures du matin, que ce grand serviteur de Dieu, à l'âge de soixante-dix-huit ans, quitta cette terre pour aller recevoir la couronne que lui avoient méritée ses travaux et ses vertus.

Dès que le son des cloches eut fait connoître que M. de Lantages avoit expiré, le peuple se porta en foule à l'église de Saint-Georges ; et ce son lugubre, en faisant naître les sentimens du regret le plus sincère, réveilloit dans tous les cœurs mille souvenirs attendrissans, qui rendoient plus sensible la perte d'un personnage si cher et si vénéré. De mémoire d'homme, on n'avoit vu un concours si universel dans cette ville : grands et petits, hommes et femmes, tous, jusqu'aux enfans, accoururent à l'église de Saint-Georges ; la plupart donnant des marques extraordinaires de douleur, et versant des larmes, comme ils eussent fait à la mort de leur père. L'empressement du peuple, qu'il avoit été facile de prévoir, fit prendre la résolution, avant d'ouvrir l'église, de renfermer le corps en un lieu sûr,

XIII.
Concours du peuple pour vénérer son corps.

afin de ne pas l'exposer à être mis en pièces. On le plaça dans la chapelle de la très-sainte Vierge, fermée par une forte grille de fer. Cette précaution fut jugée encore plus nécessaire, lorsque, l'église ayant été ouverte, on vit l'ardeur du peuple à vénérer ce saint corps. Car il y eut des personnes, qui, pour ne pas s'en séparer, et n'être pas obligées de céder leurs places à d'autres, demeurèrent presque tout le jour dans l'église du séminaire, sans prendre aucune nourriture. « De vous » dire les regrets de tout le monde, écri- » voit ce jour même à Paris, la mère » supérieure de la Visitation du Puy, c'est » ce qui est bien impossible. Son ombre » faisoit plus dans le diocèse, que l'élo- » quence et le zèle des autres. Tous les » prêtres sont consternés de se voir privés » d'un tel soutien et d'un tel guide, et » toutes les autres personnes à proportion. » De vous dire ma disposition sur ce coup » douloureux, j'avoue que je n'avois ja- » mais senti une affliction pareille, mais » accompagnée d'une onction intérieure » très-grande, et qui marque l'effet des » intercessions de notre père auprès de » Dieu. » Ces sentimens de vénération

étoient communs à tout le monde. L'opinion de sa sainteté étoit même si bien
établie, que personne, parmi cette multitude, ne songeoit à prier pour le défunt ;
chacun, au contraire, l'invoquoit comme
un saint. La confiance du peuple fut encore
augmentée par le changement subit qu'on
remarqua au moment où le serviteur de
Dieu rendit l'esprit. Car, quoique tout le
temps de la maladie son visage eût été
d'une pâleur livide qui en altéroit tous les
traits, lorsque le saint prêtre eut expiré,
il reprit incontinent ses couleurs naturelles, et parut tel qu'on l'avoit vu dans
sa meilleure santé. Tout le temps qui pré-
céda son inhumation, il ne perdit rien
de cette fraîcheur de teint ; en sorte qu'en
le voyant, on eût dit qu'il dormoit d'un
doux sommeil. On remarqua encore que,
quoique l'église de Saint-Georges retînt
toujours une mauvaise odeur, étant l'asile
de tous les pauvres de la ville, on y sentit
une odeur très-suave, semblable à celle
de la violette, quoiqu'il n'y eût aucun
parfum dans ce lieu. Cependant, pour se
continuer la consolation qu'elles éprouvoient à voir ce saint corps, plusieurs
personnes témoignèrent un grand désir

de le faire peindre avant qu'on le mît en terre. Le curé de Saint-Pierre-la-Tour, l'un des enfans spirituels de M. de Lantages, obtint des directeurs du séminaire cette grâce, qu'il avoit demandée comme la plus insigne qu'on pût lui accorder. Mais il falloit pour cela tirer le corps de la chapelle où il étoit renfermé, et en le transportant, il y avoit danger qu'il ne fût enlevé des mains des porteurs, tant l'empressement d'avoir de ses reliques étoit extraordinaire. Pour éviter tout accident, on prit le parti de faire sortir le monde de l'église, et de la fermer. On fit venir alors quelques peintres étrangers, que M. de Béthune avoit attirés au Puy; et, comme le visage du défunt n'avoit aucun caractère d'altération, ces artistes en saisirent parfaitement la ressemblance.

XIV. Ses obsèques. Empressement du peuple pour avoir de ses reliques.

L'évêque et les chanoines de la cathédrale rendirent des hommages publics à la sainteté de M. de Lantages; le prélat voulut même que la musique de la cathédrale honorât ses obsèques. Tout ce qu'il y avoit de plus distingué au Puy se joignit pareillement au convoi, chacun s'empressant de donner à la mémoire du serviteur de Dieu des marques sincères d'estime et

de vénération. Lorsqu'on portoit le corps
par la ville, ceux qui n'avoient pu péné-
trer dans l'église de Saint-Georges pour le
voir, l'attendoient dans les rues, afin de
satisfaire leur dévotion; et, comme on ne
pouvoit l'aborder, à cause de la garde
qu'on faisoit tout autour, on jetoit sur ce
saint corps des paquets de chapelets et
d'autres objets, afin de conserver au
moins quelque chose qui l'eût touché, si
on ne pouvoit rien obtenir qui eût été à
son usage. Douze prêtres avoient été placés autour du cercueil pour écarter le
peuple; mais quelque vigoureuse barrière
qu'ils opposassent, on força leur résistance en plus d'un endroit de la ville.
Malgré tout ce qu'ils firent d'efforts, on
coupa une partie des cheveux du défunt;
le crucifix qu'il tenoit entre les mains
fut enlevé, et sa soutane mise en lam-
beaux (1). Ce n'étoit pas seulement le

(1) M. Trouson, à qui on donna les détails de
tout ce qui s'étoit passé aux obsèques, écrivoit à
M. Le Feugueulx: « Les honneurs que Monsei-
» gneur du Puy, et Messieurs de la cathédrale
» ont fait à la mémoire de M. de Lantages, aussi
» bien que la dévotion du peuple, sont d'illustres
» témoignages de l'estime générale que lui ont

peuple qui témoignoit tant d'empressemen
à avoir quelque relique de cet homme vé
nérable, les personnes de la premièr
qualité partageoient aussi ce sentiment.
L'évêque fut le premier à demander quel
que chose qui eût été à son usage; et il
accepta, comme un trésor au-dessus de
tout prix, une chemise du saint prêtre.
Un des bonnets qu'il avoit en mourant,
ainsi qu'une lettre écrite de sa main furent accordés aux instantes prières de
madame de La Roque, sœur du prélat.
La duchesse d'Uzès obtint un de ses reli-
quaires; l'abbé de Polignac en eut un
autre. Un très - digne ecclésiastique,
M. Vallery, eut pour sa part l'autre bonnet que le serviteur de Dieu avoit lorsqu'il
mourut, avec sa robe de chambre; et le
monastère de la Visitation, un surplis
conservé depuis comme une précieuse
relique. Tout le reste fut distribué à un
nombre infini de personnes; jusque-là
que, pour satisfaire la dévotion des prêtres
du diocèse, et leur adoucir la perte qu'ils

» attirée son zèle et sa piété. Il faut demander à
» Dieu qu'il nous rende de parfaits imitateurs de
» ses vertus. »

venoient de faire, on fut obligé de leur
envoyer à chacun un volume de la bibliothèque de M. de Lantages. On en usa
de même en faveur des communautés
religieuses, non-seulement de la ville et
du diocèse du Puy, mais encore à l'égard
de quelques-unes de diocèses étrangers,
qui ambitionnoient pareillement de possé·
der quelque chose qui eût appartenu à un
si grand serviteur de Dieu.

Comme cette confiance universelle au
crédit de M. de Lantages étoit inspirée
principalement par le souvenir des miracles qu'il avoit opérés durant sa vie,
personne ne doutoit que son tombeau ne
devînt célèbre après sa mort. M. de Béthune en étoit si persuadé, qu'il ordonna
de mettre le corps dans un tombeau, et
dans un endroit distingué de l'église de
Saint-Georges, afin qu'on les pût reconnoître aisément. Le jour même de l'en-
terrement, on écrivoit du Puy : « Comme
» ce cher père a fait plusieurs miracles
» pendant sa vie, nous ne doutons pas
» qu'il n'en fasse après sa mort, et que,
» dans la suite, son tombeau ne soit une
» source abondante de bénédictions. »
En effet, un mois après la mort de M. de

Lantages, la supérieure du monastère de
la Visitation écrivoit à Paris : « Nous
» voyons avec consolation, que l'estime
» universelle que tout le monde a toujours
» eue de sa sainteté, s'augmente notable-
» ment. Les vœux, les neuvaines que l'on
» fait sur son tombeau, les grâces miracu-
» leuses que nous entendons journellement
» dire que l'on y reçoit, sont des marques
» que sa sainteté a été aussi véritable aux
» yeux de Dieu, qu'elle a été édifiante aux
» yeux des hommes. » Le concours des
fidèles au tombeau de M. de Lantages
étoit continuel ; on y apportoit des offrandes, et on y demandoit beaucoup de
messes, comme on fait aux tombeaux des
saints. Les directeurs du séminaire, ne
sachant s'ils devoient empêcher la dévotion
des fidèles, ou la satisfaire en cela, prirent
le parti d'en écrire à M. Tronson, qui
répondit en ces termes : « Je ne crois pas
» qu'on doive refuser ni les offrandes, ni
» les messes que font dire ceux qui vien-
» nent sur le tombeau de M. de Lantages;
» mais il faudroit que le peuple fût averti,
» que c'est afin de prier Dieu pour lui,
» et le remercier des grâces qu'il lui a
» faites. » Il eût semblé, en effet, qu'en

détournant les fidèles de prier sur ce tombeau, on se seroit manifestement opposé aux desseins du ciel, qui vouloit le rendre célèbre ; car bientôt il s'y fit un grand nombre de guérisons. Divers objets qui avoient appartenu au saint prêtre eurent la même vertu, et son intercession seule opéra aussi des miracles. Plusieurs de ces miracles nous ont été transmis fidèlement avec toutes leurs circonstances.

La première guérison opérée au tombeau du serviteur de Dieu se fit en faveur de Marguerite Treveys, du tiers-ordre de Saint-Dominique. Nous ne saurions raconter plus exactement ce miracle, qu'en rapportant ici la déclaration authentique, signée par la personne elle-même, et attestée par des témoins oculaires :

XVI.
Miracles opérés par M. de Lantages, après sa mort.

« Marguerite Treveys, du tiers-ordre
» de Saint-Dominique, habitante de la
» ville du Puy, âgée de vingt-deux ans,
» déclare qu'elle fut attaquée de douleurs
» si vives......, que malgré qu'elle eût
» usé de toute sorte de remèdes, pendant
» l'espace de quatorze mois que dura son
» incommodité, elle avoit été obligée,

19

» durant tout ce temps, de garder le lit,
» où elle ne pouvoit se remuer, ni se
» tourner d'un côté, ni d'autre, ni même
» se servir de ses mains pour prendre sa
» nourriture, la recevant de celles de ses
» compagnes; et qu'elle souffroit des dou-
» leurs très-aiguës, suivies de fréquentes
» pamoisons, qui duroient quelquefois
» des demi-heures entières. Dans cet état,
» qui lui attiroit la compassion de toutes
» les personnes qui la visitoient, ayant
» même perdu l'usage de la parole l'espace
» de huit jours, hors de toute espérance
» de guérison, elle se sentit intérieurement
» inspirée, le jour même de la mort du
» serviteur de Dieu, M. de Lantages, de
» faire vœu à Dieu, pour obtenir sa
» guérison par la médiation de ce saint
» homme.

» Pleine de confiance, elle prit résolu-
» tion de faire deux neuvaines, la pre-
» mière, dans sa chambre et de son lit
» même, d'où elle ne pouvoit se remuer;
» la seconde, sur le tombeau de M. de
» Lantages, dès qu'elle pourroit s'y faire
» porter, ou s'y conduire elle-même. Elle
» commença, en effet, la première neu-
» vaine, et se sentant déjà un peu soulagée,

» elle demanda instamment à une de ses
» compagnes de la conduire au tombeau
» de M. de Lantages. Comme on lui eut
» représenté plusieurs fois qu'elle n'étoit
» pas encore en état de faire ce chemin,
» elle persista toujours à vouloir s'y
» transporter, ajoutant que ce saint
» homme lui obtiendroit assez de forces
» pour cela; et incontinent, soutenue
» d'un côté par sa compagne, et appuyée
» de l'autre sur une potence, elle se mit
» en chemin pour se rendre à l'église du
» séminaire. Y étant enfin arrivée, elle
» alla se jeter sur le tombeau du serviteur
» de Dieu, où elle fit sa prière, partie
» assise et partie à genoux. Elle fit sa
» confession, entendit la sainte messe, et
» après y avoir communié, elle retourna
» au tombeau annoncer sa guérison à sa
» compagne, et lui dit qu'au moment de
» la consécration de la sainte hostie, elle
» s'étoit sentie entièrement soulagée et
» sans douleur, tellement qu'elle pou-
» voit s'en retourner d'elle-même, et sans
» aide ni potence: ce qu'elle fit, à la vue
» de bien des personnes qui la trouvèrent
» en chemin, et la virent ensuite, le reste
» du jour, allant en ville de côté et d'autre.

» Ellé a demeuré en cet état de guérison
» près de deux ans, ne ressentant que
» quelques douleurs légères de temps en
» temps, et qui ne l'empêchoient pas
» d'agir. Ainsi l'a dit ladite Marguerite,
» et s'est signée. Au Puy, le 14 septem-
» bre 1698.

» MARGUERITE TRÈVES (1).

» Nous soussignées, attestons ladite
» déclaration contenir la vérité, comme
» ayant été témoins de tout ce qui s'est
» passé. Fait au Puy, le 14 septem-
» bre 1698.

» ENJOLVY, du tiers-ordre de Saint-
  » François.

» TOINON ENJOLVY.

» TOINON GALLAND, du tiers-ordre de
  » Saint-Dominique.

» MARIE-FRANÇOISE AULANIHET.

Quelques jours après la mort de M. de
Lantages, une personne très-distinguée

(1) Dans l'acte original elle est signée *Tréves*,
quoique dans la narration, le P. Pillsron Jésuite
la nomme *Treveys*.

par son mérite et sa vertu, madame de
Cheminades, étant à sa terre du Prunet,
fut témoin d'une guérison non moins sur-
prenante, opérée par l'intercession de
M. de Lantages, et dont elle fut plus en
état que tout autre de donner les circonstances, parce qu'elle-même avoit été
comme l'instrument dont Dieu se servit
pour faire éclater la puissance de son serviteur. Étant donc au Prunet, une femme
qui avoit un petit-fils, âgé de douze ans,
malade d'une pleurésie dont il commençoit le septième jour, vint la visiter, et
lui dit en fondant en larmes, que, d'après
le jugement des médecins, cet enfant ne
devoit point passer le jour. Madame de
Cheminades, attendrie elle-même à ce
récit, et pleine de confiance aux mérites
de M. de Lantages, décédé depuis quelques jours, dit à cette femme affligée :
« Ayez recours à la sainte Vierge, par
» l'intercession de ce saint prêtre, l'un de
» ses plus fidèles serviteurs, en promettant
» de conduire votre petit-fils sur son tom-
» beau; il vous le rendra assurément. »
Animée à son tour de cette foi vive qui
ne met aucune borne au pouvoir de Dieu
et des saints, cette femme promit à l'ins-

tant ce qu'on lui conseilloit ; et elle ne fut pas plutôt retournée à son logis, que l'enfant s'écria tout haut en la voyant entrer : *Je suis presque guéri.* En effet, peu de jours après, il alla au Puy, accomplir lui-même le vœu sur le tombeau de M. de Lantages. Ce fait a été ainsi écrit, sur la déclaration de madame de Cheminades elle-même, par la mère supérieure de la Visitation du Puy.

Cette même année 1694, les fièvres malignes ayant affligé la plupart de nos provinces, une paroisse du Velay, appelée Retournac, sembla être plus frappée de ce fléau, que les autres des environs. Il y avoit dans cette paroisse une pieuse dame, qui conservoit avec religion quelques cordons usés que M. de Lantages avoit ôtés de sa bourse, et jetés par terre en passant dans cet endroit. Pleine de confiance aux mérites du saint prêtre, elle essaya de guérir les malades en leur faisant toucher ces cordons ; et de cette sorte, elle en guérit un grand nombre. Le fait a été certifié par le curé de Retournac, témoin lui-même de toutes ces guérisons.

Une demoiselle, appelée Jeanne Gerentès, âgée d'environ quarante-sept ans, étoit affligée depuis cinq ans d'une paralysie qui la contraignoit de se faire porter dans une chaise à bras, et même de recevoir la sainte communion dans cette posture. Après avoir passé quelque temps dans un état de souffrance plus grand encore, et ne pouvant plus se faire lever de son lit, elle eut la pensée de s'adresser au sacré Cœur de Jésus, par l'intercession de M. de Lantages. Dès qu'elle eut commencé sa neuvaine, quoique ce fût alors le plus fort de son mal, Dieu lui donna assez de force pour aller, à l'aide de deux potences, entendre la sainte messe, dans l'église du monastère de la Visitation. Elle continua ainsi tous les jours de sa neuvaine jusqu'au dernier, où elle se trouva si parfaitement guérie, qu'elle laissa ses potences près du tableau du sacré Cœur, marchant seule et sans appui. Les religieuses de la Visitation, témoins du miracle, dirent aussitôt le *Te Deum* en actions de grâces; et la supérieur, qui a écrit le fait, ajoute: « Cette » personne a continué plusieurs années de » marcher, et de se mettre à genoux aisé- » ment. »

Un homme, qui avoit connu autrefois M. de Lantages, et avoit éprouvé plusieurs fois les effets de sa tendre charité, étant tombé dans une rivière, du côté de la Chaise-Dieu, fut entraîné par le courant, et emporté bientôt jusqu'au milieu de l'eau. Se croyant perdu sans ressource, il se souvint de la charité que le saint prêtre avoit eue pour lui, et dans la simplicité d'un cœur plein de confiance : « Ah ! » M. de Lantages, mon bon ami ! s'écria- » t-il, vous qui m'avez témoigné tant de » bonté lorsque vous étiez sur la terre, » priez pour moi, et me secourez dans le » grand péril où je suis. » A peine eut-il achevé ces paroles, que soudain, et sans savoir comment, il se trouva sur le bord de la rivière, où il rendit incontinent à son libérateur ses vives actions de grâces.

M. Marcellin de Béget, maire perpétuel de la ville du Puy, accompagné de plusieurs autres personnes de marque, voyageoient en bateau sur le Rhône, pour se rendre aux États de Languedoc, où ils étoient députés. Étant arrivés au Pont-Saint-Esprit à l'entrée de la nuit, le bateau qui les portoit alla donner contre les massifs de ce pont; et, à cette violente secousse, se croyant perdus, le cri qu'ils poussèrent tous ensemble fut une invocation au serviteur de Dieu. Sur-le-champ, comme s'il eût été repoussé par une main invisible, le bateau prit une autre direction, et le juste effroi des voyageurs se changea en sentimens d'actions de grâces. Ces pieux magistrats n'eurent rien de plus empressé que d'écrire à l'instant la relation de ce miracle, pour l'envoyer au Puy; et leur reconnoissance pour le saint prêtre les porta même à faire encore aux États le récit de leur délivrance.

Une religieuse de Notre-Dame du Puy, atteinte d'hydropisie, la révérende mère de Jalavoux, dans la grande appréhension qu'elle avoit d'une mort prochaine, par l'augmentation extraordinaire de son mal, eut recours au serviteur de Dieu. Au bout de la neuvaine, elle fit dire une messe, et ce jour-là elle se trouva entièrement guérie.

Une vertueuse fille du Puy, Mlle Vallery, étant attaquée d'un violent mal de tête, qui lui duroit depuis long-temps, et ne sachant plus de quel remède user pour se soulager, s'avisa de poser sur sa tête un bonnet du saint prêtre ; au même instant le mal cessa. A Yssingeaux, il se fit un grand nombre de guérisons par cette relique. Nous ne saurions en parler plus exactement, qu'en empruntant les paroles mêmes d'une religieuse d'Yssingeaux à la personne du Puy, qui avoit envoyé le bonnet. Elle lui écrivoit en ces termes, neuf ans après la mort du serviteur de Dieu :

« Il vous faut dire les merveilles conti-
» nuelles que M. de Lantages opère ici ,
» ou , pour mieux dire , le bon Dieu par
» ses intercessions. Le bonnet que vous
» me fîtes la grâce de m'envoyer, fait de
» grands miracles , surtout aux femmes
» en travail d'enfant. Il y en a plus de
» vingt desquelles on attendoit la mort,
» et qui ont été délivrées heureusement
» aussitôt qu'elles ont eu ce bonnet sur
» elles ; de ce nombre sont deux de mes
» nièces. Toujours ce bonnet court, et je
» n'en suis pas la maîtresse ; et même on
» me le coupe tout, chacun en voulant
» garder un peu. Il arriva l'autre jour, que
» l'on vint me demander ce bonnet pour
» quelqu'un, lorsque je l'avois prêté à un
» autre malade ; et ne voulant pas refuser à

» celui-là, qui avoit les fièvres, ce qu'on
» demandoit pour lui, je lui envoyai, dans
» un grand sentiment de confiance, une
» lettre que notre cher père (M. de Lan-
» tages) m'avoit fait l'honneur de m'é-
» crire; et cette personne, se l'étant
» appliquée, fut quitte de ses fièvres dans
» quelques jours. Une autre malade fut
» pareillement guérie par l'application de
» cette même lettre. Je vous prie, si vous
» avez encore quelque chose, soit linge,
» soit étoffe, ou quoi que ce soit de ce
» cher père, envoyez-le moi, s'il vous
» plaît, pour contenter le peuple. »

Mlle Girin, personne de vertu et de
mérite, entendant raconter ces guérisons,
désira extrêmement de posséder quelque
chose qui eût appartenu à M. de Lantages,
et obtint, à force d'instances et de prières,
une discipline dont il s'étoit servi autrefois. Quelque temps après, cette demoiselle
ayant dans sa maison une fille atteinte des
fièvres, et qui déjà en avoit éprouvé plusieurs accès; au lieu de la faire chauffer
et de la tenir à la diète, un jour qu'elle
commençoit à prendre le frisson, elle lui
donna un bouillon dans lequel elle avoit
fait tremper le bout de cette discipline;

aussitôt l'accès quitta la malade, et
depuis elle ne sentit plus rien de ses fièvres.

Nous terminerons cette énumération
par un autre miracle opéré en faveur de
Marguerite Treveys, dont nous avons
déjà parlé; miracle attesté par plusieurs
témoins oculaires, dont trois étoient des
Jésuites du collège du Puy. En transcri-
vant encore ici la déclaration authentique,
nous l'abrégerons pour ne pas rebuter la
délicatesse du lecteur, par une peinture
trop naturelle du mal qui y est décrit.

« Marguerite Treveys déclare, qu'ayant
» été attaquée d'un érysipèle œdéma-
» teux, qui lui occupoit le dedans de la
» bouche et des lèvres, et qui étoit si
» envenimé qu'elle appréhendoit d'en
» mourir, se sentit inspirée de faire une
» neuvaine au serviteur de Dieu. Au qua-
» trième jour de sa neuvaine, qui fut le 30
» juillet 1698, le mal empira tellement,
» que, voulant recevoir le sacrement de
» pénitence, il lui fut impossible d'arti-
» culer presque aucune parole à son con-
» fesseur. Mais, après que celui-ci étoit
» sorti de la chambre, sur les six heures
» du soir, elle se sentit tout-à-fait soula-

» gée...; ses gencives et son visage se
» désenflèrent, son gosier devint libre, et
» ce qui la rendoit difforme et inaborda-
» ble tomba tout à coup, sans qu'il en
» restât aucune marque ni vestige. Son
» visage, ses gencives, ses dents que la
» fluxion avoit rendu extrêmement noires,
» reprirent sur le moment leur état natu-
» rel, et se sont conservés depuis ledit
» jour. Ainsi l'a dit ladite Marguerite
» Treveys, et s'est signée avec ses com-
» pagnes, le 14 septembre 1698.

» MARGUERITE TREVES.

» TOINON GALLAND, du tiers-ordre
    » de S. Dominique.

» MARIE-FRANÇOISE AULANIHET.

» ENJOLVY, du tiers-ordre de S. Fran-
    » çois.

» TOINON ENJOLVY. »

Deux Jésuites du collège du Puy, le
P. Cheyrol et le P. Pilleron, témoins du
miracle, ajoutèrent ce qui suit :

» Nous, soussignés, attestons ladite
» déclaration contenir vérité, comme

» ayant été témoins de tout ce qui s'est
» passé.

» Fait au Puy, ce 14 septembre 1698.

» JOSEPH-ANDRÉ CHEYROL, Jésuite.

» GILBERT PILLERON, Jésuite. »

Le P. Mathias, qui avait visité la malade quelques jours avant le redoublement de son mal, et qui la vit ensuite
en parfaite santé, ajouta encore cette
déclaration à celle de ses confrères :

« J'atteste que je vis la susdite Margue-
» rite Treveys quelque temps avant sa
» guérison, et que je la trouvai en un
» état à peu près semblable à ce qui est
» marqué ci-dessus, son mal croissant
» tous les jours, et n'étant pas encore
» tout-à-fait si grand qu'on dit qu'il fut
» ensuite; que, le lendemain de sa gué-
» rison, elle me raconta la manière dont
» elle avoit été guérie, toute semblable à
» ce que porte le précédent récit; et
» qu'ayant voulu examiner la chose
» de près, je remarquai que ses lèvres
» étoient aussi vermeilles, et ses genci-

» ves aussi bien consolidées que durant sa
» santé.

» MATHIAS, Jésuite. »

Un autre P. Jésuite déclara aussi
qu'un jeune garçon, ayant de grandes
douleurs aux jambes et beaucoup de difficulté à se soutenir, se fit conduire au
Puy, pour faire une neuvaine sur le tombeau du serviteur de Dieu, et qu'au bout
de sa neuvaine il fut entièrement guéri,
et marchoit sans peine (1).

Les miracles, qu'on publioit de toutes
parts, donnèrent à plusieurs personnes
un désir ardent de voir paroître la *Vie*
du serviteur de Dieu. Une demoiselle, en
grande réputation de vertu à Paris, et
qui, après Dieu, devoit à M. de Lantages
tout ce qu'elle étoit dans l'ordre de la
grâce, crut que la reconnoissance lui

XVII.
On compose
des mémoi-
res sur M. de
Lantages.

(1) M. Guyton, successeur de M. de Lantages,
ayant envoyé les procès-verbaux de quelques-uns
de ces miracles à M. Tronson, celui-ci lui répondoit le 24 novembre 1698: « Ce que vous
» avez envoyé de M. de Lantages, vous doit en-
» courager à marcher sur ses pas, et à vous faire
» saint comme lui. »

faisoit un devoir de ne pas laisser périr le souvenir des vertus et des actions d'un si saint prêtre. Mais comme des mémoires exacts ne pouvoient guère être rédigés que dans le pays où le serviteur de Dieu avoit vécu, elle écrivit à la mère Madeleine-Gabrielle Gauchet, supérieure du monastère de la Visitation du Puy, comme à la personne la plus capable de s'acquitter de ce travail. Les prêtres de Saint-Sulpice du Puy, et ceux de Paris en firent de même : car, pour n'être point obligés de rappeler la conduite de M. de Béthune à leur égard, ces ecclésiastiques refusant de mettre eux-mêmes la main à l'ouvrage, s'adressèrent à la supérieure de la Visitation, très-capable de fournir des mémoires sûrs et intéressans. Elle étoit dans ce monastère depuis long-temps, et avoit, d'ailleurs, pendant son enfance, connu M. de Lantages à Paris, d'où il paroît qu'elle étoit native. « Si cette Vie » se fait en ce pays, (écrivoit-elle du Puy, » lorsqu'on parloit d'écrire la Vie de M. de » Lantages) je ne serai pas muette, en » ayant assez remarqué, toute jeune que » j'étois, pour fournir à l'auteur plusieurs » pages. » Elle eut des rapports intimes avec le serviteur de Dieu, l'espace de quarante ans qu'elle fut sous sa conduite; et Dieu, qui vouloit se servir d'elle pour faire connoître la vertu de M. de Lantages, inspira à cette fille tant de vénération pour le saint prêtre, qu'elle mettoit même par écrit ses pratiques et ses paroles, *pour servir au besoin.* Aussi se rendit-elle sans peine aux instantes prières de la personne dont nous parlions. Mais, celle-ci étant morte peu après M. de Lantages, et avant que le travail fût achevé, M. Leschassier écrivit à la supérieure, de poursuivre avec le même zèle les Mémoires qu'elle avoit entrepris. « Continuez, je » vous prie, à recueillir ce que vous sa-» vez des vertus de M. de Lantages, lui » disoit-il, et me communiquez le recueil » que vous en ferez; je vous serai extrê-» mement obligé, et vous profiterez à » plusieurs. C'est une perte irréparable, » de laisser tomber dans l'oubli ceux qui » ont édifié l'Église par leurs exemples et » leurs paroles. Ne perdez donc point de » temps, ma chère mère, car les momens » s'écoulent insensiblement. »

Cette recommandation eut son effet. La supérieure de la Visitation recueillit tout

ce que les personnes qui avoient été sous
la direction de M. de Lantages lui déclarèrent des vertus et des actions de ce saint
prêtre. Celles qui conservoient les lettres
originales se firent un plaisir de les lui
communiquer, et c'est sur ces lettres
qu'elle prit les extraits qu'elle donne dans
ses Mémoires. Lorsqu'elle eut terminé son
premier recueil, moins ample que le second, elle le communiqua à son confesseur, afin que celui-ci, qui connoissoit
tous les secrets de son ame, fût encore
juge de la sincérité de ses écrits. M. Leschassier ayant reçu une copie de ces
Mémoires, écrivit à l'auteur en ces termes :

« Que Dieu vous comble de bénédic-
» tions, ma chère mère, pour le soin que
» vous avez pris de recueillir et de con-
» server ce que vous avez pu apprendre
» des actions et des vertus du vénérable
» M. de Lantages ! Je me sais bon gré de
» vous y avoir exhortée, et je fais avec
» satisfaction singulière la lecture de ce
» que vous m'avez envoyé. J'aurois seu-
» lement souhaité que vous eussiez un
» peu plus épargné notre famille; mais
» vous avez voulu exciter ceux qui restent,

» par l'exemple de ceux qui les ont précé-
» dés. Ne laissez néanmoins d'ajouter ce
» que vous apprendrez de nouveau. Ra-
» massez tout, et que rien ne se perde des
» actions d'un si saint prêtre, à qui nous
» avons tant d'obligations. » Elle grossit
en effet ses Mémoires; et nous voyons que,
lorsque M. Leschassier eut été nommé
supérieur-général, elle lui envoya un
autre recueil qui contenait de nouveaux
miracles et des cantiques de M. de Lantages.

« Ma révérende mère, lui écrivoit
» M. Leschassier, il y a long-temps que
» j'ai à vous remercier de la grâce que
» vous m'avez faite en me communiquant
» les choses singulières que vous avez
» remarquées dans la vie de M. de Lan-
» tages. Je me suis fait un grand plaisir
» de les lire, et je ne puis dignement
» louer votre zèle pour l'honneur de ce
» grand serviteur de Dieu. M. de Baluze,
» à qui vous aviez remis vos cahiers de sa
» Vie, n'est pas encore prêt à vous les
» rendre. Si pourtant vous voulez absolu-
» ment les ravoir, nous vous les rendrons
» à la première occasion. » Il y a apparence
que la supérieure ne fit pas d'instances,

car on possède encore ses manuscrits à
Saint-Sulpice. Peu après, une personne
de qui elle dépendoit lui ordonna de les
transcrire une seconde fois; elle obéit,
et termina son second exemplaire par la
déclaration suivante: « On peut assurer
» que tout ce qui est contenu en ce recueil
» est très-véritable, la personne ayant été
» témoin oculaire ou auriculaire de la
» plupart des choses qui sont ici écrites;
» ce qui lui a été d'autant plus facile,
» qu'elle a eu le bonheur de recevoir,
» l'espace de quarante-quatre ans, les
» instructions de M. de Lantages et de
» vivre sous sa conduite, et que Dieu lui
» avoit imprimé une si haute estime pour
» lui, qu'elle faisoit attention à remarquer
» ses pratiques de vertu et ses paroles, et
» les écrivoit d'abord. De plus, ayant eu
» l'honneur de converser familièrement
» avec plusieurs personnes de la première
» qualité et de piété, que ce saint homme
» dirigeoit, elle a appris d'elles plusieurs
» choses qui n'ont pas peu servi à grossir
» cet écrit. Pour les lettres que je rap-
» porte, elles ont été copiées mot à mot
» sur les originaux écrits de la main de
» M. de Lantages; à la réserve cependant

» d'une seule qu'il écrivit à la supérieure
» d'une communauté, pour réponse à
» nne lettre de reproches; cette supé-
» rieure ne l'ayant écrite que long-temps
» après avoir perdu la lettre. » L'ingé-
nuilé de cet aveu suffiroit pour attester
la vérité de tout le corps de ces Mémoires,
si elle n'étoit pas d'ailleurs suffisamment
constatée.

FIN.

LYON , Imprim. du D.-L. AYNÉ , rue de l'Archevéché, n. 3.

www.ingramcontent.com/pod-product-compliance
Lightning Source LLC
Chambersburg PA
CBHW061038030726
47504CB00002B/423